KB247383

폭탄범과
살인범
이야기*

쿠보 리코 지음
권하영 옮김

폭탄범과
살인범
이야기

※

폭탄범과 살인범 이야기

처음 마주친 밤, 그녀의 의안(義眼)에 마음을 빼앗겼다. 그것은 신비로운 빛을 띠며 작은 밤의 어둠을 비추었다. 처음 만난 여자가 미칠 듯이 사랑스러워서 당장이라도 끌어안고 싶었다. 하지만 그때 나는 평소와 다름없이 보통 사람 같은 얼굴을 유지하며 "처음 뵙겠습니다"라고 인사했다. 사실 '처음 뵙겠습니다'라고 말하는 것도 이상한 상황이었지만, 자기소개로 시작된 대화는 나의 욕망을 천천히 달래 주었다. 그녀의 이름은 '사요코(小夜子)'로, 이름에 작은 밤을 품고 있다는 사실을 알았을 때는 너무나 깊이 수긍한 나머지 고개를 끄덕였던 것도 같다.

"요즘 이름은 아니지. 요즘엔 '코'가 붙는 이름은 거의 쓰지 않으니까." 내가 말했다.

"그래서 싫어?"

"아니, 좋아."

우리는 대단할 것 없는 대화를 나눴다. 그리고 며칠 뒤에는 내가 갈망한 대로 그녀를 꽉 끌어안았다. 이제 평생 놓지 않으리라 다짐하면서.

"첫눈에 반했어?" 그녀가 물었다.

"그래, 첫눈에."

그 대답에 그녀는 왼쪽 얼굴로 부끄러워하고, 오른쪽 얼굴로 애달픈 표정을 지었다. 내가 보기에 얼굴의 오른쪽, 그녀의 왼쪽 눈에 그 사랑스러운 의안이 있었다.

"눈이 이런데도?"

"응."

'그런 것은 상관없다'든가, '전혀 신경 쓰지 않는다'든가, 이런 식으로 대답했다면 사요코는 오른쪽 얼굴로도 미소를 지었을지 모른다. 그녀는 의안을 짊어져야 할 빚으로 생각했다. 그걸 알지만, 차마 작은 거짓말을 뱉을 수는 없었다. 아니, 그것은 나에게 큰 거짓말이었다.

'눈이 이런데도?'

'눈이 그러니까.'

머릿속에서는 이렇게 대답했다. 한술 더 떠서 나는 '그 의안을
보고 첫눈에 반했다'라고 말하고 싶었지만, 가까스로 '응'이라고만
말하고 입을 다물었다. 본심을 평생 숨길 수 있을까, 문득 생각했
다. 내 안에는 이미 그녀와 백년해로하겠다는 결심이 자리 잡고
있었다. 그리고 상상하고 말았다. 죽기 직전에, '내가 일평생 가장
끌린 건 너의 의안이었어'라고 말하면 사요코는 어떤 표정을 지
을까. 나는 그렇게 하기로 마음먹었다. 생의 끝을 장식하기에 적절
한 즐거움이라고 생각했다. 소소한 즐거움은 마지막 순간으로 미
뤄 두기로 하고, 현실에서는 이렇게 덧붙였다.

"그 눈도 네 일부니까."

거짓말은 아니었다. 의안은 확실히 사요코의 일부다. 사요코에
게 들어 있기에 비로소 멋지다. 내가 사랑하는 것은 의안이 아니
다. 의안만 남는다면 모래밭에 떨어진 흠집투성이 구슬과 별반
다르지 않다. 사요코의 이름 안에 든 '작은 밤'이 주는 울림을 내
가 의안 다음으로 사랑하는 것과 마찬가지로, 그것이 사요코의
일부라는 것은 아주 중요하다.

한 가지 신경 쓰이는 점이 있었다. 한동안 참다가 용기를 내서
물어봤다.

"의안을 뺄 때도 있어?"

"있어. 근데 잘 때도 하고 있어. 빼면 깜짝 놀랄걸."

순간 생각했다. 나는 의안을 뺀 그녀를 사랑스럽게 여길 수 있

을까.

"그러게, 조금 놀라겠다. 어디로 데굴데굴 굴러가고 그러면."

"아, 그것 때문에 놀라는 거야?"

"응? 그게 아니야?"

"내 얼굴 때문에 놀라겠지."

아차 싶었지만, 그녀는 웃었다. 다행이었다.

"괜찮아. 네 앞에서는 절대 안 빼. 그리고 굴러가지도 않아. 구체가 아니거든."

그녀는 휴대전화로 검색한 의안을 보여 주었다. 생긴 게 작은 콘택트렌즈 같았다. 전혀 마음이 끌리지 않았다. 그녀의 휴대전화 화면을 들여다보다가 고개를 들자, 그녀의 왼쪽 눈이 눈앞에 있었다. 작은 어둠은 오늘도 거기 있었다. 나는 까닭 없이 그 눈에 키스하고 싶어졌다. 그런데 그녀가 눈을 감아서 대신 입술에 키스했다. 그녀와 평범한 키스를 나누며 나는 눈을 뜬 채 그녀의 감긴 왼쪽 눈을 열심히 바라보았다. 내가 가장 사랑하는 것을 다정하게 덮은 눈꺼풀마저 사랑스러웠다. 나는 참다못해 그녀의 눈꺼풀에도 키스했다. 그녀의 어깨가 조금 떨렸다.

키스하고 나서 며칠 뒤에는 청혼했다. 사요코는 고개를 끄덕였지만, 입 밖에 낸 말은 부정적이었다.

"나에 대해 아무것도 모르면서."

"그럼 조금은 알아 둘까?"

마치다 사요코, 서른두 살. 화장품 회사에서 전화 상담원으로 일한다.

"전화로 만나면 처음 인사하는 사람도 놀라지 않잖아"라고 그녀는 말했다. 나와는 비교도 되지 않지만, 의안을 향한 그녀의 집착도 상당하다.

밤에 산책하다가 휴대전화를 발견했다. 공원에 있는 기념비 구석에 버려진 것처럼 놓여 있었다. 검고 아무 무늬도 없는 밋밋한 휴대전화였다. 꾸밈없는 검은색 휴대전화의 주인은 왠지 모르게 여자일 것 같았다. 밤의 어둠에 섞여서 희미하게 가로등 빛만 반사하는 그 휴대전화를 내가 발견한 것은 기적에 가까웠다. 손에 든 순간 갑자기 휴대전화가 울려서 받아 보니, 젊은 여자의 목소리가 들렸다. 나도 모르게 "역시"라고 중얼거렸던 것도 같다. 나는 그녀가 어디에 있는지도 묻지 않고 바로 가져다주겠다고 했다. 그녀는 휴대전화를 어디에 놓고 왔는지 처음부터 아는 것 같았다. 혹시나 하고 전화를 걸면서도 누가 받을 줄은 생각도 못 한 듯했다. 그러니 내가 발견한 것은 역시 기적이었다.

"목소리에는 자신 있거든. 그래서 너도 가져다주겠다고 했잖아."

"맞아. 목소리가 좋았어. 그래서 가져다줬나 봐."

드디어 그녀가 원하는 대답을 입에 담았다. 사실은 손에 든 검은색 휴대전화의 서늘한 감촉에 마음이 끌렸던 거였다. 흠집 하나 없이 반짝반짝한 검은색 휴대전화를 조용히 잃어버린 여자를 만나 보고 싶었다.

"왼쪽 눈은 스무 살 때까지 있었어."

지금도 있지 않냐고 무심코 말할 뻔했다. 하지만 원래 나는 생각한 것을 바로 입 밖에 내는 천성이 아니다. 이 천성은 앞으로도 나를 세상에 동화시키는 일에 도움이 될 것이다.

사요코는 전문대학을 졸업하고 보육 교사가 될 생각이었다고 했다. 그런데 학생 때 잠깐 베이비시터 일을 하던 중에 사고를 당해서 왼쪽 눈을 잃고 말았다.

"폭탄이 놓여 있었어. 공원에."

폭탄, 공원, 내 마음에 잔물결이 일었다.

나는 사요코보다 두 살 어린 서른 살이고, 약품 회사 연구원으로 일한다. 고등학교 시절부터 이과 과목을 잘했다. 고등학생 때 외국에서 폭탄 테러가 잇달아 일어났다. 그 뉴스를 보고 나는 '폭탄이나 만들어 볼까'라고 생각했다. 나는 화학부였고, 선생님의 신뢰를 얻어 약품 창고 열쇠를 빌린 적이 종종 있었다. 의심받지 않도록 시간을 들여 천천히 약품을 빼돌렸다. 증거를 남기지 않고 교묘히 빼낼 수 있었다. 하지만 사라진 줄도 모를 만큼 적은 양의 재료로 큰 폭탄을 만들 수는 없었다. 폭탄이라고 해 봤자 사람을 살짝 놀라게 할 정도였다. 나는 테러를 일으킬 마음이 없었고, 남을 다치게 하고 싶은 생각도 없었다. 그저 폭탄을 만든다는 행위와 내가 만든 폭탄으로 인해 조금 놀라는 사람이 있을 것이라는 점에 흥미를 느꼈을 뿐이다. 내 폭탄에는 살상 능력 따위는 없다고 믿었다.

그런데 학교를 마치고 집에 돌아가는 길에 문득 들여다본 보도 틈에서 파친코 구슬 하나가 끼어 있는 것을 발견했다. 순간 빛을 발하듯 금속 구슬이 반짝였다. 거기가 제자리인 양 딱 맞게 박혀 있었는데, 손가락으로 건드리자 쉽게 빠져나왔다. 폭탄을 완성한 것은 그날 밤이었다. 나는 모처럼 주운 기념으로 파친코 구슬을 폭탄 안에 넣었다.

"폭탄에 파친코 구슬 하나가 들어 있었어. 악의의 결정체지. 그 걸 맞아서 내 왼쪽 눈이 사라졌어. 사고 같아도 엄연한 범죄 사건 이야."

솔직히 잔인한 결과는 전혀 상상하지 못했다. 악의 따위는 없 었다고 당장 털어놓고 싶었다. 과거의 우리를 잇는 연결고리를 알 고 마음이 크게 물결쳤다.

늦은 밤에 폭탄을 완성한 나는 자전거를 타고 그대로 집을 나 왔다. 폭탄은 하얗고 작은 상자였다. 아침까지는 집으로 돌아갈 수 있도록 시간을 계산하면서 가능한 한 멀리 자전거를 몰고 갔 다. 그러다 주택가에 있는 작은 어린이 공원을 발견했다. 폭탄은 놀이기구에서 조금 떨어진 화단 밑에 놓았다. 그리고 한밤중의 공원에서 이런저런 공상을 했다. '이왕이면 아이가 발견했으면 좋 겠다', '폭발에 깜짝 놀라겠지', '놀이기구를 타지 않고 화단을 들 여다보는 아이라면 조금 청개구리일 것이다', '파친코 구슬을 맞고 놀라는 정도가 인생 초반에는 딱 적당하다', '약간 울면 더 좋겠다'. 자연스레 얼굴에 미소가 번졌다.

공원 가로등은 어슴푸레해서 동물 모양 놀이기구들이 주황, 노랑, 초록으로 색을 입은 것이 가까스로 보였다. 표정마저도 희미하게 보였는데, 호랑이와 토끼가 나를 향해 살짝 웃는 것 같았다.

"제대로 지켜봐." 나는 그렇게 소리 내어 말하고 공원을 뒤로했다.

범인이 현장을 두 번 다시 찾지 않는 것은 잡히지 않기 위한 철칙이다. 그래서 이 공원에 다시는 오지 않겠다고 다짐했다. 성취감에 잠겨서 자전거를 몰고 아침이 밝기 전 집에 도착했다.

다음 날, 큰 규모의, 그렇다, 10년이 넘게 지난 지금까지도 특집 방송이 편성될 정도로 큰 규모의 비행기 사고가 일어났다. 신문 지면과 TV는 온통 그 사건으로 도배돼서 내 폭탄은 아무 일도 없었던 것처럼 조용히 묻혔다. 짤막한 기사가 신문 귀퉁이에 실렸지만, 정확한 상황은 전혀 알 수 없었다. 후속 기사도 결국 보도되지 않았다.

"내 눈이 망가진 날은 그 비행기 사고가 일어난 날이야. 전 국민이 그 사고에 집중하던 시기에 왼쪽 눈을 잃었어. 범인은 결국 못 잡았어."

지금은 돌아가신 사요코의 어머니는 그 무렵 병으로 입원한 상태였고, 아버지는 그보다 전에 돌아가셨다. 눈 수술비와 치료비는 전부 베이비시터 일을 하던 가정에서 부담해 주었다고 했다. 베이

비시터라고는 하나, 실제로 돌본 것은 아기가 아니라 세 살짜리 여자아이였다. 애초에 폭탄을 터뜨린 사람은 아이였고, 거기 휘말려서 피해를 본 사람이 사요코였다. 아이의 부모는 사요코가 아이를 감싸다 왼쪽 눈을 잃은 사실에 마음 아파했다.

그 당시 나는 폭발 당시의 상황을 알고 싶었다. 하지만 그걸 조사하는 것도 현장에 돌아가는 것만큼이나 위험한 일임을 알았다. 결국 아무것도 모른 채 살아오며 기억 한편에 정리해 놓았는데, 갑자기 알 기회가 생겼다. '이런 기분, 전에도 느낀 적이 있는데'라고 생각했다.

어릴 때 시리즈물 책을 전권 갖고 있었다. 물론 책을 읽는 것은 좋아했지만, 그때는 전집을 처음부터 끝까지 갖추는 것이 더 주된 목적이었다. 전권이 갖춰지자, 순서대로 줄을 세우고 혼자 흐뭇하게 바라보았다. 읽을 때는 번호순이 아니라 표지 그림이나 부제가 마음에 드는 순으로 골랐다. 어느 날, 책장에 공백이 있는 것을 알아차렸다. 딱 한 권, 자리가 비어 있었다. 이따금 책을 방 밖으로 가지고 나가긴 했지만 잃어버린 기억은 없었다. 아무리 찾아 보아도 없어서 체념하기는 했지만, 계속 마음에 걸렸다. 그런데 왠지 사라진 그 책을 다시 사고 싶지는 않았다. 책이 있던 부분은 오랫동안 구멍이 뻥 뚫린 채 남아 있었다. 찜찜한 마음이 점점 사그라들어 거의 잊었을 즈음, 가구 틈에서 그 책을 찾았다. 그렇게 전권이 모두 다시 모이자 가슴속 구멍이 메워진 느낌이었다. 그때 느낀 기분과 비슷했다.

옛날 생각에 오랫동안 빠져 있다가 옆에 사요코가 있는 것을 깜빡 잊었다. 나도 모르는 새에 살짝 웃었나 보다.

"뭐가 그렇게 웃겨? 폭탄? 파친코 구슬? 비행기 사고? 범인?"

"어? 범인? 내가?"

"그게 아니라 방금 웃었잖아. 웃을 내용이 어디 있었어?"

나는 바로 변명이 나오지 않아서 입을 다문 채 눈을 내리떴다. 그리고 조금씩 신중한 표정을 만들면서 짐짓 진지한 눈빛으로 사요코의 의심을 불식시키려고 노력했다. 그리고 마침내 사라진 책 한 권을 빈 곳에 채워 넣을 한 걸음을 뗐다.

"어떤 폭발이었어?"

"왼쪽 눈을 잃었을 때 얘기를 듣고 싶다는 말이야?"

조금 전처럼 방심해서 미소가 새어 나오지 않도록 조심하며 고개를 끄덕였다.

"내가 돌보던 여자애를 데리고 가까운 공원에 갔었어. 히나라는 아이였어. 공원이 그다지 넓지는 않지만 놀이기구가 있어서 가끔 갔거든."

그 공원의 밝을 때 모습을 상상하기는 힘들었지만, 넓이나 놀이기구 위치는 어느 정도 기억했다. 그렇다. 호랑이와 토끼다. 원래는 크기가 전혀 다른 동물인데, 똑같은 규격으로 드문드문 배치되어 있었다.

"아침치고 이른 시간이었어. 우리 말고는 아무도 없었어. 놀이기구가 아침 이슬에 젖어 있어서 집으로 돌아가자고 하나에게 말했어. 그런데 개가 폭탄을 찾았지 뭐야."

"어디에 있었어?" 말을 신중히 골랐다.

"입구 근처 화단. 하나가 발견하고 달려갔어. 하얗고 작은 상자였는데, 뚜껑을 열자마자 '퐁' 하는 소리가 났어."

"퐁? 폭탄치고는 김새는 소리네."

"그럴 만도 한 게, 하나는 놀라서 우는 게 다였고 상처 하나 없었어. 상자는 불꽃에 타서 없어졌어. 증거 인멸에 감쪽같이 성공한 거지. 폭탄의 위력은 거의 없었다고 나중에 들었어. 폭탄은 파친코 구슬 딱 하나를 맹렬히 날리려고 전력을 다한 셈이래."

"아팠어?"

"파괴적으로 아팠어. 한순간에 눈이 찌부러졌다는 걸 알았어. 운이 나빴지. 배 같은 곳에 맞았으면 작은 멍 하나 생기고 끝이었을 텐데."

내가 아무리 사랑하고 소중히 여겨도 나를 만나기 전에 사요코가 겪은 아픔은 사라지지 않는다. 궁금하던 과거의 공백은 메워졌지만, 책 한 권을 끼워 넣었을 때와 같은 만족감은 없었다. 사요코는 의안을 끼게 돼서 불행해졌을까. 애초에 지금은 불행하지 않은 것일까.

"원래대로 돌아가고 싶어?"

"눈이 찌부러지기 전으로 돌아가고 싶냐는 뜻이야?"

"응. 아마 그런 의미 같아."

그녀는 입을 다문 채 대답하지 않았다. 원래대로 돌아가고 싶다고 갈망하지는 않는 것 같았다. 내가 너무 낙관적인 눈으로 보는 탓일까.

"폭탄범을 증오해?"

"범인은 어떻게 살려나아."

안온하게 소꿉친구를 그리워하는 목소리처럼 들렸다.

"아무렇지도 않게 살고 있으면 용서 안 해."

아니었다. 그녀는 나를 증오한다.

"용서 안 해도 돼. 평생 증오해도 돼."

나는 그녀를 끌어안았다. 그녀는 입술을 깨물며 어깨를 조금 떨었다. 얼굴도 모르는 범인을 향한 증오로 가슴을 태우는 것이 분명했다. 순간, '그 범인은 나야' 하며 그녀의 증오를 구체화하는 일에 협조하고 싶어졌다. 그녀의 굳게 감긴 눈에서 눈물이 흘렀다. 사랑스러운 왼쪽 눈에서도 흘러나왔다. 손으로 눈꺼풀을 훑자, 손가락 끝에 떨림이 전해졌다. 그녀는 화난 것이 아니라 슬퍼하는 것임을 깨달았다.

"슬퍼?" 내가 물었다.

"결혼해 줄래?" 그녀가 말했다.

"당연하지. 청혼한 사람은 나야."

내가 그날 주워서 손에 쥐고 소중하게 닦으며 집에 가져간 파친코 구슬은 사요코의 의안을 만들어 냈다. 그리고 그 의안을 나는 몹시 사랑한다. 나는 앞으로도 계속 사요코를 보물처럼 귀하게 여길 것이다. 돌고 돌아서 이것은 역시 사소한 운명이다.

우리는 식도 올리지 않고 혼인 신고를 했다. 사요코에게는 부모님이 없었고, 내 부모님은 건재하지만 형네 부부와 함께 멀리 살았다. 전화로 결혼 소식을 알리자 당황하셨지만, 딱히 갈등이 생기지는 않았다. 그동안 거의 연락 없이 지내서 다행이었다.

엄마가 말했다. "그러고 보니 며늘아기는 이름이 우리 집안이랑 딱 맞는다. 쿠우야 집안에 시집오도록 정해져 있었던 게 분명해."

내 이름은 '호시코 쿠우야(星子空也)'다. 엄마가 딱 맞는다고 말한 이유는 단순히 '별'과 '밤'의 조합이기 때문이다. 그리고 '정해져 있었다'라는 말은 내가 느낀 운명에 동조를 얻은 것 같아서 아주 만족스러웠다.

"너는 항상 둥둥 떠 있는 느낌이어서 걱정이었어. 이제는 착실하게 땅에 발붙이고 살아."

"한번 데려갈게." 나는 길어지는 엄마의 이야기를 끊었다. 사진을 보내니 "예쁜 아이라서 다행이다"라는 대답이 돌아왔다. 어쩐지 너무 평범한 반응이라서 김빠졌지만, 사요코는 "의안인 걸 안 들켰나 보다" 하며 후후 웃었다.

결혼하고 나서도 변함없이 우리의 시간은 평온하게 흘러갔다. 다만 사요코는 이따금 회오리처럼 나를 휘둘렀다.

"나, 폭탄범을 알아."

나는 튀어 오를 뻔한 심장을 겨우 부여잡고 가까스로 착지해서 엄마의 조언대로 땅에 발을 붙였다. 그리고 천천히 입을 열었다.

"누군데?"

"어떤 고등학생. 근데 시간이 꽤 지났으니까 이제는 쿠우야랑 나이가 비슷하겠다."

"누군데?"

"이름은 몰라. 알았으면 만나러 갔을 거야."

"경찰에 알리지도 않고 만나러 가?"

"우선 직접 만나서 원망의 말 한마디 정도는 해 줘야지. 그러고 나서야, 경찰은."

그녀의 지인인 화학 교사가 범인이 어떤 사람일지 분석했다고 한다. 경찰에 잡힌 것도 아니니 상상일 뿐이다. 간단한 폭탄은 화학 교사도 만들 수 있는데, 지식이 있는 고등학생도 가능하다. 지인이 일하는 고등학교에는 약품 창고가 있었고, 잠금장치가 설치되어 있지만 신뢰받는 학생이면 들어갈 수 있었다. 그 교사도 규정 위반임을 알면서도 학생에게 열쇠를 빌려주고 약품을 준비시킨 적이 있다고 했다.

"그러니까 범인은 고등학생이야."

나는 고등학교 시절 화학 선생님을 떠올려 보았다. 항상 무언가를 찾듯 분주하게 눈을 움직이는 여자였다. 그러면서도 동작은 3배속 빠르게 설정하고 싶을 정도로 느려서, "너한테 맡길 테니까 잘 부탁해"가 입버릇이었다. 생김새나 행동은 기억나지만 이름은 생각나지 않았다. 나는 확실히 그 선생님의 신뢰를 얻고 있었다. 사요코의 지인이 그 선생님이라고 가정하면, 그 여자는 당시 나를 의심했다는 뜻이다.

"그 선생님, 여자야?" 내가 물었다.

"맞아. 나보다 꽤 나이가 많아. 왜?"

"나 고등학교 때 화학 선생님도 여자였거든."

"그래, 근데 2분의 1 확률로 여자잖아. 그분 지금은 선생님 그만뒀어. 마츠야 씨가 어느 고등학교에 있었더라, 쿠우야네 선생님도 마츠이 씨였어?"

"그런 이름이었던 것 같기도 하고, 아니었던 것 같기도 해."

솔직히 나는 선생님 이름을 까맣게 잊어버렸다.

"설마…, 아닐 거야. 그런 우연이 어딨어. 쿠우야도 화학 잘했어? 폭탄 만들 수 있어?"

적극적인 거짓말은 하고 싶지 않아서 대답하기 곤란했다.

분명 그때 경찰이 학교에 찾아왔었을 것이다. '약품 창고는 어떻게 관리되고 있습니까?' 이런 질문에 선생님은 '열쇠는 교무실에서 엄중히 관리해서 학생이 가지고 나갈 수 없어요. 재고 관리도 완벽하게 하고 있습니다'라고 대답했을 것이다. 나에게 열쇠를 맡겼다고 이야기했을 리가 없다. 선생님 입장에서 내가 범인이어서는 안 됐으니까.

나는 필사적으로 선생님의 이름을 기억해 내려는 척하며 고개를 갸웃거리던 참이라, 다행히 '폭탄 만들 수 있어?'에 대한 대답을 어물쩍 넘길 수 있었다.

"나, 쿠우야를 만나고 나서 행복해. 태어나서 처음 느끼는 행복이야."

"처음이야, 행복이?"

"왼쪽 눈이 없어지기 전에도 행복하지 않았거든."

사요코가 '왼쪽 눈이 없어졌다'라고 말할 때마다 나는 마음속에서 '멋진 눈이 있으면서'라고 덧붙였지만, 그 마음을 제대로 말로는 표현할 수 없었다. 그런데 얼마 전 '그건 내 느낌'이라는 듯한 사건이 있었다.

직장에서 화장실에 갔는데 '청소 중'이라는 안내판이 나와 있었다. 전에 그냥 들어와도 된다고 들은 적이 있어서 "실례합니다" 하며 뛰어 들어갔다. 손을 씻는데 청소 아주머니가 옆에 서서 세면대 구석에 놓인 작은 꽃병을 가리켰다. 자그마한 잎에 작은 꽃봉오리 하나가 달린 식물이 꽂혀 있었다. "뭐예요?"라고 일단 물었다.

"뭔지 잘 모르겠지? 이 꽃이 밖에서는 활짝 피어서 엄청 예뻤어. 그래서 따 왔는데, 여기는 해가 들지 않아서 계속 봉오리인 채로 피지를 않아. 이 화장실에 들어오는 사람은 아무도 이 꽃의 아름다움을 몰라."

그 말을 듣고 다시 꽃을 바라봤지만, 꽃망울은 굳게 닫힌 채여서 꽃의 색깔조차 알 수 없었다.

아주머니는 이어서 말했다. "그럼 단념하고 여기서도 피는 꽃으로 바꾸면 되지 않나 싶잖아? 아예 시들어서 죽어버리면 당연히 그렇게 할 텐데, 얘가 물은 잘 마셔서 건강해. 단지 꽃봉오리가 벌어지지 않을 뿐이야." 아주머니는 당장이라도 시를 줄줄 읊을 듯한 분위기로 나를 불안하게 했다. "그런데 그래도 상관없지 않나 싶더라. 예쁜 걸 내가 아니까. 아무도 몰라도 돼. 내가 아니까 충분해." 아주머니는, '너는 모르겠지' 하듯 "그런 게 있어" 하며 내 대답을 기다리지도 않고서 대화를 매듭지었다. 내게서 등을 돌리고 다시 청소를 시작했다.

"알아요, 그 마음. 아주 잘."

내가 말하자, 아주머니는 뒤돌아 조금 놀란 표정을 지었다. 그 입이 작게 벌어진 채 굳어 가는 것을 지켜보다가 나는 화장실을 나왔다. 그것이 '내 느낌'이다. 아무도 눈여겨보지 않는다. 눈여겨봐도 아름답다고 여기지 않는다. 그런 사요코의 의안, 나만이 그 신비로운 빛을 안다. 나만이 아주 멋지다고 생각한다. 아무도 몰라도 된다. 그런 게 있다.

사요코는 나를 만나서 처음으로 행복을 찾았다고 했다. 솔직히 기쁘지만, 나는 그녀가 의안을 짊어져야 할 빛으로 생각하는 것을 잘 안다. 그래서 의안을 끼기 전 그녀가 행복하지 않았던 이유는 무엇이었을지 궁금했다.

"폭탄과의 만남 전에 힘든 일이라도 있었어?"

"만남? 쿠우야는 특이해. 맞아, 만남이라면 만남이지. 폭탄과의 만남. 운명적이다. 그래, 그 만남 전에 힘든 일이 있었어."

"물어봐도 돼?"

"좋아하는 사람이 있었어. 근데 이루어지지 못했어."

"짝사랑?"

"글쎄. 그렇다고도, 아니라고도 볼 수 있어."

"그럼 안 물어볼게. 상상해 볼게. 불행했던 사요코."

나는 그렇게 말했지만 전혀 상상되지 않았다. 굳이 말하자면 나는 상상하는 것을 아주 좋아한다. 사소한 일도 상상으로 크게 부풀려서 가끔은 그걸 현실로 착각할 정도다. 그런데 '사요코가 불행해지는, 이루어지지 않는 러브 스토리'는 머릿속에 그려지지 않았다. 나에게 그녀의 과거 연애는 그다지 의미가 없다. 얼마나 흥미롭냐에 따라서 상상에 온도 차가 꽤 있다.

"쿠우야는 비밀 있어?" 그녀가 물었다.

우리는 처음 만난 뒤로 늘 아무것도 아닌 척 중요한 질문을 던지곤 했다. 하지만 정말 하고 싶은 말과 듣고 싶은 말은 살며시 간직해 두었다. 두 사람 각자의 비밀.

"있어. 나는 고등학생 때 밤중에 자전거를 타고 돌아다니다가 동트기 전에 집으로 돌아갔어. 아무한테도 들키지 않았어. 비밀이야."

사요코는 작게 웃으며 고개를 흔들었다.

"뭐야, 그런 건 비밀도 아니다. 그게 비밀이면 나는 비밀이 아니라 폭탄이야."

"그런가? 그래서 뭔데, 사요코의 비밀은? 아니, 폭탄은?"

"글쎄. 듣고 싶어?"

사요코는 두 눈으로 나를 빤히 쳐다보았다. 그녀의 왼쪽 눈은 오늘도 신비롭게 빛났지만, 오늘은 표정에서 읽히는 단서가 전혀 없었다. 비빌 언덕인 오른쪽 눈마저 냉담했다. 이럴 때는 나아가기를 단념하는 수밖에 없다.

"그럼 듣지 말고 소중하게 간직해 둘까? 비밀은 비밀인 채로 있는 게 제일 편할지도 몰라."

사요코는 고개를 끄덕이더니 내 가슴에 얼굴을 묻었다. 나는 호리호리한 꺽다리고, 그녀는 작은 나뭇가지처럼 아담하다. 작은 나뭇가지가 사락사락 흔들리며 꺽다리 줄기에 달라붙어 있다. 서 있는 채로 끌어안으면 딱 내 심장 부근에 그녀의 의안이 온다. 그렇게 생각하는 것만으로도 두근거려서, 그녀의 정수리에 턱을 얹었다. 그리고 그녀를 꼭 껴안았다. 잘 짜 맞춘 나뭇결처럼 우리는 딱 들어맞았다.

"지나간 일은 상관없어. 사요코가 지금 행복하면 그걸로 됐어."

내 말이 턱에서 울려, 진동하며 그녀의 정수리에 전달되었다.

"왠지 옛날 노래 가사 같네."

내 가슴에 얼굴을 묻은 그녀의 말이, 진동하며 내 가슴에 전달되었다. 이렇게 딱 붙어서 서로 진동하며 살아가면 아무 문제도 없다.

우리의 시간은 천천히 흘러 어느덧 둘이 함께하는 첫 가을을 맞았다.

"덥지도 않고 춥지도 않아서 기분 좋은 날씨네." 지난밤 사요코가 말했다. 사계절이 있는 나라에서 가을이 오면 수도 없이 되풀이되는 말이다. "곧 시린 겨울이 와서 가을을 흔적도 없이 송두리째 쓸어 가겠지." 덧붙인 말이 사요코다워서 아주 자연스러웠다.

"다가올 일은 상관없어. 사요코가 지금 행복하면."

나는 창가에 서서 달을 찾으며 옛날 노래 가사를 읊었다. 하늘이 어슴푸레하게 밝은데, 어딘가에 있어야 할 달이 보이지 않았다. 이제 곧 음력 팔월 보름이다. 거의 완벽하게 동그란 달이 밤하늘에 존재감을 퍼뜨리고 있을 텐데, 대체 어디에 숨어 있는 것일까.

"행복해. 그런데 내 몸에서 슬픔과 외로움의 비율이 대부분이고, 기쁨과 즐거움의 비율은 손끝 하나 정도야." 그녀가 말했다.

사요코는 어디까지나 사요코답게 나의 비위를 맞추지 않고 진실을 말했지만, 나는 모르는 체하며 계속 달을 찾았다. 그녀는 옆에 서서 하늘을 올려다보며 내 손에 손끝을 걸었다. 나는 그녀의 기쁨과 즐거움을 꽉 쥐었다. 달은 둘이 찾아도 보이지 않았다.

이튿날은 휴일이었고, 어젯밤 달이 결석한 것을 메꾸듯 완벽하게 맑은 가을 하늘이었다. 사요코는 혼자 장을 보러 나갔다. 창문에서 바람이 기분 좋게 불어와 현관 초인종 소리까지 바람의 기척으로 들렸을 정도다. 그것이 누군가 왔다는 알림이라는 사실을 깨닫고 나서는 방문자도 분명 상쾌한 공기를 데리고 들어오리라 믿어 의심치 않았다. 모니터도 보지 않고 "네에"라고 느슨한 목소리를 내며 문을 열어 보니, 교복을 입은 한 소녀가 서 있었다. 중학생쯤 되어 보였다.

"안녕하세요. 카도타 히나예요."

갑작스러운 자기소개에 당황하면서도, 그 이름이 기억 속에 있음을 깨달았다.

"히나라면, 그 히나?"

"마치다 사요코 씨가 아는 히나라면 아마 저일 거예요." 히나는 사요코를 결혼하기 전 성씨인 마치다로 불렀다.

"사요코는 장 보러 나갔는데, 어떡하지? 나만 있어도 괜찮아?"

히나는 그 말이 의외였는지 순간 난처한 표정을 지었다.

"아마 그쪽만 있으면 안 될 거예요. 저는 아빠를 찾으러 왔거든요. 마치다 사요코 씨가 뭔가 알 것 같아서요."

"너희 아빠는 여기 없어." 내가 말했다.

"그건 알아요. 마치다 사요코 씨가 결혼한 걸 알았을 때부터 아빠가 여기 없을 거라는 건 알고 있었어요. 그런데 아빠가 행방불명이라서 마치다 사요코 씨가 아는 걸 전부 말해 줬으면 해요."

히나는 사요코를 계속 결혼 전 성까지 붙여서 불렀다. 나에게 화났는지 작게 입을 삐죽였다.

"몇 시쯤 돌아오는지 물어볼까? 집에 들어와서 기다릴래?"

히나는 내 제안을 거절하고 집 밖에서 기다리겠다고 했다. 나는 사요코에게 전화를 걸었지만 통화는 연결되지 않았다. 그 사실을 전하자 히나는 내게 사요코의 휴대전화 번호를 알려 달라고 했지만 개인 정보라서 알려 줄 수 없다고 했다. '개인 정보'라는 말이 널리 퍼진 덕분에 수많은 상황을 모면할 핑곗거리가 생겨서 다행이다. 사실 내 도움 없이 연락이 닿아서 이야기가 끝나 버리면 아쉬울 것이다. 나도 히나와 사요코 사이에 끼고 싶고 그럴 자격도 있다. 나와 히나는 전혀 상관없는 사이도 아니니까. 히나는 나와 단둘이 좁은 방에서 기다리기가 싫은 모양이었다. 그래서 아파트 앞 커피숍에 가자고 했다. 거기서는 아파트 입구가 보이니 사요코가 돌아오는 걸 알 수 있다고 하자 히나가 승낙했다.

커피숍에 자리를 잡고서도 마음이 불편한지 안절부절못하는 모습이었다. 이쯤 되면 내가 대화를 주도하는 수밖에 없었다.

"아빠가 행방불명이야?"

"네. 작년 12월부터 못 봤어요."

내가 사요코를 처음 만난 시기가 딱 그쯤이다. 물론 그런 말은 입 밖으로 내지 않았다.

"옛날에 아빠랑 마치다 사요코 씨가 사귀었어요."

그런 이야기를 주저 없이 나에게 하는 점이 아직 어린아이답다는 생각도 들었고, 남을 배려할 여유도 없을 만큼 절박한 이야기인가 하는 생각도 들었다. 우선 솔직해서 호감이 갔다.

"옛날이라면, 언제?" 내가 물었다.

히나는 내 말뜻을 이해하지 못한 듯했다.

"네가 폭탄을 터뜨리기 전? 사요코에게 의안이 생긴 후?"

선택지가 두 개니까 이제 답하기 쉬울 것이다.

"폭탄이 터지기 전이요." 히나는 잠시 생각하다가 버스 정류장 이름을 대듯 간단히 대답했다. 폭탄이 터지기 전이라면 나와는 아무 상관이 없는 사요코다.

"그리고 아마 폭탄이 터진 후에도. 제가 궁금한 게 바로 그거예요." 히나가 덧붙였다.

방심한 사이에 추가로 답이 돌아왔다. 선택지를 두 개 준 의미가 사라졌고, 선택지에 있던 의안은 없는 취급을 당했다. 그런데 그것이 나와의 연관을 만들어 냈다. "흐음." 나는 실제로 소리 내어 신음하며 그 의미를 생각했다. 히나는 그 모습을 보고 나에게 자세한 상황을 이야기하는 건 좋지 않다는 생각이 들었는지, 아니면 타인을 배려하지 못한 것이 부끄러웠는지, 갑자기 "오늘은 그냥 갈게요" 하며 자리에서 일어났다. 나는 다시 한번 사요코에게 전화했지만, 역시 통화는 연결되지 않았다. 히나는 다음에 언제 오겠다고도, 연락 달라고도, 내 휴대전화 번호를 알려 달라고도 하지 않고 돌아갔다.

그로부터 30분쯤 지나서 사요코가 돌아왔다.

"아깝다. 간발의 차네. 방금까지 히나가 기다리고 있었어."

"히나라면, 그 히나?"

한 시간 전에 내가 한 말을 사요코가 똑같이 되풀이했다. 나는 히나에게 들은 이야기를 그녀에게 전했다. 사요코는 놀라지도 않고 당연하다는 듯이 듣고는 히나의 부족한 설명을 보충하듯 히나의 아빠와 있었던 일을 이야기했다. 이렇게 막힘없어도 되는지 내가 다 걱정스러울 정도로 담담했다.

고용주 카도타 씨와 연애하는 사이였다고 했다. 전부터 알던 사이는 아니었고, 아르바이트를 시작하고 나서 불륜이 시작됐다. 히나의 엄마는 그 사실을 전혀 몰랐고, 폭탄 사건 때도 눈치채지 못했다. 사요코가 왼쪽 눈을 다쳤을 때 치료비는 전부 카도타 집안이 부담했다고 들었는데, 표면상으로는 자기 아이를 구해 준 데에 대한 감사의 마음을 담은 위로금으로 보였다. 하지만 사실은 카도타가 귀찮은 사요코를 떼어 낼 마음으로 준 위자료 같은 개념이었다. 폭탄이 터지기 전의 관계는 분명 그때 청산됐는데, 그 후 몇 년쯤 지나 재회해서 예전처럼 불륜 관계가 이어졌다.

"그 사람은 나를 만날 때마다 미안하다는 말을 되풀이했어. 관계를 청산해서가 아니라, 눈을 이렇게 만들어서 미안하다고. 웃기지? 그 사람 탓이 아닌데."

그렇다면 나는 사요코에게 미안하다는 말을 되풀이해야 했다.

"아무튼 카도타 씨랑은 이미 한참 전에 싸우고 헤어졌어. 쿠우야를 만나고 나서는 한 번도 안 만났어."

"싸웠어?"

"용서 못 할 말을 하잖아."

"어떤 말?"

"의안을 끼고 사니까 이제 자기밖에 없지 않냐고. 아, 미안. 이런 얘기 듣기 싫지?"

평소에는 거침없으면서 오늘은 조금 다른 사요코다. 가녀린 어깨를 끌어안아 보니, 피부가 서늘해서 마치 내 열정을 거부하는 것 같았다.

"히나가 또 올까?" 내가 물었다.

사요코는 고개를 살짝 갸웃했지만, 내가 그렇게 생각하듯 사요코도 히나가 또 올 것이라고 확신하고 있었다. 그녀의 사랑스러운 의안이 다시 신비롭게 빛났다. 의안에는 내 모습이 비쳤고, 나는 먼 옛날로 빨려 들어갈 것 같았다. 그때 불쑥, 지금까지 까맣게 잊고 있던 것이 떠올랐다.

"사요코, 폭탄은 하얀 상자였어?"

"뭐야, 갑자기? 맞아. 이만한 작은 상자."

사요코는 손가락으로 테두리를 만들어 폭탄의 크기를 표현했다.

"너는 얼마나 떨어져 있었어, 폭탄에서?"

"1미터 정도."

질문에 대답하는 사요코는 조금 불안해 보였다.

"그 거리에서 상자를 확실히 봤는데도 히나가 여는 걸 안 말렸어?"

"폭탄인 줄 몰랐는걸."

사요코는 점점 더 불안해했다. 마치 내게서 폭격을 맞은 것 같았다.

"알았으면 말렸을 거야?"

이 질문은 사요코에게 더 큰 폭격이었을 것이다.

"상자가 폭탄인 줄 누가 알았겠어?"

예전에 상황을 물었을 때, 하얀 상자는 '폭발하면서 불에 타 버렸다'라고 했다. 경찰도 모르는 상자의 비밀. 그것이 폭탄일 수 있다는 사실을 알면서도 히나가 상자를 열게 내버려 둔 것이었다면 어떨까. 히나가 다쳐도 된다고, 혹은 죽어도 된다고 생각했다는 뜻이다. 터지기 전에는 폭탄의 위력을 알 방도가 없다. 정말 폭탄이라면, 상자를 열었을 때 크게 다칠 수도 있다는 건 예상할 수 있었을 것이다. 카도타와의 연애에서 히나는 방해물이었을 것이다. 나는 남몰래 생각하며 사요코의 상태를 살폈다.

"쿠우야, 갑자기 왜 그래? 뭐 아는 거 있어?"

나는 떠오른 생각을 사요코에게 말할 수 없었고, 사요코가 히나를 어떻게 하고 싶었는지도 물을 수 없었다. 그저 "그렇구나"라고 말해야 했다.

"쿠우야의 '그렇구나'가 무슨 의미인지 모르겠어. 뭐, 아는 게 있어?"

"내 '그렇구나'는 그냥 '그렇구나'야. 의미는 없어. 굳이 말하자면, 사요코 말이 맞다는 뜻이야."

사요코는 아무 대답도 하지 않고 잠시 멍하니 있었지만, 이윽고

장을 보고 온 뒤로 내내 테이블 위에 팽개쳐 둔 에코 백에서 감 두 개를 꺼냈다.

"감이야. 하나는 슈퍼에서 낱개로 파는 걸 샀어. 다른 하나는 받았어. 왜, 저 앞에 있는 마당 넓은 집에 감나무가 있잖아. 그 집 아주머니가 하나 먹어 보라고 줬어."

"그래? 완전히 똑같아 보이는데."

"그렇지? 내가 말하지 않았으면 쿠우야는 끝까지 차이를 몰랐을 거야. 먹어 봐서 똑같은 맛이면, 어느 쪽을 고르든 손에 들어온 과정은 상관없어져."

"결국 어느 쪽을 고르든 달고 맛있으면 된다는 뜻이야? 사요코는 결과 지상주의네."

"하지만 감이 꼭 달다는 보장은 없어." 사요코가 말했다.

그 말의 의미를 생각해봤지만, 수학처럼 명확한 답은 나오지 않았다. 사요코의 비유는 난해해서 이과 뇌를 지닌 나를 괴롭게 했다. 사요코가 처음부터 상자가 폭탄임을 알았든 몰랐든 결국 히나는 뚜껑을 열었고, 사요코는 의안이 됐다. 결과는 같으니 과정은 전혀 상관없다. 그런 말일까. 그 결과 내가 첫눈에 반했으니 모든 게 잘 풀린 셈이다.

나는 이렇게 말했다. "감은 분명히 두 개 다 달콤할 거야."

사요코의 비유든 말의 의미든, 정확히 알지 못해도 괜찮다. 한껏 차오른 커다란 달을 찾지 못하는 내가 사요코의 작은 마음을 찾을 수 있을 리가 없다.

일주일 후, 히나가 다시 우리 집을 찾아왔다. 이번에는 사요코가 있어서 안에 들어오라고 하니, 거실에 오도카니 자리를 잡았다. 공식 방문인 듯 오늘도 교복 차림이다.

"아빠에 관해 아는 거 없어요?"

"왜 나를 찾아왔어?" 사요코가 물었다.

"아빠가 실종됐어요. 평범하게 '다녀올게' 하고 집을 나서서는 돌아오지를 않아요. 경찰에 신고했는데 범죄로 의심되지 않는다고 수사를 안 해 줘요. 저랑 엄마는 여기저기서 단서를 찾았지만 다 헛수고였어요. 그러다 얼마 전에 아빠의 다이어리를 발견했는데, 거기 마치다 사요코 씨를 만난 날이 적혀 있었어요."

"내 이름이?"

"아니요. 정확히 말하면 이름이 아니었어요."

"그럼 뭐였는데?" 사요코가 질문했다.

내가 원했던 대로 같은 공간에서 둘의 대화를 듣던 나는 이야기에 빠져들어 나도 모르게 몸을 앞으로 기울였다. 사요코는 의외로 냉정했다.

히나가 답했다. "달력에 '오른쪽 우(右)'가 적혀 있었어요. 아빠 글씨체는 너무 읽기 힘들어서 간단한 글자인데도 처음에는 무슨 글자인지 못 알아봤어요. 근데 그게 암호인 것 같았어요."

내가 알게 된 내용은 이랬다. 히나는 사요코를 기억하지 못했지만, 몇 년쯤 전 아빠와 둘이 있을 때 우연히 사요코를 만나서 "히

나를 감싸 주다가 다친 사람이야"라고 소개받았다. 폭발 당시에
는 어렸기에 사건에 대한 기억이 거의 없었지만, 당시 상황을 부
모님에게 듣기는 했다. 그래서 사요코를 소개받았을 때 오른쪽에
있는 눈이 이상해서, '이게 의안인가?' 하고 신기해하며 쳐다보고
말았다. 그러다가 불쑥 미안한 마음이 올라와서 견디기 힘들었다.
그 후로 이따금 사요코의 의안이 떠올라 숨이 막혔고, '오른쪽'과
'눈'이라는 말에 크게 얽매이게 되었다고 한다. 덕분에 깨달았다.
아빠가 적은 암호는 '오른쪽 우'가 아닐까 하고. 다시 말해, 사요
코다. 마치다 사요코는 몇 번이나 아빠를 만났다. 엄마는 아무것
도 눈치채지 못했고, 사요코와 아빠가 만나는 사이라고는 상상하
지도 못했다. 엄마에게 사요코는 먼 옛날에 잊힌 불쌍한 베이비시
터에 지나지 않았다. 하지만 히나는 몇 년 전에 소개받았을 때도
우연이 아니라 의도적으로 사요코가 그들 부녀에게 접근한 것이
아닐까 의심했다. 확실히 아빠의 암호는 그 무렵부터 시작되었다.
전부 추측이라서 엄마에게 그 이야기를 하지는 않았다.

히나는 그렇게 설명한 뒤, '어때?'라고 말하듯 우리를 번갈아 보
았다.

"저는 생각한 걸 전부 말하는 성격은 아니에요. 그건 지금까지
도 그랬듯이 앞으로도 제 무기가 될 거예요." 히나가 말했다.

"응. 그래, 그래. 나도 그래." 평소에 내가 생각하던 말을 들어서
바로 맞장구를 쳤지만, 히나는 표정을 바꾸지 않고 나를 힐끔 보
기만 했다. 나는 그냥 분위기 파악 못 하는 사람이 되어 버렸다.

사요코가 말했다. "히나는 내가 그 '오른쪽 우'라고 확신하나 본데, 그건 네 착각이야. 참고로 내 의안은 왼쪽이야. 그러면 '왼쪽 좌(左)'여야지. 네가 나를 오른쪽이라고 하는 건 아주 자기중심적인 이론이야."

이때 문득 생각했다. 카도타는 어느 쪽을 중시했을까. 의안을 낀 사요코의 왼쪽 눈을 오른쪽이라고 불렀을까, 폭발에도 남은 오른쪽 눈을 오른쪽이라고 불렀을까. 나에게는 매우 중요한 문제였다. 그가 사요코에게서 집중한 것이 내가 사랑하는 의안이었다면 질투가 날 것이다.

"아빠가 사라진 날에도 오른쪽 암호가 확실히 적혀 있었어요. 제가 착각한 거예요?"

"아무튼 나는 네 아빠가 어디 있는지 몰라. 다른 데서 알아봐."

상당히 궁지에 몰린 느낌이었는데, 사요코는 가볍게 상황을 피해 갔다. 히나는 불만이 있어 보였지만 체념했는지, 아니면 극비로 수사를 계속 이어갈 결심을 했는지, 입을 '한 일(一)' 자로 다문 채 자리에서 일어났다. 일단은 전초전으로 끝낼 생각인지 더 파고들 마음은 없어 보였다. 싱거운 결말에 김이 샜다. 히나는 현관으로 향하다가 문득 떠오른 듯 뒤를 돌아보았다.

"사요코 씨, 지금 행복해요?" 히나가 물었다.

계속 '마치다 사요코'라고 결혼 전 성을 붙여서 부르다가 갑자기 이름만 부르자, 내 존재를 인정받은 느낌이었다. 질투의 불꽃이 여전히 연기를 피웠지만 히나 덕분에 진화될 것 같다.

"행복해. 앞으로도 계속 그럴 거고."

"다행이네요. 그럼 가 볼게요."

"히나, 아빠를 좋아해?" 사요코가 물었다.

히나는 난처한 표정을 지었다. 내가 예상하기로는 그다지 좋아하지 않는 것 같았다.

"싫어해요. 사라져서 더 싫어졌어요. 하지만 찾긴 찾아야죠. 아빠니까."

일종의 사명감이구나. 말로 뱉을 뻔하다가 삼켰다. 사요코는 입을 꾹 다문 채 마지막으로 해야 할 말을 하지 않았다. 어쩔 수 없이 내가 대신해서 말했다. "아빠 얼른 찾았으면 좋겠다."

현관 앞에서 히나를 배웅한 사람은 나뿐이었고, 거실로 돌아와 보니 사요코는 눈을 감고 소파에 기대어 앉아 있었다. 사요코의 눈이 감기면 어디서도 단서를 찾을 수 없어서 나는 속수무책이었다.

"쿠우야, 물어보고 싶은 게 있으면 물어봐도 돼." 사요코는 그렇게 말하면서도 변함없이 눈을 꼭 감고 있었다.

"여태 안 물어봤으니까 앞으로도 그러면 안 될까? 나는 공상하는 걸 좋아해서 모든 걸 공상으로 끝맺는 것도 가능해."

내 말에 사요코는 꿈쩍도 하지 않았다. 평소였다면 그대로 뒀겠지만, 오늘은 왠지 변명해 보고 싶었다. "지금도 밑 작업 중인 건 있는데, 그걸 반드시 현실로 옮길 거냐 하면 확실치 않아. 공상만으로도 충분하다 싶은 것도 있어. 만약 이렇다면, 저렇다면, 이러

면서 이런저런 생각을 하는 게 재미있잖아. 한 치의 흔들림도 없
는 현실은 재미없어."

"맞아. 나도 공상 엄청 좋아해. 가끔 쿠우야가 없어질 때마다
어디 가서 뭘 하는 걸까 상상해."

사요코는 눈을 뜨고 소파에서 몸을 일으켰다. 그녀의 얼굴은
웃는 것 같기도, 우는 것 같기도 했다. 오른쪽 눈과 왼쪽 눈이 보
기 드물게 합심해서 표정을 읽기 힘들게 했다.

나는 요즘도 폭탄을 만든다. 어느 정도 살상 능력이 있을 수도
있다. 하지만 누군가를 해치고 싶다든가, 죽이고 싶어서가 아니다.
지금도 테러리스트가 될 마음은 털끝만큼도 없다. 첫 폭탄보다
훨씬 큰 것을 만들어 보고 싶다는 이유만으로 폭탄 제작에 힘을
쏟고 있다. 그래서 외진 산속의 작은 땅을 사서 은신처를 만들었
다. 그래 봤자 컨테이너를 옮겨다 설치한 것이 전부다. 창문도 안
에서만 열 수 있고, 유리창도 아니어서 바깥에서는 들여다볼 수
없는 구조다. 평소에는 단단히 문을 잠가 놓으니, 누가 부지에 침
입해도 컨테이너 안에는 들어갈 수 없다. 직장에서 몇 년에 걸쳐
조금씩 빼낸 약품으로 거기서 열심히 폭탄을 제작한다. 그걸로
무언가를 하고 싶다는 목표는 지금으로서는 없다. 이것이 폭발하
면 어떻게 될지, 그 순간의 상황과 설치할 장소, 시간, 기분을 공
상하는 것이 즐거울 뿐이다. 지금까지 크기와 폭발의 정도가 다
른 폭탄 몇 개를 완성했다. 일명, '폭탄 수집가'다. 내가 사요코 앞

에서 가끔 사라지는 이유는 은밀한 취미 생활을 위해 은신처에 가기 때문이다.

어느 날 밤, 은신처가 있는 산에 운석이 떨어졌다. 낙하 지점에서 조금 떨어진 은신처까지 땅울림이 전해져서 나는 누가 폭탄을 터뜨린 줄 알았다. 이 세상에서 나만 폭탄을 만들고 있을 거라고 자만했음을 반성했다. 심지어 그 누군가는 폭발까지 시켰다. 그렇게 그날 밤은 패배감에 휩싸여 잠들었는데, 다음 날, 뉴스를 보고 떨어진 운석이 일으킨 진동이었음을 알았다. 국내에서는 보기 드문 큰 운석이었다고 했다. 아무도 없는 외진 산속에 떨어져서 다행이라고도 했다. '운석의 충격을 실시간으로, 피부로 느낀 사람은 나뿐이었나 보다'라고 생각했다. 운석 중에는 광을 내면 보석처럼 아름답게 빛나는 것도 있다고 한다. 광을 낸 아름다운 구체 운석을 상상하며 내가 만든 폭탄에 넣어 보고 싶다고 망상했다. 헛수고임을 알면서도 운석 조각이 떨어져 있지는 않나 주변을 찾으며 돌아다녔다.

운석이 떨어진 일대는 공원처럼 꾸며져서 한동안 구경꾼이 찾아왔지만, 얼마 지나지 않아 아무도 찾아오지 않게 되자 다시 초목이 울창하게 우거졌다. 은신처 주변이 소란스러워질까 봐 걱정했는데 기우로 끝났다. 하지만 운석이 떨어졌던 일을 잊어갈 즈음, 누군가 그 장소에 '운석 낙하 기념비'를 만들자고 제안했다. 어떻게든 운석의 흔적을 남기고 싶어 하는 사람이 있었나 보다. 나는 보란 듯이 반짝반짝 빛나는 대리석 기념비가 세워질 거라고 예상했다. 운석처럼 가공하지 않은 자연석으로 만들면 금방 풀과 이끼에 덮이고 산과 동화돼서, '기념'이라는 당초 사명을 다하지 못하게 되니까. 기념비 이야기를 들은 날 밤, 공원에 가 봤다. 공원에는 제구실을 못 하는 가로등의 희미한 빛밖에 없었다. 그런 어스름 속에서 기념비가 들어올 자리에 팬 커다란 구덩이를 발견했다. 기념비를 설치하려고 미리 구덩이를 파 둔 모양이다.

기념비가 완성될 무렵에 다시 밤 산책을 나섰다. 예상대로 반짝이는 돌이 운석 낙하를 기념한다는 명목으로 섰고, 구덩이는 완전히 막힌 상태였다. 나는 그 광낸 돌로 만든 기념비 구석에서 어둠에 녹아들 듯 놓인 검은 휴대전화와 운명처럼 만났다. 아무도 찾아오지 않는 그런 장소에 사요코는 왜 휴대전화를 놓고 갔을까. 그날 밤, 나는 '처음 뵙겠습니다'로 시작한 대화에서 그 이유를 묻지 않았다. 사요코도 '왜 이런 시간에 그런 곳에 있었나요?'라고 묻지 않았다. 이렇게 우리 두 사람의 수수께끼투성이인 이야기가 시작되었다.

눈 깜짝할 사이에 시간이 흘러서 '기분 좋은 가을'을 잊었을 즈음, 히나는 다시 찾아왔다. 나는 가을보다도 겨울의 얼어붙을 듯한 날씨를 좋아한다. 초겨울 바람이 연주하는 선율은 내 심장 박동과 맞물린다. 춥고, 차갑고, 얼고, 이 얼마나 매력적인가. 그리고 무엇보다도 겨울은 내게 사요코를 선사했다.

히나는 이번에는 사요코가 아니라 나를 찾아왔다. 늘 그랬듯,

교복 차림이었다.

"외출할 때 항상 교복을 입어?"

"아니요. 여기 오려고 입었어요. 전투복 같은 거예요." 히나가
대답했다.

"그렇구나. 여기는 전장이구나. 잘 어울려. 그보다 나한테만 따
로 묻고 싶은 게 있다고? 오늘 마침 사요코가 혼자 외출해서 다
행이다."

히나는 콧등에 주름을 만들었다. 아무래도 적절한 날에 찾아
온 것이 우연은 아닌가 보다.

"뭐야, 벌써 몇 번 왔다 갔던 거야? 그럼 우리가 같이 외출한
날에는 실망했겠네."

이번에는 미간에 주름을 만들며 입을 일그러뜨렸다. 휴대전화
가 널리 사용되는 이 시대에 특정한 누군가와의 연결고리를 만드
느라 이렇게까지 가시밭길을 걷는 중학생은 처음 봤다. 진작 내
휴대전화 번호를 물어봤으면 고생하지 않아도 됐을 텐데.

"쓸데없는 사람을 저장하긴 싫으니까요." 히나가 말했다.

표정을 읽히고 말았다. 상대하기 쉽지 않은 중학생이다. 처음
왔을 때 사요코의 휴대전화 번호를 물어봐 놓고, 나를 쓸데없는
사람 취급하는 것이 조금 분했다.

"쓸데없는 사람이라서 미안하네. 그래, 쓸데없는 사람한테 뭘
물어보러 왔어?" 유치한 것은 알지만, 히나를 곤란하게 만드는 것
이 지금 분위기에는 어울리는 것 같아서 일부러 그렇게 말해 보

았다.

"쿠우야 씨는 우리 아빠 몰라요? 사요코 씨한테 무슨 힌트 들은 거 없어요?"

"나는 네 아빠를 만난 적도 없고, 애초에 얼굴도 몰라. 사요코한테 들은 힌트도 없어." 조금 짓궂을 정도로 확실히 선언했다.

"이상하게 생각되는 점도 없어요?"

"이상하다고 생각할 때는 많아. 우리한테 수수께끼는 일상이거든." 내가 말했다.

"부부는 닮는다더니."

의외의 발언이었다. 나와 사요코가 닮았다고 생각해 본 적은 없었다.

"일부러 사요코가 없을 때 찾아온 너에게는 미안하지만, 사요코가 너한테 말한 것 말고는 나는 몰라. 하나, 사요코가 아빠의 행방을 안다는 의심이 들어?"

"확신까지는 아니지만 가능성은 있다고 봐요. 저는 일단 '가능성이 있겠다'라는 생각만으로도 움직이고 있으니까. 지금은 힌트가 제로예요. 만약 쿠우야 씨가 어디서 힌트를 찾으면 경찰에 신고해 주세요. 모쪼록 잘 부탁드려요."

연결고리는 경찰인가. 나를 한결같이 쓸데없는 사람으로 취급하며 연락처는 가르쳐 주지 않을 심산인가 보다.

"아빠 얼른 찾았으면 좋겠다." 나는 전과 똑같은 말을 반복했고, 하나는 중년의 아주머니처럼 입가에도 주름을 만들었다. 히나가 평범한 중학생처럼 천진난만하게 웃는 얼굴을 한번 보고 싶다.

"맞다. 이거 아빠 사진이에요. 처음 왔을 때 드렸어야 했는데. 갖고 있어 주세요. 이 얼굴을 보고 생각나는 게 있으면 바로 경찰에 신고해 주세요."

"경찰이 아빠 사진으로 실종자 전단지를 만들어 버려도 돼?"

"네. 만들게 해 주세요."

넘겨받은 것은 상반신 사진이었다. 남자는 턱에 엄지와 검지를 대고 있었다. 명백히 의식하고 취한 자세였다. 엄마가 가지고 있는 옛날 가수 사진이 딱 이런 느낌이다. 어쩐지 우스워서 웃음을 터뜨릴 뻔했지만, 시험 삼아 사진과 똑같이 자세를 취해 보았다. 어쩌면 히나가 웃어 줄지도 모른다고 생각했다.

"쿠우야 씨, 매스꺼워요."

피식 웃는 것은 고사하고, 히나는 얼굴을 잔뜩 찡그린 채 온 힘을 다해 나를 비난했다. 역시 쉽지 않구나.

히나가 말했다. "그런데 이 사진, 확실히 카메라를 의식하고 있죠? 매스꺼워. 아빠는 허세가 있어요. 엄마 말로는 '로맨티시스트'라서 그렇대요. 진짜 매스꺼워."

'로맨티시스트'가 '매스꺼워'와 동격인 것은 중학생의 방정식일까. 게다가 '매스꺼워'를 이렇게 연발하다니, 어디서 스위치가 켜진 걸까. 역시 방금 내가 무모한 시도를 한 탓인가. 나는 반성했다.

내가 물었다. "로맨티시스트면 별도 좋아하시려나?"

"좋아해요. 별똥별 사진 같은 것도 갖고 있었거든요. 아, 그러고 보니 '호시코 쿠우야'라는 이름에도 별이 들어 있네요. 완전 매스꺼워. 아, 죄송해요."

히나는 막말을 남기고 떠났다. 그나저나 정성스레 '완전'까지 붙인 마지막 '매스꺼워'는 어디를 향해 던진 말이었을까. 생각해 봤지만 답을 얻지는 못했다. 모호한 문제에는 마음이 불안해진다. '인생이 전부 수학으로 돼 있으면 좋을 텐데'라고 진지하게 생각했다.

손에 남은 카도타의 사진을 빤히 보았다. 사진 속 그는 천진난만하게 웃고 있었다. 히나가 나를 찾아온 것은 사요코에게 비밀로 했다. 오늘 히나와 나눈 대화 속에 사요코에게 필요한 정보는 하나도 없었지만, 내 입장에서는 달랐다. 사진까지 추가로 손에 들어왔다. 히나의 세 번째 방문에는 중요한 의미가 있었다.

고등학교 동창회 알림이 왔다. 서른 살 기념 동창회다. 나는 딱히 관심이 없었는데, 동창회는 당연히 가야 한다며 사요코가 내 응답을 '참석'으로 표시해서 제출해 버렸다. 그렇지만 정작 본인은 한 번도 동창회에 참석한 적이 없다고 고백했다. 눈을 내리떴지만, 사요코의 의안은 분명 책임감을 느껴 슬펐을 것이다.

동창회에 절대 참석하기 싫은 것은 아니라서 가 봤다. 모든 사람에게 "고등학교 때랑 하나도 안 변했네"라는 말을 들었고, 나는 그때마다 "너 살쪘네", "살 빠졌네" 하며 몸이 불거나 줄어든 모습 위주로 대응했다. 그 당시 우리를 가르친 선생님도 몇 분 참석했다. 그중에 마츠이 선생님이 있었다. 사요코가 물어봤을 때도 까맣게 잊고 있던 그 이름이, 얼굴을 본 순간 선명하게 되살아났다. 떨어진 자리에 있었는데, 선생님은 나를 겨냥한 것처럼 천천히 다가왔다. 옛날과 똑같은 아주 느릿한 움직임에 무서움마저 느꼈다.

"쿠우야, 하나도 안 변했네."

"선생님도 그대로시네요."

"요즘도 폭탄 만드니?"

갑작스러운 말에 동요했다. 순간 사요코의 얼굴이 머릿속을 스쳤다. 사요코가 그렇게나 동창회에 참석하라고 한 데에는 무언가 의도가 있었던 것이 아닐까 생각했다.

"농담이야, 농담. 네가 고등학생일 때 폭탄 사건이 있었는데, 똑똑하다면 고등학생도 만들 수 있을 정도의 폭탄이었어. 그래서 경찰이 짚이는 데가 없냐고 찾아온 적이 있었거든. 선생님은 그때 바로 네 얼굴이 떠오르더라. 물론 근거도 없이 경찰에 얘기하지는 않았지만. 그래서 선생님 머릿속에서 너는 폭탄을 만드는 이미지야."

"그 폭탄으로 누가 다쳤나요?" 내가 물었다.

"한쪽 눈이 망가진 사람이 있어. 끔찍한 얘기지. 미안, 아무리 농담이어도 너를 그런 사건의 범인으로 만들어 버렸네."

천연덕스럽게 연기를 하는 것으로 보이지는 않았다. 사요코의 지령을 받고 여기 온 것은 아닌 모양이다. 최근에는 만나지 않았는지, 사요코가 나와 결혼한 사실도 모르는 것 같았다. 사요코와의 관계를 고백할지 고민하다가 관뒀다. 문제는 선생님이 아니었다.

"사요코, 오늘 마츠이 선생님을 만났어. 내 화학 선생님이 사요코가 말한 마츠이 선생님 맞았어. 선생님께 직접 들었어. 내가 폭탄범 아니냐고." 반은 자포자기하면서, 반은 긴장하면서 고백했다.

"쿠우야가 범인이야?"

상상한 범위 내의 질문이었다. 집으로 돌아오는 동안 준비해 둔 대답이 있었다. "만약 내가 범인이었으면 어떡할 거야?"

여기서부터는 여러 가지 경우의 수를 생각해 뒀다. 갈라져 나가는 길은 많았다. 하지만 나는 어떤 표정을 지어야 할지 몰라 사요코의 의안에 비친 내 모습을 열심히 바라보았다.

"차라리 쿠우야가 범인이면 좋겠어."

사요코가 말하는 '좋겠어'의 무게를 헤아릴 수는 없었다. 여기서 갑자기 불안해졌다. 사요코는 사실 내가 폭탄범임을 아는 것이 아닐까. 그리고 더 불안한 상상이 솟았다. 내가 범인임을 안다면, '속죄'를 위해 사요코를 소중히 여기는 걸로 생각하지는 않을까. 자기 탓에 의안을 끼게 된 여자가 불쌍해서 같이 산다고 생각하는 것은 아닐까. 나는 전혀 아닌데. 불안이 순식간에 나를 집어삼켜서 몸이 움직여지지 않았다. 말해야 한다. 평소처럼 대충 넘어갈 수 있을 상황이 아니다. 나는 절대 범인이 아니라고 말해야 한다. 하지만 변명의 말은 목구멍에서 탁 막혀서 전혀 나오지 않았다. 쥐어짜듯이 겨우겨우 입 밖에 낸 말은 내 마음을 전하기에는 조금 시원치 않은 짧은 말이었다.

"첫눈에 반했어."

사요코는 천천히 다가와서 내 눈을 만졌다. 아무래도 나는 울고 있었나 보다. 사요코는 내 뺨을 손끝으로 쓸었고, 그 마음이 나에게 전달됐다. 나는 그녀의 두 눈을 바라보았다. 내 관심은 항상 의안에 쏠려 있었는데, 다른 쪽 눈도 아주 사랑스럽다는 것을 깨달았다. 눈물이 멈추지 않아서 사요코의 얼굴이 부옇게 흐려져 갔다. 사요코는 내 얼굴을 살며시 가슴에 끌어안았다. 그녀의 가녀린 팔이 나를 세게 감쌌다. 평소와는 좀 다른 형태였지만, 오늘도 우리는 잘 짜 맞춘 나뭇결처럼 빈틈없이 꼭 들어맞았다.

운석이 떨어진 공원에서 기념비가 세워질 구덩이를 발견했을 때, 나는 한 가지 생각을 떠올렸다. 이 구덩이 안에서 작은 폭탄을 터뜨려 보면 어떨까 하는 생각이었다. 구덩이는 이제 곧 기념비가 들어와서 막힐 것이다. 누군가 수상히 여기더라도, 모닥불이나 폭죽이었다고 변명할 수 있을 정도의 폭발은 전에도 몇 번 시험해 본 적이 있었다. 하지만 정확한 위력을 파악할 수 있을 만한 수준은 아니었다. 모처럼 큰 구덩이가 생겼으니 조금 강한 폭발을 보고 싶었다. 구덩이 속 흙은 파낸 지 얼마 되지 않아서 부드러워 보였다. 흙이 날리더라도 어찌어찌 흔적을 없앨 수는 있을 것이었다. 공사가 곧 시작될 예정인지 삽도 자기 차례만을 기다리듯 덩그러니 놓여 있었다. 이런 기회는 그리 흔치 않았다. 이 구덩이 안에서 끝날 강한 폭발. 그렇게 폭발의 규모를 가늠하며 폭탄을 골랐다. 폭발한 순간 예상외로 소리가 커서 놀랐다. 한밤중의 고요한 산속에서 인기척도 없는데, 심장이 울렁거렸다. 겨울밤 공기는 맑아서 소리가 더 크게 울렸다. 누군가 또 운석이 떨어졌다고 착각하지는 않을까 괜한 걱정까지 했다.

구덩이 속을 손전등으로 비춰 보니 적당히 폭파된 상태였다. 폭탄의 잔해를 모아 흙으로 덮어야 해서 삽을 들고 구덩이 안으로 뛰어 들어갔다. 밑바닥 흙이 부드러워서 쉽게 깊이 팔 수 있을 것 같았다. 처음에는 내 폭탄 때문에 흙이 보드랍게 일어났나 싶었지만, 냉정하게 보면 그만한 위력은 없었을 거라고 생각했다. 몇 번 삽질을 하며 잔해와 흙을 섞는데, '탁' 하는 소리가 났다. 손전등으로 비춰 보니 거기 손목시계가 있었다. 튼튼한 남성용 시계였다. 나는 그것을 주머니에 넣고 은신처로 돌아왔다.

은신처에서 밤을 지내고 날이 밝은 뒤에 구덩이를 확인하러 갔다. 당장 오늘이라도 기념비가 도착할 테니, 그 전에 확실히 점검해 둬야 했다. 어슴푸레한 상황에서 작업했는데도 뒤처리가 깔끔했던지라 폭발의 흔적은 조금도 없었다. 먼 거리에서 예정대로 기념비 설치 작업이 시작되는 것을 지켜봤다. 그날은 더 이상 공원 근처에 가지 않았다.

그때 발견한 손목시계는 지금도 시간을 새기고 있다. 구덩이에 묻혀 있었는데도, 폭발에 휘말렸는데도, 삽에 닿았는데도 망가지지 않았다. 내 은신처에서 정확히 초침을 움직이고 있다. 시간은 휴대전화로 확인할 수 있으니, 전에는 시계를 둬야겠다고 생각해 본 적이 없었다. 그런데 손목시계는 깊은 산속 컨테이너 안에 펼쳐진 정적의 세계에서 희미한 초침 소리를 째깍째깍 울렸다. 이 얼마나 폭탄 제작에 어울리는 배경 음악인가. 그 사실을 깨닫고서 작게 손뼉을 쳤을 정도다.

지금까지 그 구덩이에 손목시계가 떨어져 있던 이유를 깊이 생각해 본 적은 없었다. 그저 구덩이를 판 인부가 떨어뜨렸겠거니 했다. 공상을 좋아하는 나로서는 이 얼마나 경솔한 생각이었나.

히나가 남기고 간 사진에서 카도타는 손목시계를 차고 있었다. 손가락을 턱에 댄 덕분에 손목에 찬 시계가 또렷하고 크게 찍혔다. 내가 아끼는 손목시계와 똑같아 보였다. "커플 시계네"라고 혼잣말해 보았다.

어느 로맨티시스트가 별똥별의 흔적이 있는 공원에 가 보자고 연인에게 제안했다. 기념비가 설치된다는 기사를 어디선가 봤기 때문이었다. 하지만 산속 공원에는 아직 기념비가 없었고, 그것이 들어설 커다란 구덩이만이 패어 있었다. 두 사람은 거기서 말다툼을 벌였고, 결국 헤어지기로 했다. 그날, 산을 내려온 것은 로맨티시스트의 연인뿐이었다. 로맨티시스트는 구덩이 속에 남았다.

며칠이 지나 연인이 다시 산속 공원을 찾아갔을 땐 이미 커다란 구멍은 사라져 있었고, 구멍이 있던 자리에는 반짝이는 기념비가 세워져 있었다. 로맨티시스트는 별똥별이 떨어진 것을 기념하는 장소에 영영 묻혔다. 그 후, 연인은 그를 잊고서 그녀를 진심으로 사랑해 주는 폭탄범을 만났다. 이것은 소설 같은 이야기다.

여자는 나뭇가지처럼 가녀리고 작다. 아무에게도 들키지 않고 남자를 구덩이 밑에 묻는 것은 불가능에 가깝다. 여자의 작은 몸으로 할 수 있는 일일까. 더 생각해 보면 그것 말고도 다른 이야기가 확실히 있을 것이다. 내 공상은 가끔 너무 부풀어서 현실과의 경계를 잃고 만다. 하지만 작은 조각이 하나씩 들어맞을 때마다 이야기는 완성에 가까워진다.

방 창문은 굳게 닫힌 채 바깥공기를 차단했다. 밖은 눈이 흩날릴 것 같은 날씨였다.

"우박이라도 내릴 것 같네." 사요코는 창밖으로 눈길을 던지고서 조금 강한 예보를 냈다.

나는 상상한 이야기를 사요코에게 들려주고 싶었다. 하지만 그 이야기에는 아직 등장인물들의 감정이 묘사되어 있지 않았다. 줄거리를 쫓을 뿐인 이야기는 전혀 재미있지가 않다. 사요코라면 내가 모르는 그들의 감정을 묘사할 수 있을까. 그러면 모든 것이 완성되고 이야기는 끝을 맺을 것이다. 사요코. 내 비밀과 너의 폭탄, 전부 밝혀 볼까?

"사요코."

"어, 눈이다."

내가 말을 건 것과 동시에 사요코가 눈을 발견했다. 그녀는 창가로 달려가서 창문을 활짝 열었다. 차가운 바깥공기가 순식간에 안으로 밀려 들어오고, 눈까지 날아들었다. 갑자기 내린 눈은 정도를 모른다. 눈은 그녀의 얼굴을 쓸고서 사라졌다. 나는 그녀의 왼쪽에 서서 그녀의 왼쪽 얼굴을 바라보았다. 옆에서 본 그녀의 의안에 눈 한 송이가 빨려 들어갔다.

"아, 눈. 스며들었어." 사요코가 말했다.

"아파?"

"전혀. 엄청 기분 좋아. 그래서 겨울을 좋아해. 이참에 우박도 내리면 좋을 텐데."

"겨울을 좋아했어?" 내가 물었다.

"말 안 했나? 우리가 처음 만난 계절이잖아."

"응. 처음 들어. 사요코는 겨울을 싫어하는 줄 알았어."

"엄청 좋아해. 춥고, 차갑고, 얼고, 얼어붙고, 다 멋져."

히나, 네가 말한 대로야. 역시 우리는 아주 비슷해.

내 손을 잡고 조잘대는 사요코의 의안에서 조금 눈이 녹아내렸다.

"그거, 아까 스며든 눈이야?"

"바보. 눈물이야. 행복해서 우는 거야."

마주 보니, 사요코의 오른쪽 눈에서도 눈이 녹아 흘렀다.

"지금 몸 대부분이 기뻐졌어. 하지만 손끝엔 살짝 불안이 몰려 있어." 사요코가 말했다.

나는 그녀의 손가락을 잡고 두 손으로 감싸서 따뜻하게 했다. 자석이라도 달린 것처럼 사요코의 얼굴에 계속 눈이 붙었다. 이제 어느 것이 눈물인지도 알 수 없게 되었다.

히나, 미안하지만 힌트는 앞으로도 못 주겠다. 네가 또 찾아오면 짓궂게 굴지도 않고 곤란하게 만들지도 않을게. 너를 웃기려고 낯 두꺼운 짓도 하지 않을게. 내게 '매스껍다'라고 여러 번 말해도 돼. 하지만 나는 이제 '미안, 아무것도 몰라'라는 말밖에 못 해.

"쿠우야, 무슨 말 하려고 하지 않았어? 아까 이름 불렀잖아."

역시, 생각한 것을 바로 입 밖에 내는 성격이 아니라서 정말 다행이다. 성급한 대화는 모든 것을 망친다.

"아니, 아니야. 이야기 하나를 공상했을 뿐이야." 내가 말했다.

"어떤 이야기?"

사요코의 의안은 눈을 머금어서 촉촉했다. 그녀의 손끝에 불안을 조금 남겨두는 편이 좋겠다. 두말할 나위 없는 행복은 눈이 부셔서 찜찜하다. 불안의 조각을 하나씩 주워 모으며 느끼는 행복이 우리에게는 잘 어울린다. 그리고 그러는 것이 히나에게도 조금은 공평하지 않을까.

"어떤 이야기냐니까?"

"폭탄범과 살인범의 이야기."

불쑥 사요코에게 불안 한 조각을 던졌다.

"아주 매력적이다. 공상은 정말 좋아."

"그렇지? 하지만 완성하려면 퍼즐 몇 조각이 더 필요해. 우리 둘의 비밀이 말이야. 그러면 우리, 하나씩 비밀을 풀어 가면서 이야기를 계속 엮어 보는 건 어떨까? 따끔따끔할 수도 있지만 그것도 우리랑 잘 어울릴 거야."

창문은 열려 있었고, 밖에서 불어 들어오는 눈은 그칠 줄을 몰랐다. 행복 위에 살며시 떨어진 독 한 방울. 우리 둘은 그것을 거듭해서 느끼게 될 것이다. 이게 나의 제안이다. 사요코는 말이 없었다. 내 제안에 불만이 있나 하고 표정을 살폈다. 사요코의 얼굴에 붙는 눈은 그녀의 사랑스러운 의안도 덮고 만다.

"그래. 그러자. 그럼 나부터 할게. 나, 하얀 상자가 폭탄인 걸 처음부터 알고 있었어." 사요코가 말했다.

그랬구나. 그런데 나는 그 사실을 알고 있었다. 하지만 사요코가 비밀이라고 생각했다면 그것은 분명 비밀이었다. 처음으로 폭탄을 만든 그날, 나는 막 만들어진 따끈따끈한 폭탄을 담은 하얀 상자 위에 붉고 굵은 매직으로 크게 '폭탄'이라고 적었다. 일단 경고해 두는 것이 좋다고 생각했기 때문이었다. 히나가 우리 집에 처음으로 찾아온 날, 그 기억이 떠올랐다. 그래서 1미터 정도 거리라면 크고 붉은 그 '폭탄'이라는 글씨를 못 봤을 리가 없다고 생각했다.

사요코는 뺨과 코끝이 새빨개진 채 내 말을 기다렸다.

"다음은 내 차례네. 나는 아끼는 손목시계가 있어. 처음부터 내가 가지고 있던 건 아니고, 운석 구덩이에서 주웠어."

　조금 덜 이야기할 걸 그랬나 하고 잠깐 후회했다.

　"손목시계는 싫어. 그러니까 내가 모르는 곳에 평생 숨겨 놔."
사요코가 말했다.

　"그랬구나. 내가 차지 않아서 다행이다."

　"응. 다행이야. 팔에 안길 때 째깍째깍하는 소리가 귓가에 들려
서 정말 싫어. 만약 쿠우야가 찼으면 빼라고 했을 거야."

　예상치 못한 부분에서 따끔따끔했다. 시계를 푼 이유는 끌어안
기 위해서였구나. 방 안의 따뜻했던 공기는 이미 세 바퀴 정도 돌
다 밖으로 나가서 아무리 겨울을 좋아한다 해도 너무 추웠다. 분
명 내 코끝도 새빨갛겠지. 사요코는 불안이 가득한 손끝으로 내
뺨을 감쌌고, 나도 그녀를 따라서 그녀의 뺨에 손을 댔다. 우리는
마주 본 채 서로의 뺨을 데웠다.

　"얼굴이 차네. 쿠우야 말대로야. 따끔따끔해."

　"지금 우리 무한대 기호 같아."

　"지금? 응, 그러네. 쿠우야는 태평하다. 전혀 따끔따끔하지 않은
가 봐."

　"태평하지. 나는 타고난 '천하태평 보이(boy)'니까."

　"뭐야, 그게. 벌써 서른 살 먹은 아저씨면서. 매스꺼워."

　매스꺼워. 히나가 생각났다. 우리를 따끔따끔하게 하는 것들이
도처에 모습을 감추고 있다.

　"가끔 하나씩 푸는 거지?" 사요코는 살며시 중얼거렸고, 그녀

의 의안은 하얀 눈을 반사했다.

"응, 맞아. 가끔."

그때 나는 생각했다. 사요코가 의안을 빼더라도 나는 사요코를 사랑한다. 그녀가 비밀투성이여도, 폭탄을 끌어안고 있어도 그녀를 사랑한다. 의안이 없는 사요코를 이렇게나 깊이 생각해 본 적은 처음이다. 새로운 사요코. 새로운 나.

"우리, 품고 있는 비밀을 전부 꺼내고 나면 그 뒤에는 어떻게 돼?" 사요코가 물었다.

"또 새로운 이야기가 시작되지."

"쿠우야, 울어?"

"아니, 눈이야."

모래사막에 선인장은 살지 않는다

누군가 이름을 불렀다.

눈을 떠 보니, 하루의 얼굴이 눈앞에 있었다. 하루는 놀란 듯 눈을 동그랗게 떴다가 곧 평소 같은 미소를 지었다. 하지만 어딘가 느낌이 달랐다. 부자연스러운 데가 있었지만, 그것이 무엇인지 알 수 없었다.

"시즈쿠! 시즈쿠! 알아보겠어? 나야, 하루히."

그 말투에서 범상치 않음을 감지했다. 하루히는 내 남자 친구다. 나는 '하루'라고 부른다. 하루는 큰 목소리로 내 이름을 부르더니 방을 뛰쳐나갔다. 방? 이곳은 병실 같다. 머리가 멍한데, 내 몸에 무슨 일이 일어난 걸까? 열심히 생각했지만 두통만 심해지고 전혀 기억나지 않았다.

이윽고 의사와 간호사가 달려왔다. 연달아 질문을 던지길래 대답하려고 했다. 목소리가 마음처럼 나오지 않아서 놀랐다. 분명히 내가 낸 소리인데, 다른 사람 목소리 같았다. 그 뒤엔 내가 교통사고를 당해서 병원에 실려 온 과정을 들었다. 하지만 사고도, 그 전후로 일어난 일도 기억나지 않아서, 어디 멀리서 내 몸을 바라보는 듯한 기분이 들었다. 그리고 그게 완전히 틀린 느낌이었던 것도 아니었다.

얼마 지나서 부모님이 달려왔다. 엄마는 내 손을 잡고 울었다. 뒤에 선 아빠는 늙어 보였고, 흰머리가 눈에 띄었다. 엄마의 얼굴을 다시 보니 역시 늙었다. 그리고 '하루에게서 느낀 부자연스러움도 이거였구나' 하고 깨달았다. 단시간에 부모님과 연인이 늙어버릴 정도로 큰 사고였나.

"아오야기 시즈쿠 씨, 당신은 12년 동안 계속 의식 없이 잠들어 있었어요."

의사의 말을 들어도 좀처럼 상황을 받아들일 수 없었다. 시간이 12년이나 흘렀다는 말인가. 나는 스무 살이었다. 그런데 지금은 서른두 살이 됐다는 뜻이다. 그걸 증명하듯 다들 저마다 나이를 먹었다. 걱정스러워하는 얼굴들을 하나하나 보다가, 무언가 말해야 할 것 같아서 마음이 조급했다. 평범하게 말하는 것이 모두를 안심시키는 첫걸음이라고 생각했다.

"12년이요? 혹시 저도 늙었나요?"

엄마가 더 강하게 손을 꽉 쥐고 눈물이 그렁그렁한 얼굴로 조금 웃었다. 어쩐지 엉뚱한 말을 해 버린 것 같았지만, 주변에 있는 사람들의 모습을 보니 내 용모가 신경 쓰여서 불안했다. 질문에는 아무도 대답하지 않았고, 다들 무어라 설명하기 어려운 표정을 짓고 있었다. 엄마만 고개를 가로저으며 부정해 줘서 조금 위로가 되었다.

그 후에는 문진과 검사를 받느라 바빠서 자세한 이야기를 들을 여유가 없었다.

"다행히 정상적으로 회복되고 있습니다." 의사가 재차 그렇게 진단했을 때, 부모님은 이제껏 겪은 불운을 모두 씻어 냈다는 듯 그 '다행'을 기뻐했다. "다행히 언어 장애도 없고 운동 기능에도 문제가 없는 것 같습니다. 오랫동안 잠들어 있어서 한동안은 걷기 힘들겠지만, 재활 치료를 통해 원래 상태로 돌아갈 수 있습니다." 마치 정해진 수식어처럼 '다행히'를 연발하는 의사는 그렇게 단언하면서 아무런 망설임도 없는 걸까. 불운은 틀림없이 내 몸에 일어났다. 교통사고를 당했다. 그것 자체가 당연히 불운이었다.

사고 이전에 있었던 일이 어렴풋이 떠올랐다. 그날, 평소보다 늦은 시간에 집을 나섰다. 나는 대학교에 다녔는데 그날은 수업에 지각할 것 같아서 서둘렀다. 1분만 더 일렀으면, 1분만 더 늦었으면, 사고를 당하지 않았을지도 모른다.

나는 차에 치였다. 차는 나를 치고 도망쳤다. 뺑소니였지만 범인은 그날 저녁에 자수했다. 나는 사고 때 머리를 부딪쳐서 무려 12년 동안 의식 없이 살아왔다. 사고와 그 전후로 일어난 일은 전혀 기억나지 않는다.

차에 치이고 나서도 불운은 나를 더 바싹 추격해 왔다. 나는 사고를 당하고 나서 뒤늦게 병원으로 이송됐다. 사고 목격자는 없었지만, 머리에서 피를 흘리며 쓰러져 있는 나를 발견해 준 사람이 구급차를 불러 주었다. 다만 불운했던 점은 같은 시간에, 아주 가까운 곳에서, 나와 비슷한 또래의 젊은 여자가 다른 사고를 당했다는 것이었다. 구급차를 부르려고 전화한 사람에게 신고 센터 직원은 '이미 신고가 들어와서 구급차가 출동했다'라고 대답했다. 비슷한 시점에 비슷한 내용의 신고가 먼저 들어온 바람에, 부상자가 다른 사람이라는 판단이 서지 못한 것이었다. 양쪽 다 사고의 원인을 확실히 알 수 없었고, 젊은 여자가 다쳤다는 공통점이 있어서 착오가 생겼다. 즉시 병원으로 옮겨졌다면 오랜 세월 의식 없는 상태로 있지는 않았을지도 모른다.

사고 이후 12년이 지나서 나는 갑자기 의식을 되찾았다. 계속 누워 지낸 탓에 근육이 약해져서 일어설 수도, 팔을 올릴 수도 없었지만, 깨어나고 나서는 의식이 또렷했다. 하지만 사고 당시인 스무 살에서 시간이 멈췄다. 남자 친구 이와나미 하루히는 무려 12년이나 나를 버리지 않았다. 깨어난다는 보장도 없었는데. 용케도 기다렸다. 어쩐지 남의 일처럼 '하루는 대단하다'라고 생각했다. 물론 기쁘고, 고맙기도 하다. 계속 잠들어 있었던 탓인지 내 용모에는 생각보다 눈에 띄는 변화가 없었다. 스무 살 당시와 크게 다르지 않아서 안심했다.

하루를 처음 만난 곳은 작은 잡화점이다.

나는 진열대에 놓인 장식품을 바라보고 있었다. 손바닥에 들어올 정도로 작고 검은 주물(鑄物) 양이었다. 양은 세 마리가 나란히 주물 받침대에 올라가 있었다. 받침대에 붙어 있나 확인하려고 손을 내민 순간, 옆에서 누가 똑같이 손을 뻗었다. 두 손이 양세 마리 중 끝에 있는 양을 한 마리씩 들어 올려서, 가운데에 있는 한 마리만 남았다. 양은 쉽게 들렸지만 작은 것치고 생각보다 무거웠다. 무게가 의외인 것과 지금까지 옆에 사람이 서 있는 줄몰랐다는 것, 둘 다에 놀랐다. 옆을 보자, 옆에 선 사람도 마침 이쪽을 보고 있어서 얼굴을 마주 보는 형태가 됐다. 젊은 남자였다. 나는 키가 큰 편이라 그다지 키가 크지 않은 그와 얼굴 높이가 비슷했다. 그리고 그가 미소 지은 순간, 사랑에 빠졌다.

'이게 말이 돼?'

바로 사흘 전 대학교 친구에게 "사랑에 빠졌어"라는 말을 들었을 때, 나는 그 진부함을 웃어넘기며 "말도 안 돼"라고 부정했다. 그런데 바로 며칠 뒤에 내가 이런 상황에 처할 줄은 상상도 못 했다. 당장 친구에게 날아가서 '말이 되더라' 하며 사과하고 싶은 기분이었다.

"귀엽네요."

그가 말했을 때, 나는 아마 얼굴이 익은 것처럼 새빨개졌을 것이다. 나를 보고 하는 말이라고 착각할 만큼 내가 철면피는 아니다. 작은 양을 두고 하는 말인 걸 아는데도 그랬다.

"귀여워요." 겨우 말했다.

"그죠? 생각보다 무겁네요. 아래가 붙어 있나 확인해 보려고 했어요."

"저도요."

"이거 괜찮네요. 의외로 무거워서 더 좋아요. 한 마리만 있어도 느낌 있을 것 같아요."

"저도 그렇게 생각해요."

그는 내 사고 회로를 그대로 옮겨다 놓은 것처럼 말했다.

"사고 싶다. 이거 한 세트밖에 없나? 사실 거예요?" 그가 물어왔다.

나는 그에게 계속해서 짧게만 말하고 있는데, 사실 흔치 않은 일이다. 굳이 따지자면 평소에는 말수가 많은 편이다. 쓸데없는 말을 해 버릴 때도 있다. 그러니 이것은 분명 사랑이 벌인 짓이다. 그리고 이제 나는 이 물건을 살지 말지 고민한다. 금액은 3천 엔. 작은데 꽤 비싸다. 게다가 치명적이게도 지금 지갑에는 2천 엔밖에 없다. 가게에서 신용카드를 받으려나. 가게가 아담해서 불안하다. 만약 현금만 받는다면 그 자리에서 돈이 부족하다고 말하기가 얼마나 창피하겠는가. 게다가 3천 엔은 역시 비싸다. 한 마리라도 괜찮으니 천 엔에 팔아 줬으면 좋겠다.

"고민돼요." 내가 대답했다.

"그러게요. 한 마리만 있어도 충분히 존재감 있으니까 한 마리에 천 엔으로 팔아 줬으면 좋겠네요."

그 말을 듣자, 이미 단순히 사랑에 빠진 정도를 넘어섰다. 목소리가 거의 목 끝까지 차올라서 허우적대기 시작했다.

"동감이에요." 간신히 말했다.

"혹시 두 마리 원해요?" 그가 다시 질문해 왔다.

"아, 한 마리요. 한 마리로 충분해요."

"그럼 이렇게 하면 어때요? 제가 두 마리를 2천 엔에 살게요. 그러면 받침대랑 한 마리를 천 엔에 사실래요?"

"받침대만큼 손해 보시잖아요." 내가 말했다.

그는 소리 내지 않고 윗입술로 살짝 아랫입술을 누르며 웃었다. 아주 재미있어하는 것 같은데, 내가 그렇게 우스운 말을 했나?

"그럼 아마 부가 가치세가 추가로 붙을 테니까 그걸 내 주세요. 저는 받침대는 필요 없거든요."

받침대는 가늘고 긴 쟁반처럼 생겼다. 끝에 양 한 마리를 세워서 책상에 두면 괜찮을 것 같았다. 반지나 귀걸이를 놓기에도 딱 좋아 보였다. 그런 생각에 이르자, 제안을 거절할 이유가 하나도 없었다.

"그럼 감사히 승차하겠습니다." 나는 양을 잡지 않은 손을 들고 대답했다.

그는 아까보다 더 크게 웃었는데, 이번에는 조금 소리가 새어 나왔고 확실히 즐거워 보였다.

"아, 지금 버스가 서 있는 거예요?" 그가 말했다. 그가 웃은 게 내 말 때문임을 깨닫고 부끄러워졌다. 입을 다물고만 있을 수 없어서 생각난 말을 뱉기로 했다.

"두 마리는 어디에 두게요?" 내가 물었다.

"글쎄요. 선인장 화분 아래?"

"아래?"

"네. 선인장 화분에 받침이 세트로 있거든요. 도자기 화분인데, 회색이고 하얀 기하학적 무늬가 있어요. 받침에 여유 공간이 있으니까 거기다 올려 두려고요."

"그런데 화분 받침은 물을 받으라고 있는 거잖아요. 물을 주면 젖을 텐데요?"

"하지만 선인장이니까요. 물이 거의 안 나와요. 사진이 있던가?"

그렇게 말하고 그는 휴대전화를 꺼내려고 했는데, 손에 양을 들고 있어서 꺼낼 수 없었다. 그러자 내 얼굴을 쳐다보며 '풋' 하고 웃었다.

"일단 살까요?" 그가 물었다.

"네. 그래요."

계산할 때 "선물하시나요?"라는 점원의 질문에 그는 "집에서 쓰려고요. 포장 안 하셔도 돼요"라고 대답했다. 점원은 전용 상자를 꺼내서 주물 양 세트를 넣어 주었다. 잡화점을 나오자마자 나는 앞에 있는 카페를 가리키며 "저기서 나눌까요?"라고 했고, 그는 웃으며 고개를 끄덕였다. 시종일관 웃는데, 그 웃는 얼굴이 말할 수 없이 멋졌다.

그가 말했다. "가게 안에서 나누면 어쩐지 일하시는 분한테 미안할 거 같죠? 원래는 다 합쳐서 하나의 작품이잖아요. 그 상태로 진열해 놓은 거였을 텐데."

정말 그런 느낌의 잡화점이었다. 그가 '한 세트밖에 없나?'라고 말했을 때도 나는 속으로 '없겠지. 이 가게는 다 하나밖에 없을 거야'라고 생각했다. 그의 말대로 가게 안에서 나눌 수는 없었다. 더 이야기할 기회를 잃게 되니까.

우린 카페에서 양을 꺼냈다. 상자에는 '브론즈 양'이라고 적힌 작은 스티커가 붙어 있었다.

"브론즈 씨네 양인가 봐요. 이름이 붙어 있어요." 내가 말하자, 그는 또 '풋' 하고 웃었다. 그 웃음의 의미를 몰라서 어리둥절했다.

"청동을 '브론즈'라고도 해요. 양을 만든 소재를 말하는 걸 거예요."

나는 경악해서 입이 떡 벌어졌다. 아마 멍청한 표정도 지었을 것이다. 어마어마한 착각을 만회할 만한 말을 찾을 수 없었다.

"그런데 뭔가 '브론즈'는 얘네랑 안 어울리지 않아요? 그냥 '청동'이라고 했으면 더 좋았을 텐데. 부르기에도 '청동이'가 더 귀엽잖아요." 그는 애써 나를 옹호해 주었다.

"이름은 '청동이'인데 검네요."

또 그가 웃을 것 같았는데, 역시나였다.

"정말 그렇네요. 왜지?"

다행이다. 그 이유까지는 모르나 보다.

그는 기하학적 무늬가 있는 선인장 화분 사진을 보여 주었다. 받침 위에 검은 양 두 마리가 올려진 모습을 상상해 보니 제법 그럴싸했다.

"이집트 벽화 같은 느낌이네요."

그는 "음" 하며 다시 사진을 보았다. 내가 또 무언가 우스운 말을 했나? 아니면 공감이 안 간다는 의미일까.

"아, 듣고 보니 이 부분이 그렇게 보이네요."

"그리고 선인장이잖아요. 이집트 사막이랑 연결되니까." 내가 말했다.

그는 조금 고개를 갸웃했지만, 곧 말뜻을 이해한 듯했다. "모래 사막에서는 선인장이 안 자라요. 그러니까 이집트랑 연결되는 건 아니에요."

잇따르는 정정에 나는 표정이 굳어 갔다. 갑자기 의기소침해졌다.

그가 덧붙였다. "하지만 벽화라는 비유는 좋네요. 그렇게 생각만 했는데도 양의 존재감이 커져요. 네, 좋네요."

그는 휴대전화를 보며 연신 고개를 끄덕였다. 다른 다육 식물과 선인장 사진도 보여 주었다. 화분을 많이 키운다고 했다. 선인장 사진을 둘이서 들여다보며 일일이 해설을 들었다. 좋은 분위기에 취해서 침울한 감정은 완전히 잊어버렸다.

"이집트 사막에 선인장이 없나? 몰랐네. 분명히 있을 것 같은데. 어디서 그림을 본 것 같은데. 아, 맞아. 멕시코 그림이다. 맞다. 선인장 하면 멕시코 사막이지. 이집트가 아니었네."

"뭔가 마음속 소리가 새어 나오는 것 같아요." 그가 말했다.

머릿속으로 생각하려고 했는데, 나도 모르게 중얼거리고 말았다. 긴장이 풀려서 원래 성격이 너무 드러났다. 말이 너무 많았다고 후회했지만, 이미 늦었다. 그렇다면 오히려 뻔뻔하게 이야기를 이어 가기로 했다.

"멕시코 음식점 메뉴에 선인장 요리가 있더라고요. 주문하지는 않았지만요. 드셔 본 적 있으세요? 집에 많으시잖아요."

"저는 먹으려고 키우는 거 아니에요."

어쩌다 쓸데없는 말까지 한 것 같지만, 그가 화난 것 같지는 않다. 아마 괜찮은 것 같다.

"그런데 먹어 본 적은 있어요. 식용 선인장은 또 다르거든요."

"그렇죠? 선인장 수집가시니까 선인장에 관해 전부 알고 싶을 거잖아요? 그럼 먹어도 봐야죠."

"재미있는 분이네요." 그가 말했다.

내겐 마치 사랑 고백처럼 들렸다.

그 이야기를 친구에게 하니, "사랑에 빠진 사람이 하기 쉬운 착각이네"라고 지적받았다. 하지만 다음번 만날 약속을 잡고 헤어졌다고 말하자, 친구도 어느 정도 성과를 인정해 줬다.

세 번째 만났을 때 사귀자고 고백받았다.

"시즈쿠랑 있으면 즐거워."

그렇게 말했을 때도 그는 활짝 웃는 얼굴이었다. 그때는 이미 서로를 '시즈쿠'와 '하루'로 부르기로 한 시점이었다. 그리고 친구가 지적했던 것과는 달리, 내가 그때 착각한 것이 아니었다는 증거도 생겼다. 내가 '재미있는 분'이니까 나랑 있으면 즐거운 거야. 거봐, 연결되잖아.

그렇게 우리는 사귀기 시작했다. 나는 열아홉 살이었고, 하루는 스물한 살이었다. 하루의 웃는 얼굴을 손에 넣고 매일 들뜬 시간을 보냈다. 그 시간을 방해하는 것은 이 세상에 아무것도 없다고 믿었다. 하루가 항상 걸고 다니는 돌 목걸이의 유래를 물었을 때도 선인장 때와 마찬가지로 흥미롭고 정겨운 이야기를 듣게 될 줄 알았다.

그런데 '시라세(シラセ)'였다.

하루는 자신을 '신흥 종교 시라세'의 신도라고 했다. 하루의 분위기와 신흥 종교가 도무지 연결되지 않았다. 선인장이 이집트와 연결되지 않는 것처럼.

하루는 작은 돌이 달린 목걸이를 하고 다녔다. 돌은 약간 푸른 빛이 도는 검은색에 새끼손톱만 했다. 평소에는 블랙홀처럼 검게 소용돌이치듯 보였는데, 어느 순간 갑자기 빛을 반사해 반짝였다.

그것이 시라세의 신도가 하나같이 몸에 지니는 목걸이라는 이야기를 들었을 때는 무언가 이 세상의 '이물(異物)' 같은 느낌이 들었다. 내 새끼손톱이 소중한 것과 마찬가지로 신도들도 돌을 소중히 여긴다고 했다. 신도들은 돌에 기도하거나 빌었다. 만지기만 해도 마음이 차분해지고 편안해진다고 했다. 돌은 교주인 '시라세 겐지'의 분신이라는 말도 했다. 돌맹이에 참 무거운 중책을 맡기는구나 싶었다.

평소 돌은 옷에 가려져 있었지만, 존재를 잊을 만하면 도발하듯 불쑥 나타나 옷 위에서 흔들렸다. 하루의 가슴에 얼굴을 묻을 때면 돌이 사이에서 찬물을 끼얹었다.

하루가 입교를 권했지만 완곡하게 거절했다. 입교하지는 않더라도 '부적'이라며 하루가 내 목에 목걸이를 걸었다. 하루의 손가락이 목덜미에 닿았을 때, 시라세가 떠오르지만 않았어도 뺨을 물들이며 폴짝폴짝 뛰었을 것이다. 당장 빼 버리고 싶은 충동을 하루를 향한 애정으로 겨우겨우 눌렀다. 이 목걸이를 하고 있으면 시라세 신도들이 금방 알아볼 것이라는 말을 듣고 나서는 더더욱 거추장스럽게 느껴져서 옷 속에 더 깊이 밀어 넣었다. 하루는 어정쩡하게 웃었지만 화난 것 같지는 않았다. 그의 가슴 위에서 흔들리는 돌, 그리고 무엇보다 내 가슴에 직접 닿는 돌의 차가운 감촉이 싫었다.

'하루히(春陽)'라는 이름대로 하루는 봄볕 같은 사람이었고, 부드럽고 따뜻한 미소가 멋졌다. 몇 번이나 이 사람을 만나서 다행이라고, 나는 행복을 느꼈지만, 그 작은 돌만은 하루에게서 싫은 부분이었다.

한번은 대학교에서, 한 여자의 가슴께에서 흔들리는 그 돌을 본 적이 있다.

'어? 시라세다.'

하루 말대로 바로 신도인 것을 알 수 있었다. 차분해 보이고 멋진 여자였다. 학교 안에 있는 것을 보면 나와 비슷한 또래일 텐데, 훨씬 어른스러워 보였다. 목걸이를 못 봤다면 그 여자를 눈여겨보지는 않았을 것이다. 스쳐 지나갈 때 그 여자가 내게 시선을 던진 것 같았다. 무심코 '목걸이를 옷 밖에 빼 놨나?' 하고 가슴 근처를 만져 보았다. 옷 아래에 있는 돌의 감촉을 손끝으로 확인하고는 제대로 가려져 있어서 안심했다. 하루의 지인일까. 내가 모르는 부분을 하루와 공유하고 있다고 생각하니, 그 여자가 미워서 그만 스쳐 지나간 여자를 뒤돌아보고 말았다. 그러자 그 여자도 뒤돌아 나를 봐서, 눈이 마주치는 바람에 민망했다.

12년간 이어진 잠에서 깨고 얼마 후 깨달았다.

하루의 가슴에 목걸이가 없다. 그리고 내 가슴께도 더듬어 봤지만 역시 목걸이는 없었다. 나에게 없는 것은 이해가 되지만, 하루는 옷 아래 숨겨 놨나?

보행 훈련과 운동 기능 회복을 위한 재활 치료를 이어 갔다. 내가 그러고 있는 동안에도 하루는 매일 병실을 찾아와 얼굴을 비쳤다. 12년 사이 취직해서 일하고 있지만, 재택근무가 가능한 프로그래머라 시간이 자유롭다고 했다.

"하루, 목걸이는 옷 아래 있어?" 내가 물었다.

"시라세 목걸이?"

햇살 같은 미소는 여전하다.

"시즈쿠, 나 시라세 그만뒀어."

"뭐? 말도 안 돼. 진짜?" 나는 깜짝 놀랐다.

"응. 의외야?"

"의외지. 엄청 빠져 있었잖아. 왜?"

"뭐, 이런저런 이유로. 시간은 오래 걸렸지만." 하루는 담담했다.

"나도 깨어나기까지 12년이나 걸렸잖아."

자세한 과정은 모르지만, 하루가 시라세를 그만뒀다니 기뻤다. 오랜 잠을 대가로 선물을 받은 기분이었다. '내 12년을 보상받았다'라는 생각이 들 정도로 하루가 시라세에 몸담은 것이 싫었구나, 새삼 깨달았다. 작은 돌이 잘게 분쇄되는 장면까지 머릿속에 떠올랐다.

"그래, 어땠어? 잠자는 동안 전혀 의식이 없었어? 꿈을 꾸지는 않았어?" 하루가 물었다.

"꿈은 안 꿨어. 12년 동안 '무(無)'의 시간이었어. 아, 지금 생각난 거 있어. 물어봐도 돼?"

"뭐?"

"내가 잠든 사이에 키스했어?"

하루는 '어?'라는 듯한 얼굴이었지만 이윽고 시선을 피해서 나는 답을 알고 말았다. 내가 더 당황했다. "미안, 무의 시간이었다고 했지만 그런 거라면 무가—"

내 말이 끝나기도 전에 하루가 갑자기 키스했다. 내가 꺼낸 이야기였지만 기습적인 키스에 잠시 또 눈을 못 뜨겠다. 눈을 감는 것은 익숙하니까 대환영이다.

"잠든 동안 재활 훈련 차원이었어." 하루가 몸을 떼고 나서 쑥스러움을 감추듯이 말했다. 하루는 나보다 더 쑥스러워하며 작은 목소리로 중얼거렸다. "훈련은 충분했어."

잠들어 있던 시간도 나쁘지 않았던 거 같다. 하루의 말을 듣고 나는 더욱 쑥스러워져서, 쑥스러움을 감추기 위해 내가 느끼기에도 이상할 정도로 수다스러워졌다.

"나, 학교에 가려고 걷고 있었어. 거기서부터 기억이 날아갔어. 눈을 떠 보니까 하루의 얼굴이 눈앞에 있었어."

"서른 넘은 아저씨가 돼 있어서 놀랐겠다. 바로 알아봤어?"

"당연하지. 하루는 별로 안 변했어."

머릿속은 스무 살 그대로인 거 같은데, 겉모습은 서른을 넘겼다. 이렇게 쑥스러워하는 우리 모습도 다른 사람이 보면 '이상한 커플'일 것이다.

내가 말했다. "그래도 스무 살부터 서른 살까지가 가장 외모에 변화가 없는 시기 아닐까? 열 살에 잠들어서 스무 살에 깨어나면 잠든 사이에 어른이 되는 거잖아. 자기 얼굴도 못 알아볼걸. 서른에서 마흔이면 아줌마로 격변하겠네. 아, 생각만 해도 무서워."

"듣고 보니 그렇긴 하네."

"그러니까 시기적으로는 다행이야. 솔직히 아빠랑 엄마가 늙은 걸 보고 12년이 정말 길었다는 걸 실감했다니까."

"다행이라는 말을 들을 줄은 상상도 못 했어. 시즈쿠가 원래 이렇게 낙천적이었나?"

"몰랐어? 시라세도 내버려 뒀잖아. 다행이야. 사실 엄청 싫었거든. 관둔 계기가 있었어?" 나는 무척 궁금했다.

"넓게 보면 시즈쿠가 당한 사고 때문이려나."

내가 사고를 당하기 전, 하루는 확실히 '신흥 종교 시라세'에 푹 빠져 있었다. 교주인 '시라세 겐지'를 처음 봤을 때 후광이 비쳤다고 했다. 믿을 수 없는 이야기였지만, 하루는 진지한 눈빛으로 그렇게 말했다. '시라세'라는 병에 좀먹힌 하루는 내가 사랑하는 하루가 아니었다.

"신도의 집이 화재로 전소됐는데 가족 다섯 명이 전혀 다치지 않고 무사했어." 목걸이에 달린 돌을 만지며 하루가 말했다. "시라세 덕분이야."

예상한 그 말을 하루가 뱉었을 때, 나는 가만히 있을 수 없었다.

"하지만 화재로 집이 전소됐다며. 그 '불행'은 어떻게 설명할 건데?" 나는 파고들었다.

"화재는 원인이 있어서 일어난 현상이니까 어쩔 수 없지. 부주의했으니까 자기 책임이야." 하루는 신도 가족이 앞마당에서 바비큐를 하고 남긴 잔불이 원인이 되어 화재가 일어났다고 했다.

"그럼 죽지 않은 것도 자기가 도망쳤기 때문이지. 시라세랑은 상관없어 보이는데?" 나는 다시 파고들었다.

내 말에 하루는 웃었지만, 수긍하지는 않았다.

"다른 신도는 병에 걸렸었는데 지금은 건강해졌어. 그것도 시라세 덕분이야."

왜 그런 말도 안 되는 이야기를 할까. 당연히 의학의 힘 덕분이잖아.

나는 말했다. "애초에 병에 걸리는 게 불행이잖아. 시라세 덕분이라면 '시라세를 믿어서 병에 걸리지 않았다', '시라세를 믿어서 평생 건강하게 살았다' 그래야지. 그럼 그나마 이해가 되겠어."

"병에 걸리는 것도 어쩔 수 없는 일이야. 그 이후가 중요하지." 하루는 담담했다.

"지금 다시 원점으로 돌아온 느낌이야. 그런 식이면 어떤 얘길 들어도 꿈쩍도 안 하겠지."

"나는 그게 대단하다고 생각해."

뭐야, 뭐든 마음먹기에 달렸다, 뭐 그런 건가? 그런 거라면 '종교'는 명목뿐이라고 생각한다.

대화하는 도중에도 하루는 손으로 열심히 돌을 만지작거렸다. 검게 소용돌이치는 블랙홀이 하루를 삼켜 버릴까 봐 걱정됐다.

이런 대화가 몇 번이나 있었지만, 우린 둘 다 상대의 말을 수긍하지 않았다. 평행선을 달리는 이야기는 빨리 끝내는 것이 최고다. 그렇게 우리는 시라세와 공존하고 있었다.

하루가 시라세에 입교하게 된 건, 같은 동네에 사는 '카구라'라는 여자의 권유 때문이었다. 하루의 어머니는 40대 중반부터 조기 발병 알츠하이머를 앓았다. 하루의 아버지는 밖에서 일했고, 하루도 학생이던 때라 어머니는 낮 동안 혼자 집에 있었다. 잠깐 외출했다가 길을 잃어서 동네를 배회하던 어머니에게 말을 걸고 집까지 데려와 준 사람이 카구라였다. 그때부터 카구라는 시간 날 때마다 하루네 집에 찾아와서 어머니의 대화 상대가 되어 줬다.

아버지는 카구라를 볼 일이 없었지만, 하루는 가끔 마주쳤다. 대학교에 들어간 뒤로는 수업이 없을 때면 가능한 한 집에 있으려고 노력했기 때문이었다. 카구라는 하루네 집 근처에 있는 자기 집에서 그림을 가르쳤는데, 물려받은 유산 덕분에 경제적으로 여유가 있고 시간도 자유롭다며 자주 어머니를 찾아와 주었다. 어머니는 카구라가 오기를 은근히 기다렸고, 얼굴을 보면 무척 기뻐했다.

하루가 스무 살이 되자마자 하루의 어머니는 감기가 악화되는 바람에 허망하게 돌아가셨지만, 하루와 카구라 간에는 교류가 이어졌다. 그리고 그런 카구라가 시라세의 열성적인 신도였다. 카구라는 하루에게 시라세 겐지의 강연회에 와 보지 않겠냐고 제안했다. 그리고 그 강연회에서 하루는 시라세 겐지에게서 후광이 비치는 것을 목격했다. 하루는 카구라의 권유에 따라 시라세에 입교했다.

"집회에는 안 와도 되는데, 카구라 씨는 한번 만나 보면 어때?"

하루가 말했지만, 나는 그마저도 거절했다. 카구라든 시라세 겐지든 뭐든, 관심 없다. 내가 피부에 닿는 차가운 돌을 혐오한다는 것은 비밀로 감춰 뒀지만, 집회에 가지 않고 신도도 만나지 않겠다는 의사표시만큼은 확실히 해 두고 싶었다. 그 외에는 하루가 일상생활에서 시라세 이야기를 꺼내는 일은 없어서, 평소에는 시라세를 잊고 지낼 수 있었다. 다만 하루를 홀리는 그 돌이 몹시 미웠다.

사고 이전에 부모님께 하루를 소개한 적도 있어서, 하루는 내 병실을 오가다 부모님과 친해졌다.

어느 날 하루가 병실에 들렀는데 한 중년 여성이 침대 옆에 앉아 있었다. 그날은 마침 병실에 부모님이 안 계셨다. 하루가 모르는 여성이었다. 내 연인이라고 밝히자, 여성은 하루에게 깊이 고개 숙였다. 고개를 들었을 때 가슴께에서 돌 목걸이가 흔들렸다. 하루는 여성이 시라세 신도인 것을 바로 알아봤지만, 안면이 없는 사람이었다. 그때 하루의 돌은 옷 속에 있었다.

"사고를 낸 사람 가족이에요. 이렇게 돼서 정말 죄송합니다. 가끔 이렇게 조용히 찾아뵙고 있습니다."

길가를 걸어가던 나를 향해 반대편 차선에서 차가 돌진해 와서 사고가 일어났다. 오전 아홉 시경 주택가 골목에서 일어난 사고라 목격자는 없었고, 주변에 CCTV도 없었다. 운전한 사람은 60대 남자였다. 남자는 나를 치고 나서 그대로 도주했다. 그땐 너무 놀라고 당황해서 그랬다고 나중에 설명했다는데, 저녁이 되어 경찰에 자수했다. 차량용 블랙박스는 없었다. 남자는 골목길에서 튀어나온 고양이를 피하려고 정신없이 핸들을 꺾었다고 했다.

나는 사고 직후부터 쭉 의식불명 상태였지만, 병원에 늦게 이송된 것이 문제였다는 견해도 있어서 사고만이 원인이 됐다고 결론 짓기는 어려웠다. 운전한 남자는 뺑소니로 기소되었지만 말기 암 환자였고, 기소되자마자 사망해 버렸다. 하루가 내 병실에서 마주친 중년의 여성은 그 남자의 아내였다. 몰래 가끔 병실을 찾은 모양이었다.

"여기서 그 사람을 마주쳤을 땐 아직 시라세였어?" 내가 물었다.

"응. 나도 시라세라는 말은 안 했지만."

"말하지 그랬어? 신도의 증표도 가지고 있었잖아."

"응. 근데 장소가 좀 그랬잖아. 그 사람에 관해서는 나중에 자세히 알게 됐어."

"조사했어? 아, 시라세 사람들한테 물어봤구나?"

"아니, 내가 시라세 사무국에서 일하게 됐었거든."

하루는 내가 모르는 12년 사이 시라세 사무국에서 일했을 정
도로 열성적인 종교 활동을 했었나 보다. 그러나 지금은 시라세
를 떠났다. 내가 잠든 사이에 엄청난 급전개가 있었다. 이것은 의
심의 여지 없이 '다행스러운 일'이다. 12년 동안 이어진 잠이 나
쁘지만은 않았던 것 같다. 하루는 내게 자신이 '다행스러운 일'에
다다르기까지의 이야기를 들려주었다.

시라세의 교주 '시라세 겐지'의 과거 이력은 공개되지 않았다.
과거가 알려지지 않아서 시라세 겐지라는 인물이 더 신비로워 보
였다. 하루가 시라세 겐지의 힘을 실감한 순간은 그가 접견실에
서 처음으로 목걸이를 목에 걸어 줬을 때였다. 시라세는 말랐지만
키가 커서 마주 서면 올려다봐야 했다. 위압감이 있어서 마치 자
신이 어린아이가 된 느낌이었다고 했다. 목걸이에 달린 돌은 정말
로 열을 냈다. 게다가 시라세의 손끝에서는 전류를 내뿜는 것 같
은 힘이 느껴졌다.
　시라세 겐지는 낮고 조용한 목소리로 하루에게 말했다. "사람
은 행복을 향해 인생을 옮겨 갑니다. 고난과 비애는 누구에게나
찾아옵니다. 어두운 길에서 행복으로 궤도를 수정하는 것이 '시라
세'가 추구하는 바입니다. 우선 그 첫걸음으로 이 돌에 염원하십
시오. 당신의 행복을. 오랜 시간이 걸리더라도 반드시 응답해 줄
겁니다."
　그 말을 듣고 하루는 기분이 고양되었다. 마치 메아리치듯이

그 말이 오래도록 귀에 남았다.

시라세 겐지가 하루에게 한 말은 시라세의 '교리(敎理)'로 여겨지는 말이었다. 간절히 염원하는 것만이 모든 불운을 호전시키는 길이라고 했다. 내가 잠들고 나서 하루는 시라세에 훨씬 깊이 빠져들었다. 하루는 시라세의 교리에 따라 염원하고 또 염원해서 상황을 호전시키려고 했다.

그 무렵, 시라세는 신도를 늘려 가던 시기라 사무국에서 일할 젊은 인재를 원했다. 연인이 교통사고로 의식불명 상태에 빠져 실의의 밑바닥에 있는 데다가, 집회에 열심히 나오고 시라세 겐지에 심취해 있는 젊은 신도에게 눈길이 간 것은 당연했다. 사무국에서 일하지 않겠냐는 제안을 하루는 별 망설임 없이 받아들였다. 대학교를 졸업하고 갈 직장이 이미 정해진 상태였지만, 그 기회를 날리는 것마저도 아쉽지 않았다. 아버지가 맹렬히 반대했지만, 하루는 강행했다.

그렇게 사무국에서 일하기 시작했다. 신도들은 강연회와 집회가 열릴 때 말고도 교회에 들락거리며 시라세 겐지와 직접 대화하기를 원했다. 시라세 겐지는 명상에 잠겨 방에 틀어박힐 때도 많아서, 그런 날에는 사무국 직원이 대신 이야기를 들었다. 매일 찾아와서 잡담만 나누고 돌아가는 신도들도 있었다. 그런 이들을 상대하는 일은 매번 신참이 떠맡았기에, 하루는 신도들 사이에서 떠도는 소문과 흔한 푸념까지도 들어야 했다. 그러다 병실에서 마주쳤던 중년 여성, '시카마 미와'의 이야기를 듣게 됐다.

남편인 '시카마 타카시'는 병원에 가다가 사고를 냈다. 아들이 간경변으로 병원에 입원한 상태였고, 병세가 갑자기 나빠졌다는 소식을 듣고 마음이 급했다고 한다. 그런 도중 골목길에서 튀어 나온 고양이에 놀라서 핸들을 꺾었는데, 거기 내가 있었다. 나를 치고 나서도 차를 세우지 않고 도망쳐 버렸다. 차에는 시카마 미 와도 타고 있었는데, 같이 동요하는 바람에 남편이 뺑소니치는 것을 막지 못했다. 사고를 냈을 때 시카마 타카시는 이미 말기 암을 앓고 있었다. 자수하고 기소된 지 얼마 지나지 않아 사망했고, 아들은 그 이후 간 이식 수술을 받아서 병세가 호전되었다. 지금은 건강하다고 했다. 간 기증자는 시카마 미와였다.

"사고를 낸 사람이 남편이라서 다행이지? 이것도 시라세 덕분이야."

신도는 그렇게 말하며 이야기를 마무리했다. 그 사고의 피해자가 하루의 연인일 줄은 상상도 못 했을 것이다. 아들의 병세가 악화됐고, 간 이식을 서둘러야 했는데, 말기 암인 시카마 타카시는 기증할 수 없었으니 '다행'이라고 말했을 것이다. 하루는 사고와 관련된 자세한 사정을 알게 돼서 심경이 복잡했다. 악의는 없었더라도, 그 '다행'이라는 말이 불쾌했다.

그 말은 하루의 마음에 잔물결을 일으켰다. 마음이 흔들렸다. 그래서 시라세 겐지를 찾아가 상담을 구했다. 시라세 겐지는 눈을 감고 잠시 생각에 잠기더니 조용히 입을 열었다.

"지켜보는 것이 당신이 할 수 있는 전부입니다. 기다리는 건 아주 어렵습니다. 하지만 염원하며 실천해야 합니다. 그러면 시간은 걸려도 답이 나옵니다."

시라세 겐지는 시라세의 교리로 말을 끝맺었다. 지켜보는 것이 할 수 있는 전부다. 이의는 없었지만 하루가 원하던 답과는 거리가 멀었다. 잠든 연인이 언젠가 깰 수 있을까. 답은 여전히 모호했다. 하지만 언제 눈을 뜰지 모를 연인과 헤어지겠다는 마음을 한 번도 먹지 않은 것은 시라세에 입교한 덕분일지도 몰랐다.

어느 날, 휴게실에서 신도들의 대화가 새어 나왔다. 하루는 휴게실과 이웃한 서고에 있었다. 휴게실 문이 살짝 열려 있었고, 벽도 얇아서 대화 소리가 또렷이 들렸다. 듣는 사람이 아무도 없다고 생각했는지 대화는 거침없었다.

"하루히 씨, 여자 친구가 혼수상태로 계속 누워 있잖아."

공연히 알려진 이야기는 아니었지만, 몇 명은 알고 있었다.

"카구라 씨가 열심히 기도했나 보네."

거기서 카구라의 이름이 나와서 의외였다. 하루는 생각했다. 어떤 의미일까.

"여자 친구가 계속 그 상태면 하루히 씨가 자길 바라봐 줄 거라고 생각하는 것 같지?"

"아무리 그래도 죽으라고 하지야 않겠지만, 깨지는 말았으면 하겠지."

하루는 카구라가 자신에게 호의를 갖고 있다는 사실을 어렴풋이 눈치채고 있었다. 연인이 생겼다고 털어놓았을 때는 평소와 다름없이 온화한 미소를 지으며 들어 주었다. 내가 사고를 당해서 의식불명인 상태가 됐을 때도 카구라는 하루에게 위로의 말을 건넸다. 그러나 시간이 지나면서 시라세 활동과는 별개로 식사나 이런저런 걸 같이 하자는 제안을 해 오자, 하루는 카구라의 진의(眞意)를 알 수 없게 됐다. 이대로는 안 되겠다는 생각이 들었다. 카구라를 이성으로 본 적은 없었기 때문이었다.

내가 잠든 지 3년이 지날 무렵, 카구라에게 이런 말을 들었다고 했다.

"이제 충분하지 않아? 넌 할 수 있는 걸 다 했어. 행복은 분명 다른 곳에 있을 거야."

하루에게는 여자 친구를 버리고 자신을 바라봐 달라는 말로도 들렸다.

"제 행복은 시즈쿠에게서만 찾을 수 있어요."

카구라는 미간을 찌푸리며 고개를 푹 숙였다. 하루는 그 표정을 보고 자신을 향한 카구라의 마음을 확신했지만, 의사표시는 이미 확실히 했으니 됐다고 생각했다. 그 후로 만나자는 연락의 횟수는 줄었지만, 카구라는 변함없이 다정했다.

정리가 됐다고 생각했기 때문에, 하루는 설마 내가 깨어나지 않길 바랄 정도로 카구라의 마음이 사악하고 강할 줄 몰랐다고 한다. 신도들이 하는 이야기를 액면 그대로 받아들일 수도 없어서, 일단 확인해 볼 필요가 있었다. 카구라에게 내 상태를 말해 보기로 했다.

"최근에 약간이지만 손발을 움직이게 됐어요. 조금씩 회복하고 있는 것 같아요."

카구라는 한순간이지만 아쉬운 표정을 지었다. 곧 표정을 바꿔 미소를 지었지만, 주의 깊게 봤기에 그 작은 틈을 놓치지 않았다.

"다행이네."

카구라는 말하고 나서도 계속 미소 지었지만, 어딘가 가짜 같고 부자연스러웠다. 들은 이야기가 의외로 틀리지 않았을지도 모른다는 생각이 들어서 거듭 물어보았다.

"저한테 되게 잘해 주시잖아요. 이유가 뭐예요?"

"하루히를 위해 뭐든 하는 게 내 행복이니까."

카구라는 그렇게 대답했다. 하루는 생각했다. 자기 행복을 위해 뭐든 한다라, 어디까지 할 수 있다는 뜻일까. 그 일이 있고 나서 카구라가 온 힘을 다해 기도하는 모습을 보았다. 그 모습이 섬뜩해 무서웠다고 했다.

"남의 불행을 염원해도 용서받나요?" 용기를 내서 시라세 겐지에게 물어보았다.

"용서받고 말고가 없습니다." 시라세 겐지는 망설임 없이 대답했다.

"그럼 자신을 위해 누군가의 희생을 염원해도 되나요?"

"자신의 행복을 염원하는 것은 나쁜 일이 아닙니다. 자신이 행복해진다. 그것은 모든 인간이 염원하는 것입니다. 모든 사람이 행복해지기 위한 첫걸음이라고 생각하면 됩니다."

수긍할 수 없는 대답이었다. 그 말을 들은 하루의 안에서 봇물 터지듯 시라세 겐지를 향한 의심이 쏟아져 나왔다.

하루는 처음에 카구라의 인품에 이끌려서 강연회에 참석한 것이었다. 그런데 그 다정함은 '연정(戀情)'에서 나온 것이었고, 시라세의 신도로서가 아니었다. 처음부터 착각이었다.

그리고 무엇보다 시라세 겐지에 대한 환상이 차츰 무너져 갔다. 사무국에서 일하면서 시라세가 돌아가는 원리를 조금씩 알게 되었기 때문이었다.

처음 강연회에 참석했을 때, 하루는 교주 시라세 겐지에게서 후광이 비치는 걸 보았다. 그러나 그 장면에 대한 인상이 달라졌다. 강연회가 열렸던 방은 어두컴컴해서, 문을 열어 두고 밝은 복도에서 등장하는 것만으로도 스포트라이트를 받는 효과를 냈다. 단상 밑에는 시라세의 등 언저리를 비추는 조명이 설치되어 있었다. 시라세 겐지의 첫인상은 그렇게 연출되었다.

돌 목걸이도 기대와 달랐다. 처음으로 목걸이를 목에 걸어 주었을 때, 돌은 열을 냈고 시라세 겐지의 손끝에서도 확실히 힘을 느꼈다. 그래서 마음이 고양됐다. 다른 신도들도 비슷한 이야기를 했다. 돌 목걸이는 효력이 서서히 옅어진다는 이유로 정기적으로 교체해야 했는데, 그때마다 '시줏돈'을 냈다. 금액은 정해져 있지 않았지만 신도들은 경쟁하듯 무리를 해서라도 많은 돈을 지불했다.

새 돌을 지급하는 절차는 지극히 사무적이었다. 사무국에서 지급되는 돌에는 시라세 겐지의 힘이 담겨 있다고 했지만, 실제로 시라세 겐지가 돌을 만지는 과정은 없었다. 돌 목걸이는 대량으로 생산되는 상품이었고, 돌도 천연석이 아니라 모조석이었다. 납품받은 목걸이를 상자에서 꺼내 신도에게 바로 건네는 것을 목격한 뒤로는 돌의 존재 가치에도 의구심이 생겼다. 하지만 시라세 겐지에게서 힘을 느낀 것은 분명했다. 반신반의한 상태로 하루는 오랜 시간을 보냈다. 가끔 환멸을 느끼기도 했지만, 신도를 늘리기 위해서는 약간의 각색도 필요했을 거라고 자신을 타일렀다.

그러던 어느 날, 시라세 겐지가 자리를 비웠을 때 아무도 없는 접견실에 들어가 봤다. 그다지 넓지 않은 공간에 시라세 겐지가 앉는 책상과 의자가 놓여 있었다. 뒤로 돌아가서 보니, 책상 밑에 얇은 화학 섬유 카펫이 깔려 있었다. 방의 중후한 인테리어와도, 장식이 달린 책걸상과도 어울리지 않아서 그것만 튀어 보였다.

책상 위에는 고급스러운 금속제 접시가 있었고, 평소에는 거기에 신도에게 건넬 목걸이가 두어져 있었다. 접시를 들어 보니 밑에 스위치가 달려 있었다. 그것을 켜자, 희미하게 '윙' 하는 소리가 났다. 잠시 후 금속 접시가 따뜻해졌다. 그 열이 돌에 전달되는 구조인 듯했다.

시라세 겐지의 손끝에서 느낀 힘에 대해서도 생각해 봤다. 접견실 안은 항상 제습기를 돌려서 건조했다. 겨울철에도 가습을 하지 않는다. 발밑에 있는 화학 섬유 카펫이 손끝에 정전기를 일으키는 게 아닐까 하는 생각이 들었다. 그렇게 생각하면 신비롭고

초현실적인 현상도 설명이 됐다.

시라세 겐지가 항상 서는 위치에서 목소리를 내어 보았다. 목소리가 메아리치듯이 울렸다. 이 공간은 그렇게 계산되어 설계된 것이었다. 의심을 품고 살펴보니, 지금까지 보이지 않았던 것들이 보이는 듯했다. 하나하나 검증해 가면서 이해했다. 전부 속임수 아닌가.

결정적인 것은 시라세의 '교리'였다. 자신이 구원받기 위해서는 다른 사람의 희생에도 눈을 감는다. 그것은 절대 하루가 추구하던 것이 아니었다. 그렇게 하루에게서 시라세에 몸담을 이유가 하나둘씩 사라져 갔다.

시라세에 남을 이유가 있을까, 그렇게 자문했을 때 답이 나왔다. 내가 잠든 지 10년이 됐을 무렵 하루는 시라세를 나왔다. 긴 시간을 낭비했지만, 내가 깨기 전에 전부 끝나서 다행이다.

"뻔히 보이는 걸 못 본 거야."

그렇게 말하고 하루는 자신이 한심하다는 듯 아래를 내려다봤다.

"아니면 '보이지 않는 걸 보고 있었다'라고도 할 수 있지. 요괴나 악령 보듯이." 내가 말했다.

나는 음산하게 "시라세 퇴치―"라고 중얼거리면서 옷소매를 흔들며 굿하는 흉내를 냈다. 하루는 내 동작을 보고서 피식 웃었다. 더 크게 웃어 주기를 바랐는데.

"그래서 이젠 시라세 없는 인생이야. 시즈쿠도 그게 좋겠지." 하루는 쑥스러운 듯 웃었다. 평소의 햇살 같은 미소와는 거리가 멀었지만, 그 미소에 또 반하고 말았다.

사랑은 조금도 식지 않은 채 12년이라는 세월을 뛰어넘은 것 같다. 나는 이제 조금 근육이 붙은 다리로 침대에서 내려갔다. 발을 단단히 딛고 서면서 하루의 목에 팔을 감았다. 가슴에 얼굴을 묻으며 이제 어디에서도 차가운 감촉이 느껴지지 않는 것을 확인했다. 그리고 '맞아'라는 의미를 담아 두 팔로 하루의 등을 감싸며 토닥토닥 두드렸다. "하루, 완벽해." 나는 팔의 근력을 재어 보듯 하루를 힘껏 끌어안았다.

"근데 카구라 씨는 몇 살이야?" 문득 궁금해졌다.

"나보다 조금 많아. 아마 5살 정도?"

"그래? 그렇게 젊어? 아줌마일 줄 알았어."

하루는 휴대전화로 카구라가 찍힌 사진을 보여 주었다. "이 사람이야."

언젠가 대학교에서 본 적이 있는 여자였다. 가슴께에서 흔들리던 목걸이.

"정찰이었나." 나도 모르게 생각이 새어 나왔다.

"뭐?"

"아니, 아무것도 아니야. 내가 시라세를 이겼네."

하루는 햇살처럼 웃었다. 조금 어이없어하는 것 같기도 했다.

나는 한 달 정도 더 재활 치료를 받고 퇴원했다. 어중간하게 끝난 대학 생활로 복귀할까, 아니면 일을 해볼까 고민만 하고 아직 행동으로 옮기지는 못했다. 결혼 이야기도 나왔지만 나중으로 미뤘다. 모든 것에 대해 '상황을 지켜보는' 시간을 갖기로 했다. 기억은 조금씩이지만 돌아오고 있었다. 사고 직후의 기억은 아직 돌아오지 않았지만, 12년 전 아침에 일어난 사고까지는 기억나게 됐다.

퇴원 후 하루와 둘이서 집 근처를 걷고 있었다. 그때 맞은편에서 차가 빠른 속도로 달려왔다. 옆을 지나치는 순간, 마침내 사고 때 기억이 되살아났다.

"하루, 기억났어. 이거 엄청나."

"뭐? 뭐가 엄청나?"

"방금 차가 지나가서 사고 순간이 기억났어."

"충격적이겠네. 무서운 장면은 잊는 게 나았을지도 몰라."

"응. 하지만 충격적인 건 그 부분이 아니야. 그때 운전석에 있던 건 여자였어."

하루는 놀란 얼굴로 내 말이 이어지기를 기다렸다.

"뺑소니범이 남자라고 했잖아? 그런데 아니야. 나를 친 사람은 여자였어."

"확실해? 하지만 자수했잖아."

"목격자도 없었잖아. 게다가 고양이가 튀어나왔던 기억도 없어."

"시즈쿠한테는 고양이가 안 보였을 수도 있어."

"아니, 고양이는 없었어."

"순식간이었잖아."

"그 순식간이 꽤 길기도 해. 운전대를 잡고 있던 여자의 얼굴이 정지 화면으로 머릿속에 남아 있어." 할 수만 있다면 사진으로 인화해서 하루에게 보여 주고 싶을 정도다.

"그럼 조수석에 남자가 있었어?"

"아니, 조수석에는 아무도 없었어. 근데 그 시라세 아줌마, 남편이 자수했다는 사람."

"아, 시카마 미와 씨? 시즈쿠는 만난 적 없어? 그러고 보니 시즈쿠가 의식이 돌아온 뒤엔 얼굴을 안 비치네. 마음이 한결 놓여서 그런가 싶었는데."

"바로 그런 부분이야, 하루. 그런 부분. 하여튼 성선설(性善說)파라니까."

"무슨 뜻이야?"

나는 '파'까지는 아니지만, 굳이 따지자면 성악설(性惡說)을 더 믿는 편이다.

"그 시카마 미와라는 사람, 수상해. 나를 차로 쳐 놓고 남편을 자수시켰을 가능성이 있어. 그렇잖아. 내가 의식이 없을 때 몇 번이나 찾아와서 남편 대신 속죄했으면, 눈을 떴으니까 더더욱 얼굴을 비쳐야지. 안 찾아오는 이유는 얼굴을 보여 주기 싫어서야."

"그래. 확실히 이상하다. 하지만 어쩌면 시즈쿠가 깨어난 걸 모를 수도 있어."

"끝까지 성선설식 전개네. 병문안은 정찰하러 왔던 거야. 시라세의 단골 수법이지. 내가 깨어나서, '사고를 낸 사람은 당신이야!' 할까 봐 무서웠던 거야. 분명 내가 계속 잠들어 있게 해 달라고 기도했을걸. 아주 신앙이 음침해. 벌써 두 명째야. 시라세 최악이야."

웃어넘기기 어려운 듯 하루는 생각에 잠겼다.

"그래서 어떡할 거야?" 하루가 물었다.

"12년이 지났잖아. 공소시효가 몇 년이지? 남편이 죄를 뒤집어 썼으니까 일이 복잡하네. 목격자는 없고, 기댈 건 피해자의 오래된 기억뿐이고."

"그래도 이대로는 안 돼. 우선 경찰서에 가자."

"글쎄. '자다 깨서 12년 전 기억이 어제 일처럼 선명해요'라고 해도 이해 못 할걸. 경찰서에 간다고 해결될까? 게다가 자수한 사람은 이미 병으로 죽었잖아."

"응. 사고 전에 이미 말기 암이라 얼마 못 산다고 들었다는 것 같았어."

"그거였을 거야, 이유는. 어차피 살날이 얼마 안 남았으니까 도망친 아내 대신 죄를 뒤집어쓴 거야."

"객관적으로 분석할 수 있다니, 대단해. 시즈쿠한테 이런 면이 있는지 몰랐어."

"무(無)의 시간 속에서 존재감을 숨기고 있었던 거야. 하루가 모르는 시즈쿠가 아직 더 있을지도 몰라. 무섭지?"

내가 성악설을 믿는다는 것도 아직 말하지 않았지만, 일단 경고해 두었다.

"내가 모르는 시즈쿠. 기대된다."

그런 말을 들으면 나도 모르게 입꼬리가 올라간다. 하지만 이참에 하나 더 고백했다.

"그런데 이상해."

"뭐가?"

"시카마 미와는 다른 데 정신이 팔린 것 같지 않았어. 정확히 나를 노리고 돌진해 왔어."

그때부터 우리는 시카마 미와를 자세히 조사했다.

시카마 타카시와 시카마 미와 부부는 사고 당시 50대 중반이었고, 30대 외아들은 중증 간경변을 앓고 있었다. 아들은 뇌사자의 간 기증을 기다리다가 병세가 악화돼서 심각한 상태였다. 살길은 친족간에만 허용되는 생체 간 이식뿐이었다. 하필 그때 시카마 타카시에게서 암이 발견돼 남은 방법은 시카마 미와가 기증자가 되는 것뿐이었다. 게다가 하나 더 문제가 있었다. 수술 비용이 만만치 않았다. 그렇게 양쪽 발목을 다 붙잡혀 수술을 못 받고 있는 상황이었다. 하지만 결국 아들의 수술은 진행됐다. 예정대로 시카마 미와가 기증자가 됐다.

사고가 나고 얼마 지나지 않아서 시카마 타카시는 사망했다. 사고 손해 배상은 보험사가 했다. 아들 수술비는 어떻게 마련했을까. 시카마 타카시가 사망한 뒤 수술했으니, 사망 보험금이 있었는지도 모른다. 시카마 타카시가 죽은 덕분에 아들이 살았다면 참 아이러니한 일이다. 그리고 아들의 몸은 이미 한계에 다다른 상태였다. 사고가 나서 시카마 타카시의 죽음이 앞당겨지기라도 했다면 덕분에 수술이 제때 이루어졌으니 더더욱 아이러니다. 불행이 일어났지만, 맞물려 행운도 있었다.

"이럴 땐 뭐라고 해야 해? 아들이 살았으니 해피엔딩인가?" 나는 기가 막혔다.

"빈정거리는 말투네. 하지만 시카마 타카시 씨는 이미 살아날 수 없는 상태였잖아. 그런 거라면 아들이라도 제때 수술받아서 다행 아니겠어? 그게 다 시라세 덕분이라고 한다면, 그래도 상관없다고 생각해."

"졸업생이니까 손바닥 뒤집듯이 나쁘게 말하기는 힘들겠지. 하지만 하루의 그런 면이 좋아."

하루는 쑥스러워하며 웃었다. 나는 하루의 가슴에 손을 톡 댔다. 그 자리에 돌이 없는 것이 이렇게 상쾌하구나 싶었다. 내가 사고를 당한 덕분일지도 모른다. 역시 불행과 행운은 반대지만 같은 곳에 있다.

"그런데 이상해. 아내 대신 남편이 뒤집어쓴 건 그나마 이해가돼. 하지만 시즈쿠를 향해서 돌진했다는 건 아무리 생각해도 설명이 안 돼." 하루가 말했다.

"응. 하지만 착각이 아니야. 내가 표적이 된 느낌이었어."

"기억이 왜곡된 거 아니야? 남편이 대신 자수한 게 속으로는 엄청 화가 났다거나 그래서."

"아니, 사실 사고에 관한 기억은 이제 봉인해도 될 정도야. 결과적으로 좋은 것도 있으니까."

"좋은 거? 그래? 뭐?"

"걸리적거리던 돌이 사라진 거."

다시 생각해도 시라세는 정말 싫었다. 좋은 일은 전부 시라세 덕. 나쁜 일이 있어도 그 정도로 그쳤으니 시라세 덕. 최악의 경우엔 분명 본인 책임이 될 것이다. 지구상의 모든 일을 시라세에게 유리한 쪽으로 해석한다. 작은 덫이 곳곳에 숨겨져 있고, 덫에 발목을 붙잡힌 사람들이 하나씩 신도가 되어 간다. 제대로 발밑을 보고 걸으면 덫에 걸리지 않을 것이다. 하루는 원래 발밑을 보며 걷는 사람인데, 카구라에게 정신이 쏠려서 하필 덫 근처에서 한눈을 팔고 말았다. 내가 상상했던 것처럼 카구라가 아줌마가 아니라 매력적이고 아름다운 사람이었기 때문에 그런 생각이 들었다. 하지만 12년 동안 나만 바라봤으니 그것도 용서한다.

"하루, 내가 시카마 미와를 만나볼까?"

그렇게 말하자, 하루는 조금 난처한 표정을 지었지만 내 의혹을 풀어 주기 위해 연락을 취했다. 내가 동석한다는 것은 일단 비밀로 했다.

하루가 멀리서 저 사람이라고 알려 줬다. 가까이 갈수록 역시 운전석에 있던 여자가 맞다는 확신이 들었다. 어쨌든 12년이 지났다. 겉모습에 큰 변화가 있었다. 그래도 가까이에서 대면하니 기억 속 얼굴과 일치했다. 시카마 미와는 나를 보고 놀란 듯했지만 곧 고개를 숙였다. 내가 누구고, 왜 왔는지, 어느 정도 눈치챈 모양이었다. 가까운 카페로 가자고 하니 어쩐지 각오를 다지는 느낌이었다.

"운전한 사람, 당신이죠?" 나는 과감히 물었다.

"사고 때가 기억나요?"

"또렷이요."

시카마 미와는 순순히 인정했다. "네. 제가 운전했어요. 차에는 저 혼자 있었어요. 정말 정신이 없었어요. 당황해서 무작정 집으로 돌아갔는데, 제 상태가 이상한 걸 알아차린 남편이 추궁했어요. 제가 사고를 냈다고 말했어요. 그런데 남편이 자기가 대신 자수하겠다고 해서 말을 따랐어요. 아들에게 간을 기증할 수 있는 사람이 저뿐이라 그러는 게 낫다고…."

"왜 도망쳤어요?" 나는 궁금했다.

"무서워서요." 시카마 미와는 불안한 듯 눈을 내리깔았다.

그때 하루가 비난조로 대화에 끼어들었다. "바로 조치를 취했으면 결과는 달랐을지도 모르죠. 제 여자 친구는 12년을 무의미하게 날렸다고요."

시카마 미와는 입을 굳게 다문 채 입술을 깨물었다.

"미와 씨, 왜 저를 차로 치고 싶었어요?" 나는 가장 궁금한 것을 질문했다.

내 말에 시카마 미와는 고개를 들고 경악스러운 표정을 지었다.

"도로에 고양이는 없었잖아요. 당신은 저를 향해 똑바로 돌진했어요. 처음부터 칠 생각이었죠?"

시카마 미와는 고개를 몇 번이나 가로저으며 내 말을 부정하려고 애썼지만, 그 모습이 부자연스러웠다. 내가 정곡을 찔렀음을 증명하는 듯했다. 그런데도 여전히 "아니에요, 아니에요" 하며 작은 목소리로 말하는 것을 보니 인정할 생각은 없는 것 같았다. 목에 건 돌을 두 손으로 감싸듯 만지는 것을 보고 다시 한번 '시라세'에 불쾌감을 느꼈다. 저 돌은 시카마 미와를 구원해 주지 않는다. 전부 나에게 달렸다. 시라세가 끼어들 틈은 없다.

나는 말했다. "증거는 아무것도 없고 사고도 남편분이 뒤집어쓰고 끝났어요. 이제 와 제가 뭘 어쩔 수는 없어요. 하지만 이유는 알아야겠어요."

"그때 일은 이제 거의 기억이 안 나요. 용서해 주세요. 용서해 주세요."

시카마 미와는 영원히 '용서해 주세요'를 반복할 것 같았다. 테이블에 박을 것처럼 머리도 숙였다. 그 모습을 보자 나도 하루도 더는 어찌할 도리가 없었다. 더 강하게 몰아붙이고 싶은 마음이야 산더미 같았지만, 그 이상 털어놓을 것 같지는 않았다.

나는 '이제 됐다'라고도, '용서 못 한다'라고도 하지 않고 자리를 떴다. 등 뒤에서 계속 "용서해 주세요"라는 목소리가 들려왔다. 그렇게 계속 돌에 대고 빌면 다 끝날 줄 아는 것이다. 뒤쫓아 온 하루가 내 손을 잡았다.

"시즈쿠 생각이 맞았네. 근데 이유까진 말할 것 같지 않아."

나는 하루의 손을 꽉 쥐었다. 악력을 측정할 때처럼 힘껏 쥐었다. 분명 아플 것이다.

"나는 거의 죽을 뻔했는데. 이유를 모른다는 게 정말 싫어."

"맞는 말이야. 경찰서에 가자."

"이미 긴 시간을 저 사람한테 뺏겼어. 더는 싫어."

이유를 알고 싶은 마음과 더는 시간을 쏟고 싶지 않은 마음이 뒤섞여 있었다. 하루의 손을 잡고 걷는데 눈물이 흘렀다. 이를 악물고 참으려고 했지만, 눈물이 걷잡을 수 없이 흘렀다. 알아차린 하루가 걸음을 멈췄다.

하루는 나를 끌어안았다. 걸리적거리는 돌이 사라진 가슴에 얼굴을 묻고 소리 내서 울었다. 한바탕 울고 나서 얼굴을 떼자, 하루의 셔츠 한가운데에 눈물의 바다가 만들어져 있었다. 거리 위라는 걸 깨닫고 갑자기 부끄러워졌다. 지나다니는 사람들이 다 무슨 일인가 하고 신기하게 쳐다봤을 것이다. 하루는 여느 때처럼 햇살 같은 미소로 나를 감싸면서 셔츠 소맷자락으로 얼굴을 닦아 주었다. 그리고 내 손을 꼭 잡고 먼저 걸음을 뗐다. 나도 이번에는 살며시 손을 잡고 하루를 따라 한 걸음 내디뎠다.

땅거미가 질 무렵, 나는 육교를 건너고 있었다. 계단을 내려가려는데 뒤에서 누가 등을 밀었다. 계단 맨 아래까지 순식간에 굴러떨어졌다. 팔다리가 여기저기로 흩어진 느낌이었다. 몸을 움직여 보자 온몸에 금이 간 것처럼 아팠다. 숨을 쉬기가 힘들었는데, 크게 몇 번 심호흡하자 어찌어찌 상반신까지는 일으킬 수 있었다. 무척 아팠는데도 입에서는 "아, 아파"라는 맥 빠지는 소리만 나왔다.

그리고 계단을 올려다봤지만 이미 사람 형체는 보이지 않았다. 주변에 있던 사람들이 모여들어 웅성거리며 "괜찮으세요?"라고 물어 왔다. 누가 밀어서 굴러떨어졌다고 하소연했지만 돌아오는 반응은 없었다. 목격자는 한 명도 없었다. 그렇게 잠시 주저앉아 있었더니 통증이 누그러졌다. 조심조심 팔다리를 움직여 보니 끔찍할 정도로 아프지는 않았다. 아무래도 뼈는 부러지지 않은 모양이었다.

"하루, 나, 누가 등을 밀어서 육교에서 굴러떨어졌어."

그렇게 전화로 연락하자 하루는 곧장 날아왔다. 그리고 심각한 표정으로 상황 설명을 들었다.

"시즈쿠는 계단에서 굴렀지만 무사히 살아 돌아왔습니다. 부상도 없습니다. 하지만 내일쯤 온몸에 멍이 생길지도 몰라. 어때? 보고 싶지? 파랗게 물든 내 몸."

살짝 장난을 쳐 봤지만, 하루의 미간에 잡힌 주름만 깊어질 뿐이었다.

"목격자를 찾아볼게. 경찰서에도 가자."

"응. 등을 민 손에서 확실히 의지가 느껴졌어. 이대로 둘 수는 없어." 나도 진지하게 대답했다. 새로운 사고로 또 미래가 바뀌는 것은 싫다.

경찰서에 가서 사정을 이야기하고 육교 근처 CCTV를 조사해 달라고 했다. 하지만 범행 장면이 찍힌 영상은 없었다. 여러 영상을 대조한 결과, 내가 계단에서 구른 직후 황급히 달아나는 인물이 있었던 것이 겨우겨우 확인됐다. 하지만 그게 누구인지는 특정하지 못했고, 남자인지 여자인지조차 구분되지 않았다. 결국 내 심증만으로는 어찌할 도리가 없어서 경찰서를 나왔다. 하루는 독자적으로 조사할 테니 앞으로 외출할 때는 꼭 주의하라고 당부했다. 물론 나도 그럴 생각이었기에 가능한 한 혼자 다니지 않으려고 신경을 썼다.

그로부터 몇 개월은 아무 일도 없이 지나갔다.

교차로에서 신호를 기다리고 있었다. 인파 속에서, 맨 앞줄에 서 있었다. 그땐 많은 사람들 가운데 있어서 안심됐는지 잠깐 주변을 경계하지 않았다. 큰 교차로에서 차들이 속도를 내며 눈앞을 지나갔다.

"카구라 씨—" 갑자기 하루의 목소리가 들렸다.

뒤돌아보니, 뒤에 긴 머리를 한 여자가 서 있었다. 얼굴이 낯익었다. 미인이었지만 가면을 쓴 것처럼 표정이 없었다. 내가 갑자기 뒤를 돌아봐서 놀랐는지 순간 흠칫했다가 곧 다시 얼굴을 굳혔다.

"카구라 씨―" 또 들렸다. 확실히 하루의 목소리다.

그렇다. 카구라다. 내 뒤에 선 여자가 그녀임을 깨달았다. 카구라도 자신을 부르는 소리를 듣고 주위를 둘러보았다. 인파를 헤치며 다급히 다가오는 하루가 보였다. 주위 사람들과 부딪혀 가며 불쾌한 시선을 받으면서도 개의치 않아 했다. 카구라 역시 하루를 발견했는지 시선을 고정했다. 하루는 카구라의 손목을 덥석 잡고 힘껏 끌어당겼다.

'어? 뭐야?' 이게 무슨 상황일까. 여러 가지 생각이 뒤섞이며 나는 불안해졌다.

"시즈쿠, 괜찮아?" 하루는 나를 걱정했다. 하지만 손은 여전히 카구라를 붙들고 있었다. 카구라는 이제 가면을 벗고 입술을 꽉 깨물며 예쁜 얼굴을 일그러뜨렸다.

"괜찮은데, 뭐가 어떻게 된 거야?"

하루에게 잡힌 카구라는 증오 섞인 눈으로 나를 노려보았다. 하지만 그보다 훨씬 무서운 얼굴을 하고 카구라를 노려보는 하루를 보고, 그 표정에 또 반하고 말았다. 이런 상황에서 나도 참 천하태평이라는 생각이 든다. 그 후 카구라는 경찰에 넘겨졌다.

"범인은 카구라 씨였어."

하루의 설명을 듣고 잠시나마 엉뚱한 상상을 했던 나 자신이 우스워졌다.

"사실 순간 삼각관계인가 싶었어."

"잘도 웃으면서 그런 농담을 하네. 또 차에 치일 뻔했다고. 그래서 시즈쿠한테서 떼어 놓은 거야."

하루는 경찰서에서 보여 준 CCTV 영상에 찍힌 영업 차량 몇 대를 끈질기게 찾아다녔다. 사고가 난 시간과 비슷한 시간대에 사고 현장인 육교 근처에서 차를 찾아내, 차량 내 블랙박스 영상을 확인했다. 그리고 마침내 누가 내 등을 미는 장면을 발견했다. 육교를 내달려 반대편 계단으로 내려가는 범인의 영상도 찾았다. 하지만 저녁 어스름 속에서 인물을 특정하기란 쉽지 않았다. 여러 영상을 확인하다가 자동차 헤드라이트가 가끔 반사될 때마다 범인의 가슴에서 흔들리는 무언가를 발견했다. 돌이 달린 목걸이였다. 모조석인 그 돌은 그것 자체로는 전혀 빛나지 않았지만, 빛을 받으면 반사했다. 그리고 그 외에도 체격과 분위기로 추정된 사람이 바로 카구라였다. 하루는 나를 신경 쓰는 동시에 카구라의 동향에도 예의 주시했다. 그러다 교차로 인파 속에서 내 뒤로 다가가는 카구라의 모습을 발견했다.

카구라가 체포된 뒤에 다시 시카마 미와와 만날 약속을 잡았다. 그때까지도 하루는 몇 번이나 시카마 미와를 만나서 '이유를 알려 달라'고 부탁했다고 한다. 육교에서 나를 민 범인이 카구라임을 알고 나서 우리는 12년 전 사고에도 카구라가 관여하지 않았나 의심했다. 이윽고 시카마 미와는 체념한 듯 무거운 입을 열었다.

시카마 미와는 카구라에게 수술 비용을 받는 조건으로 나를 차로 쳐 달라는 제안을 받아들였다. 사고 후 남편의 생명 보험금도 받게 됐지만, 애초에 그 돈만으로는 수술비를 충당할 수 없었다. 뺑소니친 이유는 기증자 자격을 유지하기 위해서는 경찰에 잡히면 안 된다고 생각했기 때문이었다. 하지만 심상치 않은 낌새를 보고 남편이 사고를 알게 됐고, 대신 자수하기로 했다. 카구라와의 거래를 남편은 몰랐다고 한다. 카구라가 과거에 한 살인 교사까지 자백할 것 같지는 않지만, 이번 사건의 피해자는 뺑소니 사건의 피해자이기도 하다. 뺑소니 사건의 범인과 그의 아내가 카구라와 같이 시라세 신도라는 것이 알려지면 시카마 미와에게도 수사의 손길이 미칠지 모른다.

"아드님이 건강해졌으니 이제 됐잖아요. 카구라 씨한테 사주받았다고 증언하셔야 돼요." 내가 말했다.

미와는 뜻밖의 말을 들은 듯한 얼굴이었다.

"어떻게 그럴 수 있겠어요. 카구라 씨 덕분에 아들이 살았어요. 저는 카구라 씨를 돕고 싶었어요."

"카구라 씨가 가혹한 조건을 걸었잖아요. 당신도 마찬가지예요. 어쩌면 제가 죽었을지도 모르는데, 어떻게 그런 말을 해요?"

"카구라 씨가 이와나미 하루히 씨를 무척 좋아해요. 하루히 씨 어머니 일을 계기로 처음 만났는데, 그 무렵부터 계속 좋아했대요. 자기가 시즈쿠 씨보다 먼저 만났으니까 본인한테 하루히 씨와 같이 있을 자격이 있다고 했어요. 시라세 겐지 님도 본인 행복만을 생각하라고 하셨대요. 교주님 말씀대로만 하면 다 잘돼요. 그

때도 아들한테 당장 수술을 시켜 주고 싶었는데, 사방이 꽉 막힌 상태였어요. 다 교주님께서 도와주신 거예요."

전혀 앞뒤가 맞지 않는다. 뭐든 다 시라세 덕분이다.

"저는 시라세 신도가 아니니까 희생당해도 된다는 말이죠? 시라세 사람들만 행복하면 그만인 거네요?"

시카마 미와는 슬픈 표정을 지었지만, 그것마저도 시라세에 한해서 느끼는 감정인 것 같았다. 역시 열심히 돌을 만진다.

"카구라 씨가 범인인 걸 알아낸 건 그 돌 목걸이 덕분이에요."

한껏 비아냥거릴 의도였다. 하지만 개의치 않는다는 듯, 시카마 미와는 돌에 무언가를 기원했다. 처음 만났을 때는 '용서해 주세요'를 되풀이했으면서, 이제는 그 진의마저도 의심스럽다. 나는 지난번과 마찬가지로 더 말하지 않고 자리를 떴다. 이젠 눈물도 나오지 않는다.

"하루, 카구라한테 열렬히 사랑받았나 보네. 눈치 못 챘어?"

"미안. 그 정도인 줄 몰랐어."

"그걸 몰랐다는 점에서 하루의 초동 대응에는 미스가 있었어."

"전적으로 동의해."

"카구라는 내가 없어지면 어떻게든 된다고 생각했던 거야."

"무서운 사람이야. 그런데도 나는 계속 착각하고 있었어."

"카구라는 이집트 사막이었네."

하루는 의아한 표정을 지었다.

"모래사막에 선인장은 살지 않는데, 산다고 생각했잖아."

"내가 선인장이야? 그럼 시즈쿠는 뭐야?"

"멕시코 사막."

"꽤 넓네."

"그렇지. 나는 사막 하나만큼 마음이 넓으니까. 뭐니 뭐니 해도 12년이나 자면서 여유를 즐겼잖아."

"맞다. 이제 얼마 안 있으면 시즈쿠가 잠들기 시작했던 날이네."

"억지로 금박지로 포장한 것 같은 표현이네."

"시즈쿠가 잠들던 날 큰 비행기 사고가 있었거든. 그날이 가까워지면 뉴스에 나오니까 잊을 수가 없어."

"그래? 나는 몰라. 그런 일이 있었어?"

"응. 그래서 다음 날 신문은 비행기 사고로 도배됐어. 시즈쿠가 당한 사고는 구석에 작게 실렸고."

"아, 그랬구나. 딱히 크게 실리지 않았어도 괜찮은데. 하루, 그럼 그 사고도 신문에 났었어? 구급차가 먼저 간 근처에서 있었던 사고."

"응. 공원에 폭탄이 놓여 있었는데 그게 폭발했댔어."

"그래? 엄청난 사고였네. 그런데도 비행기 사고에 묻혔어?"

"맞아. 그 기사도 작게 실렸어. 폭발은 별거 아니었다는 걸로 기억해."

"그래서 내 또래 여자가 다쳤는데 구급차가 먼저 갔지. 그게 나한테는 불운이었지만, 그 사람에게는 행운이었어. 간발의 차로 진 느낌이야. 하지만 공원에서 폭탄을 만난 걸 행운이라고 하긴 좀 그런가? 교통사고는 흔하지만 폭탄 사고는 잘 없으니까."

"그래도 바로 병원에 실려 갔잖아. 그건 확실히 행운이야. 어떻게 생각해도 12년 동안 잠들어 있는 것보다는 나아."

"응. 근데 그 사람, 지금 행복할까? 운명의 사람을 만났으려나."

"반드시 행복하겠지."

"하지만 내가 더 행복해."

그렇게 말하자, 하루는 햇살처럼 웃었다. 선인장이지만 가시는 없다.

가시가 있는 선인장은 지금도 하루의 방에 잔뜩 있다. 그걸 지켜보듯 작고 검은 양 두 마리가 서 있다. 내 방에서는 또 다른 양 한 마리가 내가 눈뜨기만을 마음 졸이며 기다리고 있었다. 양 세 마리는 장차 한자리에 모이게 될 것이다. 하루를 처음 만난 그날처럼.

분명 그날은 그리 멀지 않았다.

귀를 막고 입을 다물다

＊

　나도 모르게 내가 하늘의 심기를 건드렸나?

　회사에서 나올 땐 비 내릴 기미가 전혀 없던 하늘이, 내가 집
근처 역까지 오자 마음을 바꿨다. 조금씩 내리기 시작한 비는 눈
깜짝할 사이 장대비가 됐다. 역 개찰구를 나오자마자 마주한 하
늘의 짓궂은 처사에 위를 올려다보며 우두커니 섰다. 옆 편의점에
서는 갑자기 내리는 비에 때맞춰 점포 앞에 비닐우산을 꺼내 놓
았다. 하지만 내게 '비닐우산을 산다'라는 선택지는 없다. 택시를
타는 것도 삼가야 할 거리다. 당장 집에 가려거든 비를 쫄딱 맞으
며 뛰어가는 수밖에 없다. 지금이 겨울인 것이 원망스럽다.

어젯밤, 현관을 정리하던 사요코가 "저기, 쿠우야" 하며 나를 불렀다. 신발장이 열려 있길래 신발에 관한 이야기인가 했는데 아니었다.

"이 이상은 비닐우산 갖고 들어오지 마."

우산꽂이에 비닐우산이 다섯 개나 꽂혀 있어서 무슨 말인지 바로 이해했다. 나는 선뜻 "응"이라고 대답했지만 진심으로 동의 했냐고 하면 반반이었다. 그럼 예고 없이 내리는 비는 어떻게 대처해야 하나. 애초에 날씨가 궂으면 제대로 우산을 들고 다닌다. 준비가 되지 않았을 때 동원하는 것이 저 비닐우산이다. 그럼 나보고 그냥 비를 맞으라는 것인가. 그렇게 반문할까도 했지만 생각만 하고 말았다. 예상치 못한 비에 대비하고 싶다면 접이식 우산을 들고 다니면 될 일이다. 평상시 가방에 넣고 다닐 수 있을 자그마한 우산을 사려고 했다. 하지만 그게 불과 어젯밤이다. 이렇게 일찍 그런 장면과 마주할 줄은 상상도 못 했다.

사요코가 자신이 아끼는 제비꽃색 우산을 쓰고 마중 나오는 장면을 상상했다. 하지만 나보다 먼저 일을 마치고 집에 왔으리라는 보장이 없다. 게다가 나는 그런 시답잖은 부탁을 할 만큼 넉살 좋지도 않다. 비에 쫄딱 젖은 채 현관에서 발밑에 커다란 물웅덩이를 만들며 '어때, 나 잘했지?' 하는 표정을 짓는 것이 좋을지도 모른다. 그렇다면 차라리 비를 잔뜩 맞고 집에 가야겠다. 그런 생각을 하니, 사요코가 먼저 귀가해서 집에 있는 것이 필수 조건이었다. 그렇지 않으면 그냥 바보처럼 현관에 우두커니 서 있게 될

것이다. '하느님, 제발 사요코가 집에 있게 해 주세요'라고 기도했
다. 만일 당장 소원이 하나 이루어진다면 비가 그치게 해 달라는
기도가 나오려나 잠깐 고민했지만, 나는 사요코가 집에 있는 쪽
을 택했다. 마음을 굳게 먹고 빗속으로 뛰어 들어갔다.

아파트가 보일 즈음엔 예상대로 쫄딱 젖어서, 이 정도면 발밑에
자그마한 연못까지 만들 수 있을 것 같아 내심 만족스러웠다. 이
제 아파트 로비를 지나 엘리베이터를 타고, 비를 한 방울도 흘리
지 않도록 꼼짝 않고 있다가 서둘러 현관에 등장하면 된다. 그렇
게 생각한 찰나, 시선 끝에 제비꽃색 우산이 들어왔다. 바로 '사요
코다' 하며 알아봤지만, 그 뒤를 빨간 우산이 따라갔다. 두 우산
은 도로를 건너 맞은편 커피숍으로 향하는 듯했다. 빨간 우산의
주인은 히나였다. 나는 두 사람이 안으로 들어가는 모습을 지켜
봤다.

히나가 또 찾아왔다. 사요코는 히나를 집 안으로 들이지 않고
커피숍으로 향했다. 내가 귀가했을 때를 대비한 결정이었을까. 둘
이서만 밀담을 나눌 생각이 분명하다. 히나는 무언가 새로운 정
보를 얻고서 온 것일까. 아니면 내가 모르는 사이 둘이 이미 몇
번 만났었나. 하지만 그렇게 따로 몇 번 만났을 정도로 사이가 좋
아 보이지는 않았다고 고쳐 생각했다. 나를 따돌릴 속셈이라면
잘못된 결정이다. 뒤쫓아야겠다는 생각이 불쑥 들었다.

나는 쫄딱 젖은 채 커피숍 문을 열었다. 문 앞에 가림막이 있어
서 곧장 가게 안이 보이지는 않았다. 내가 처음 생각했던 곳과는

다른 장소에 물웅덩이를 만든 것을 보고 점원이 수건을 가져다주었다. 가끔 들르는 가게라 다행히 내 얼굴을 알아봤는지, 어정쩡하게 웃는 점원을 보고 멋대로 양해를 얻은 것으로 생각하기로 했다.

벗은 코트를 어떻게 해야 할지 난감해하는데, 점원이 "맡아 드릴게요" 하며 받아 주었다. 코트는 빗물을 뚝뚝 떨구며 얌전히 끌려갔다. 방수력이 거의 없는 녀석이라 안에 입은 정장과 와이셔츠까지 쫄딱 적시고 말았다.

살짝 들여다보니, 두 사람은 안쪽 자리에 마주 보고 앉아 있었다. 중간에 칸막이가 있어서 좌우로 앉으면 이웃한 자리에서도 얼굴을 들키지 않을 수 있었다. 갑자기 등장해서 놀라게 하려고 하다가, 몰래 이야기를 엿듣는 것도 좋겠다는 생각이 들었다. 어느 자리에서든 창밖이 보였지만 둘 다 내가 커피숍 안에 들어온 걸 모르는 듯하다. 장대비 덕분이다.

코트를 놔두고 돌아온 점원이 내게 무언가 말하려고 했지만, 눈짓으로 제지하고 미리 눈여겨본 자리에 앉았다. 앞서 커피도 주문했으니 이제 가만히 듣기만 하면 된다. 점원은 소리 없이 살짝 웃더니 수건을 한 장 더 빌려주었다.

자리에 앉자, 예상한 대로 대화가 들렸다. 아직 음료를 주문하지 않고 있었는지 마침 하나가 "아이스 레모네이드요"라고 말하는 소리가 들렸다. 실내는 난방 중이지만 그래 봤자 물에 빠진 생쥐 꼴이다. 차가운 음료 이름을 듣기만 했는데도 몸이 부르르 떨렸다.

"호시코 쿠우야 씨랑 함께한 건 언제부터예요?"

본론으로 들어가기 전에 가벼운 대화부터 시작할 수 있게 됐다니, 지난 반년 사이 조금은 어른스러워졌구나 싶어서 감탄했다. 게다가 일반적으로 사용하는 말이긴 하지만, '함께한다'라는 표현도 아주 멋있게 들렸다. 사요코와 내가 '함께한다'라. 그 말이 주는 울림이 좋았다.

"결혼한 게 언제냐는 뜻이야?" 사요코가 받아쳤다.

아아, 맥이 빠졌다. 사요코가 나와 달리 그 말을 소중히 여기지 않아 쓸쓸했다.

"네. 언제 알게 됐고, 언제 결혼했어요?"

아무래도 그냥 가벼운 대화로 분류하면 안 됐던 것 같다. 가벼운 대화는 여기 오기 전에 이미 끝냈는지도 모른다.

"작년 12월에 알게 됐고, 올해 2월에 결혼했어."

히나의 아빠는 작년 12월에 사라졌다고 했다. 우리는 마침 그 무렵에 만났다. 사요코는 순순히 대답했는데, 그래도 괜찮은 걸까.

"그럴 줄 알았어요."

"왜 그렇게 생각했는데?"

"왜냐하면 호시코 쿠우야 씨가 전혀 질투하지 않는 것 같았으니까요. 만약 아빠가 사라지기 전에 알게 됐고 결혼한 거였으면, 결혼하고 나서도 아빠랑 관계가 이어졌다는 뜻이잖아요. 과거 일이 아니면 보통은 질투하니까, 아무리 호시코 쿠우야 씨여도 '뭐라고?' 같은 표정 정도는 지었겠죠."

'아무리 호시코 쿠우야 씨여도'라는 부분이 약간 걸렸지만, 일단 넘어갔다. 그나저나 히나는 그걸 확인해서 어쩌겠다는 걸까.

"뭔가 특이한 부부라는 건 알아요. 하지만 아빠가 사라진 뒤에 알게 됐고 결혼한 거면 그나마 이해는 돼요."

"쓸데없는 참견이야."

내가 하고 싶은 말을 사요코가 대신 해 줬다. 나였으면 결국 말하지 못했을 것이다.

"결국 생각한 대로네요. '아무리 호시코 쿠우야 씨여도'라고 생각했을 때부터 꼭 확인하고 싶었어요. 이상한 점을 깨달았거든요."

또 '아무리 호시코 쿠우야 씨여도'라고 말했다. 히나가 생각하는 나는 대체 어떤 느낌일까. 그런데 곧 그걸 짚고 넘어가지 않아도 될 정도로 흥미로운 이야기가 나올 것 같았다.

"사요코 씨가 지금 사는 집 주소, 아빠 다이어리에 꽂혀 있던 쪽지를 보고 알았어요. 마치다, 괄호 열고 호시코, 괄호 닫고 사요코라고 적혀 있었고 뒷면에 주소가 적혀 있었어요."

괄호를 소리 내어 말하는 점이 중학생다웠지만, 괄호 안이 호시코였다는 점은 마음에 들지 않는다. 괄호 안에는 마치다가 들어 있었어야 했다. 그러고 보니 방금 한 대화 내용이 어딘가 이상하다는 생각이 들었지만, 머릿속이 금방 정리되지는 않았다.

"아빠가 사라진 뒤에 두 분이 결혼했는데, 왜 그 쪽지가 아빠가 남긴 다이어리에서 나오죠?"

히나 말대로 그것은 아주 이상한 이야기다. 그러고 보니 나도 히나가 우리 집을 처음 방문했을 때 '누구에게 사요코가 결혼했다는 이야기를 들었는지', 또 '어떻게 우리 집 주소를 알아냈는지' 물어보지 않았었다.

"다이어리는 아빠 서재에서 나왔어요. 엄마는 제가 찾아낸 걸 몰라요. 애초에 제가 이렇게 아빠를 찾아다니는 것도 몰라요."

"나도 왜인지 몰라. 가능성을 생각해 보면, 네가 해야 할 일은 엄마한테 물어보는 거 아닐까?"

사요코의 머릿속은 내 머릿속과 동기화되어 있기라도 한가 보다. 전적으로 동감한다. 그건 히나가 알아내야 할 일이다.

"지금까지는 사요코 씨와 아빠가 바람피운 걸 엄마가 모르는 줄 알았어요. 그런데 지금은 알았을 수도 있겠다 싶어요. 그래서 제 말은, 엄마한테는 물어보기 힘들어요."

"그래서 뭐?"

사요코가 내뱉은 차가운 말에 히나는 입을 다물어 버렸다. 빨대로 레모네이드를 마시는지 '쪼옥—' 소리가 났다. 대화가 이어지려면 다음은 히나가 말할 차례였다.

나는 수건으로 여기저기 떨어진 물을 닦으며 히나의 말을 기다렸다. 히나는 계속해서 레모네이드를 조금씩 쪽쪽 빨아 마셨다. 소리로 추측하건대 컵에 레모네이드가 거의 남지 않은 모양이었다. 이렇게 오래 뜸을 들여야만 꺼낼 수 있는 말인가. 마지막 '쪼옥' 소리와 함께 카운트다운이 끝나고 히나가 드디어 입을 열었다.

"분명 엄마가 조사했을 거예요. 당신에 관해서."

"그렇다면, 왜일까?"

"저처럼 아빠가 사라진 일에 당신이 엮여 있다고 생각해서가 아닐까요?"

"하지만 네 엄마는 한 번도 나를 찾아오지 않았어. 너희 엄마가 의문을 의문으로 남겨 둘 줄 아는 사람이었던가?"

"전혀 아니죠. 못 남겨 둬요."

사요코는 히나의 엄마를 알기에 충분히 상상되겠지만, 모르는 나는 가만히 있을 수밖에 없다. 이번에는 사요코가 입을 다물 차례였다. 나는 한 가지 가능성을 떠올리고서 초조함을 느꼈다. 그것을 히나가 말했다.

"누군가에게 뒷조사를 부탁했겠죠. 쪽지는 인쇄된 글자였어요. 손으로 쓴 게 아니었어요. 그래서 아빠 거라고 착각한 거예요. 시간적 선후를 생각하지 않은 게 제 실수였어요."

시간적 선후라. 어쩐지 명탐정의 대사 같았다. 그렇다. 문제는 탐정이다. 히나의 엄마는 전문가에게 사요코를 뒷조사해 달라고 의뢰한 것이 아닐까. 그리고 결혼한 사실을 알고서 타깃을 두 명으로 늘리지 않았을까. 한 가지가 걱정됐다. 나는 미행당했을까. 외진 산속이라고 방심해서 은신처를 들락거릴 때 특별히 신경 쓰지 않았다. 컨테이너 안에는 폭탄 제작 도구가 갖춰져 있다. 아니, 걱정할 부분은 그게 아니다. 내가 그곳을 들락거린다는 사실 그 자체다. 바로 근처에 운석 기념 공원이 있다. 그 공원이 우리 부부와 어떤 관련이 있을지도 모른다고 의심을 사는 것이 걱정이었다. 아무래도 그곳에는 아무에게도 들키면 안 되는 비밀이 묻혀 있으니까.

"결국 아무것도 알아내지 못했으니까 네 엄마도 그대로 내버려 뒀겠지. 그럼 해결이네. 조사해 봐도 아무것도 없었던 거야. 너한 테는 안됐지만, 네 아빠는 여전히 행방불명이고."

히나는 아무 말도 못 하고 또다시 입을 다물었다. 녹다 남은 얼음이 달그락 소리를 냈다. 빨대는 이제 더는 빨아들일 것이 없는 듯했다.

"어떻게 할래?"

사요코가 대화 도중 상대를 추궁하는 일은 드물다. 히나는 이제 어떻게 할 것인가.

"아, 이제 됐어요. 레모네이드 마셨더니 배불러요. 집에 갈게요."

잘못 생각했다. '어떻게 할래?'라는 말은 히나의 대답으로 볼 때 추궁이 아니라 '뭐 더 마실래?'라는 의미였나 보다. 말만으로는 다 알 수 없는 것이 세상에는 많다.

그나저나 순순히 물러나겠다는데, 히나는 납득한 것일까.

"히나, 이제 안 올 거야?"

"그건 몰라요. 또 확인하고 싶은 게 생기면 올 거예요."

그 말에 사요코는 어떤 표정을 지었을까. 대답은 들리지 않았다.

이후 두 사람은 어정쩡한 거리를 유지하며 커피숍을 나갔다. 둘 다 끝까지 나를 발견하지 못했다. 히나는 빨간 우산을 흔들며 잰걸음으로 돌아갔다. 사요코는 우산을 쓰지 않은 채로 길을 건너 아파트 현관으로 갔다. 내가 당한 처우는 뭐였나 싶을 만큼 이제는 비가 적게 내렸다. 난방 덕분에 조금 마른 정장은 이 정도 비에 딱 알맞게 축축해서, 잠시 후 집에 가도 된다는 허가를 받은 느낌이었다.

눈치 빠른 점원이 "같은 걸로 한 잔 더 드릴까요?"라고 묻기에 감사의 마음을 담아 커피를 한 잔 더 시켰다. 커피와 함께 "코트는 거의 말랐습니다"라는 말도 딸려 나왔다. 코트만 거의 마른 상태라면 부자연스럽겠다는 생각이 들었지만 어쩔 수 없다.

두 사람의 대화를 떠올리며 두 번째 커피를 마셨다. 히나는 그렇게 생각하지 않는 듯했지만 나는 꽤 질투가 많다. 내 질투심은 갑자기 발생하는 토네이도만큼 위력이 크다. 태풍처럼 대대적인 습격을 선언하지 않을 뿐이다. 전부 드러내지는 않지만 가슴속에 간직하고 있다.

커피를 조금씩 홀짝이며 우산을 생각했다.

사요코가 좋아하는 제비꽃색 우산은 색이 아주 예쁘다. 그 우산 아래에서 사요코의 의안은 제비꽃색으로 물든다. 그게 너무 아름다워서 넋을 잃고 멍하니 보게 된다. 나는 오로지 의안만을 바라보고 싶은 충동을 열심히 억누르며 다른 곳으로 시선을 옮긴다. 그리고 그 아름다움을 훔쳐본다. 제비꽃색 의안을 볼 기회는 정말 흔치 않아서, 희소가치가 그것을 더욱 아름답게 한다.

어젯밤, 비닐우산 몇 개를 앞에 두고 사요코로부터 '이 이상은 필요 없다'라는 선언이 날아들었을 때 일이다.

"예비용으로 두 개만 있으면 충분해. 어디서 잃어버리고 오는 것도 나쁘지 않겠다. 다음번 비 오는 날에 하나 놓고 오는 것도 고려해 봐."

사요코는 좋은 아이디어를 냈다는 것처럼 말했다. 비닐우산을 어디에 놓고 오라는 소리다. 그걸 나더러 하란다. 작게 한숨 쉬는 것을 놓치지 않고 사요코는 덧붙여 말했다.

"괜찮아. 비닐우산은 자기 처지를 잘 아니까 원망하지 않을 거야. 게다가 주인을 가리지도 않으니까 다른 사람이 바로 사용할 수도 있잖아."

빙긋 웃는 사요코를 따라서 나도 모르게 웃고 말았다. 아마 '알겠어'라는 의미로 해석되었을 것이다. 사요코의 말이 옳다. 만약 비 오는 날 '여기 있는 우산들은 전부 주인이 없으니까 원하는 우산을 가져가도 된다'라는 말을 듣는다면, 확실히 나는 비닐우산을 고를 것이다. 누군가 소중히 여겼을 것 같은, 튼튼한 뼈대를 갖춘 유서 깊은 우산에는 손을 대지 않을 것이다.

"그런데 아끼는 우산은 왜 항상 금방 잃어버릴까? 계속 똑같은 색 우산을 사서 이게 벌써 세 개째야."

그렇게 말하며 사요코는 제비꽃색 우산을 펼쳐 보였다. 제비꽃색 의안이 나타나기를 기대했건만, 이내 접어 버려서 실망스러웠다. 미묘한 색감인데 용케도 같은 색 우산을 계속 찾아냈구나 싶다.

제비꽃색은 좋다. 그런데 오늘 히나의 빨간 우산을 보고 상상했다. 불타듯이 새빨간 색으로 의안이 물드는 장면. 그것은 그것대로 보고 싶다.

나도 아끼는 우산이 있지만 잃어버린 적은 한 번도 없었다. 반년 정도 행방불명되었다가 돌아온 적은 있었다. 감기 기운이 있어서 동네 병원에 갔는데, 구석에 있는 우산꽂이에 우산 하나가 덩그러니 꽂혀 있었다. 보자마자 내 잃어버린 우산임을 알고 손잡이를 확인했다. 구입할 때 K라는 글자를 새겨 넣었었다. 그리고 보니 반년 전쯤 목이 아파서 병원을 찾았던 날 비가 왔던 것 같다. 접수대 직원에게 "제 우산이라서 가져갈게요"라고 말하자, "반년 전부터 비 오는 날을 몇 번이나 이겨 내고 살아남았어요"라는 대답이 돌아왔다. 어디서 잃어버렸는지도 몰랐던 터라 여기에 있었구나 싶어 감개가 무량한데, 접수대 직원이 "환자분이 감기에 걸리신 게 우산 입장에서는 행운이었네요" 하며 웃었다. "오늘 하늘이 맑은 것도 다행이고요"라고도 말했다.

'K가 무사 귀환한 이야기'를 의기양양하게 해 봤지만, 사요코의 의안은 텅 빈 채 조금도 빛나지 않았다. 안 되겠다 싶어 서둘러 이야기를 마치려고 하다가 문득 생각난 걸 말했다.

"그러고 보니 엄마도 꼭 아끼는 우산만 없어진다고 했는데."

그때 사요코는 히나에게 말했을 때와 똑같은 투로, "그래서 뭐?"라고 말했다.

기분 탓인지 조금 서늘한 공기를 느꼈다. 엄마와 똑같다는 말에 기분이 상했나 고민했다. 다음에 엄마 이야기를 꺼낼 때는 조심해야겠다. 내가 모르는 사이 은밀하게 고부 갈등이 시작됐는지도 모른다.

혼인 신고를 하고 얼마 후 엄마에게 사요코를 소개했다. 엄마는 사요코의 얼굴을 본 순간 입을 다물었다. 시선은 확실히 사요코의 의안을 향했다. 그다지 노골적이지는 않았지만, 나는 알 수 있었다. 같은 느낌을 사요코도 받았을 것이다. 사요코는 엄마를 향해 빙긋 웃었지만, 살짝 항의하듯 의안은 다른 쪽을 보고 있었다.

"둥둥 떠 있는 우리 아들을 붙잡아 줘서 고마워."

엄마가 그렇게 인사했을 때 처음으로 의안도 오른쪽 눈과 함께 웃었다.

엄마는 집에 돌아갈 때까지 사요코의 의안에 대해 묻지 않았고, 우리도 설명하지 않았다. 그 후에는 화기애애하게 지냈던 것 같은데, 내 착각이었을까? 아무리 두 눈이 함께 웃더라도 사요코의 속마음은 헤아릴 수 없고, 방심은 금물이라고 스스로를 타일렀다.

이런저런 생각을 하다 보니 예상보다 시간을 잡아먹어서, 사요코가 귀가한 지 한 시간이 지나고 나서야 집에 들어갔다. "다녀왔어" 하며 현관에 섰는데 발밑에 연못이 생기지 않았다. 그땐 이미 정장과 와이셔츠도 거의 다 말라서 먼저 말라버린 코트와 자연스럽게 어우러졌을 테니, 내 행색에 수상한 점은 없었을 것이다. 다만 흠뻑 젖은 가죽 구두는 벗느라 고생했다. 마치 모래주머니를 단 것처럼 무거워진 신발을 현관 구석에 가지런히 놓는데, 어쩐지 마음속에도 모래주머니를 찬 느낌이 들었다. 하나가 가져온 정보가 몰고 올 파장을 생각했기 때문이었다. 만약 하나뿐 아니라 하나의 엄마까지 조사에 뛰어들었다면, 단단히 각오해 둘 필요가 있다.

나는 사요코에게 아무것도 묻지 않았고, 사요코도 하나가 왔었다는 것을 말하지 않았다.

예전에 앞으로 하나씩 비밀을 꺼내기로 약속했을 때, 사요코는 '품고 있는 비밀을 전부 꺼내고 나면 그 뒤에는 어떻게 돼?'라고 물었다. 나는 '또 새로운 이야기가 시작되지'라고 대답했지만, 비밀은 좀처럼 바닥나지 않는다. 점점 새로운 비밀이 추가되기 때문이다. 우리만 그런 것일까. 다음 이야기가 시작되려면 아직 한참 남았다.

그날 밤, 사요코는 새로운 비밀 하나를 고백했다.

"그 휴대전화 있잖아, 사실 잃어버린 거 아니야. 일부러 놓고 왔어."

"왜? 아, 왜냐고 물어봐도 되나?"

"응. 다 끝내고 싶어서 버렸어."

"그렇구나. 근데 이상하다. 버렸는데 왜 전화했어? 아, 질문 두 개째인데 괜찮아?"

"괜찮아. 하지만 두 개로 끝. 누가 전화를 받을지 궁금해서 그랬어."

이해가 안 된다. 하지만 이제 질문할 수 없으니 스스로 생각하는 수밖에 없다.

"내가 전화를 받았으니까 역시 운명의 만남이었네. 그러니까 그때 휴대전화를 버린 건 큰 의미가 있는 거야. 덕분에 우리가 이렇게 함께하게 됐잖아."

"쿠우야, 그런 말을 쑥스러워하지도 않고 잘하네."

사요코는 그렇게 말하고 자기가 쑥스러워했다. 일부러 '함께하게 됐다'라고 말했는데, 이번에는 멋진 말로 인정받은 모양이다.

"질문은 두 개까지라는 규칙을 지키는 게 쿠우야다워서 호감이야."

나는 기뻐서 사요코를 끌어당겼다. 사요코는 옆으로 고개를 돌려 내 가슴에 뺨을 묻었다. 그것만으로도 충분했지만, 나는 더 나아가 사요코의 머리를 두 팔로 감싸서 힘껏 껴안았다. 우리는 하나가 되었지만, 그래서 오히려 무언가 부족한 것 같은 묘한 기분이 들었다.

"나를 만나려고 전화를 걸고 싶어진 거야. 운명의 소행이지. 그래서 한번 버린 휴대전화를 계속 쓰게 됐고. 이야기는 단편에서 장편으로 바뀌었지."

말로 부족한 부분을 보충하려고 애써 보았다. 그 속에 띄엄띄엄 작은 조각을 심어 놓았다. 사요코의 어깨가 조금 떨리는 것을 느꼈다.

"끝나지 않고 계속되는 거야. 아마 긴 이야기가 되겠지."

"어디를 끝으로 정하는지에 따라 다를 거야." 사요코가 말했다.

"그렇지."

모처럼 기회를 줬는데 사요코는 모르는 척했다. 뭐, 괜찮다. 비밀로 덮어 두고, 언젠가 다시 꺼내면 된다.

내가 심어 놓은 작은 조각은 '한번 버린 휴대전화를 계속 쓰게 됐다'라는 말이었다. '그렇지 않아'라고 말을 꺼낼 수 있는 기회였는데, 사요코는 그 기회를 놓쳤다.

사요코는 휴대전화를 두 개 갖고 있다.

지금 쓰는 휴대전화는 얇고 투명한 케이스가 끼워져 있다. 내가 그날 주웠던 반짝반짝한 검은색 휴대전화는 케이스가 끼워져 있지 않았기 때문에, 그 서늘한 감촉을 마음껏 느낄 수 있었다. 같은 기종에 같은 색이지만, 케이스를 끼운 휴대전화는 자세히 보면 본체에 조금 특이한 흠집이 있다. 아주 가느다란, 초승달 같은 상처다. 흠집 하나 없이 반짝반짝한 휴대전화도 좋지만, 칠흑 같이 어두운 하늘에 수줍게 떠오른 초승달을 연상시키는 휴대전화도 매력적이었다.

그 빼빼 마른 초승달을 확인할 때마다 나는 '이게 아니야'라고 생각한다. 처음부터 '이거, 내가 주운 게 아니네'라고 말할 걸 그랬다. 하지만 생각을 말하지 않는 것이 나의 특기니까. 때를 기다려 보기로 했다. 한번은 "케이스 끼운 거야?"라고 잽을 넣듯 가볍게 떠봤다. 사요코는 그다지 동요하지도 않고서 "응"이라고 대답했다. 잠시 기다렸지만 이어지는 말은 없었고, 그걸로 대화는 싱겁게 끝났다. 제대로 잽을 넣을 생각이었는데, 섀도복싱이었나 하는 생각이 들 정도로 허무하게 빗나가 버렸다. 나중에 케이스를 끼운 것이라면 말은 된다. 하지만 아니다. 사요코는 내가 주웠던 휴대전화를 어딘가에 숨겨 놓았고, 언뜻 똑같아 보이지만 다른 휴대전화를 갖고 다닌다. 그리고 그 사실을 나에게 숨기고 있다.

실은, 나는 사요코에게 휴대전화가 두 개 있다는 사실을 처음엔 아무렇지 않게 받아들였다. 사요코를 처음 만난 날 밤, 기념비 구석에 놓인 휴대전화는 내가 집어 들자마자 벨을 울렸다. 화면에는 전화번호가 표시됐다. 나는 전화번호쯤 되는 자릿수의 숫자는 금방 외운다. 한눈에 외우고 말았다.

그 뒤 사요코를 만나서 첫눈에 마음을 빼앗겼다. 계속해서 만나야만 한다고 다짐하자 연락처를 주고받고 싶어서 몸이 달았다. 그리고 사요코가 자신의 휴대전화 번호를 알려 줬을 때 나는 그게 아까 화면에 표시됐던 그 번호임을 바로 알았다. 내가 건넨 검은색 휴대전화는 이미 사요코의 가방에 들어가 있었다. 나는 번호를 등록하고 전화를 걸어 보았다. 사요코의 가방이 작게 진동했지만, 벨 소리는 나지 않았다. 사요코는 고개를 숙이고 가방을 뒤졌지만 내 앞에서 휴대전화를 꺼내지는 않았다. 고개를 들었을 땐 조금 불안한 표정이었는데, 처음 보는 남자와 연락처를 교환한 것을 후회하는 줄 알았다. 그때 나는 이미 사요코의 의안에 매료돼 있던 차라, 연락처를 알아낸 것에 충분히 만족하며 사요코의 불안과 휴대전화의 수수께끼는 뒤로 밀어 두었다.

하지만 내게 사요코를 데려다 준 휴대전화가 계속 신경 쓰였다. 훌륭히 임무를 완수했는데, 무대 아래로 끌려 내려간 것이 안타까웠다.

포옹한 팔을 풀며 행방불명된 휴대전화를 생각했다. 소리 내 말하지는 않았지만 '가엾어라'라고 입속으로 중얼거렸다. 그 작은 움직임을 알아차리고 사요코는 내 팔에서 벗어나듯 고개를 들고 나를 올려다보았다. 나는 사요코의 시선을 피해 창밖의 밤하늘을 바라보았다. 창틀 끝에 걸린 작은 달이 보였다. 찾지도 않았는데 눈에 들어온 달은 빼빼 말라 있었다. 이런 순간에도 빼빼 마른 초승달이 보였다.

그날 아침은 짹짹거리는 소리가 아주 시끄러워서, 근처에서 참새들이 시위라도 하는 건가 싶었다. 창문이 열려 있지 않은 것을 확인했는데도 또렷이 들리는 새소리에 시위가 대규모 수준이라고 생각했다. 한번 신경 쓰이기 시작하니 짹짹 소리가 계속 귓가에 맴돌았다. 그 탓에 하마터면 못 보고 지나칠 뻔했다.

조간신문을 읽다가 발견했다. 작지만 중요한 기사다.

계곡에서 시신 발견. 신원은 카도타 쿄이치로. 카도타 씨는 약 1

년 전 행방불명돼서 가족이 실종 신고를 했다, 시신은 사후 1년쯤 지난 것으로 보인다—.

짧은 기사를 몇 번이나 거듭 읽었다. 어떻게 된 일일까. 손목시계가 찍힌 사진 뒷면에 적혀 있던 이름 그대로다. 확실하다. 카도타 쿄이치로. 히나의 아빠다.

계곡? 운석 기념 공원에서 그리 먼 곳은 아니다. 하지만 거리는 있다.

나는 무언가 큰 착각을 하고 있었나. 그렇다면 지금까지의 이야기는 크게 바뀐다. 반전은 불안을 부른다.

눈가리개를 하고 어딘가로 끌려가서 냄새와 소리, 느낌만으로 '아, 확실히 이 장소야'라고 짐작했는데 눈가리개를 벗은 순간 전혀 다른 곳이었던 느낌이다.

사요코도 이 기사를 보게 될까. 보게 하는 것이 나을까, 못 보게 하는 것이 나을까. 결정할 수 없어서 신문을 아무렇게나 접어 두고 이를 닦으러 갔다. 대강 몸단장을 마치고 거실로 돌아와 보니, 사요코가 신문을 펼치고 있었다. 고개를 든 사요코의 표정을 보고 기사를 봤다는 걸 알 수 있었다.

사요코의 의안이 마치 다른 쪽 눈을 흉내 내는 듯해서, 두 눈이 똑같아 보였다. 의안이 생기기 전 사요코는 이런 얼굴이었나 보다. 나는 조금 고개를 끄덕이며 나도 봤다고 신호를 보냈다.

"히나네 아빠, 찾았네. 어떻게 할 거야?"

내가 '카도타 씨'라고 하지 않고 '히나네 아빠'라고 한 이유는,

나 나름대로 신경을 썼기 때문이다. 최대한 입장의 차이를 인식시키는 것이 지금의 충격을 완화해 줄까 싶었다.

"장례식은 안 가. 쿠우야가 혼자 다녀와."

이렇게 구체적인 지시가 날아들 줄은 몰랐다. '어떻게 할 거야?' 라는 질문은 좀 막연한 느낌이었는데, 구체적인데다가 상당히 어려운 요구가 되돌아왔다. 명령까지는 아니어도 사요코가 진심으로 원하고 있다는 것이 느껴졌다. 사요코의 '다녀와'라는 말에는 분명 '가서 상황을 보고 와'라는 의미가 깔려 있었다. 마음을 굳게 먹는 수밖에 없다. 결심하고 사요코의 얼굴을 똑바로 바라보니, 의안은 다시 원래대로 돌아온 상태였다.

"사요코, 괜찮은 거야?"

내가 묻는 말에 사요코는 말없이 고개를 끄덕였다. 하지만 불안한 기색은 숨겨지지 않아서 당장이라도 울음을 터뜨릴 것만 같았다. 의안만이 태연해서, 처음으로 조금 얄미웠다.

나는 카도타의 장례식에 갔다. 히나는 평소와 같이 교복 차림으로 서 있었지만, 완전히 다른 아이처럼 보였다. 살짝 고개를 들었다가 내 모습을 확인하고 조금 놀란 듯 몸을 움츠렸다. 눈이 붉은 것을 보니 아마 울었나 보다. 아빠가 싫다고 했지만, 울어야 하는 법이다. '아빠니까.' 언젠가 히나가 한 말이 떠올랐다. 이것도 사명감이구나, 나는 마음속으로 중얼거렸다. 옆에 서서 고개를 푹 숙이고 있는 사람이 히나의 엄마인 듯했다. 분향하러 다가가자,

천천히 고개를 들었다.

나도 모르게 눈이 커졌다.

나는 이 여자를 안다. 어디선가 만난 적이 있다. 어디였더라? 상
주는 카도타 유카리. 이름은 처음 듣는다. 카도타 유카리는 나보
다 더 눈이 커져 있었다. 이 여자도 나를 안다. 그 후에도 여자는
이따금 시선을 보냈다. 나와 눈이 마주치면 눈을 내렸지만, 확실
히 내가 맞는지 확인하려는 듯했다. 나란히 선 히나는 장면에 완
전히 녹아들기 위해 열심인 상황이라, 엄마와 내가 시선을 주고받
는 것을 눈치채지 못한 것 같았다. 나는 카도타 유카리에 대한 기
억을 찾는 일에 정신이 팔려서 그 뒤로는 계속 건성이었다. 하지
만 생각해 봐도 도무지 어디서 만났는지 떠오르지가 않았다.

돌아와 집 문을 열자, 현관에 사요코가 서 있었다. 내가 귀가하
기만을 기다렸다는 것은 알겠는데, 얼마 동안이나 이러고 있었을
까? 예전에 장례식에서 돌아올 때면 엄마는 목이 빠지게 나를 기
다리고 있다가 액막이용 소금이라며 나에게 소금을 뿌렸다. 사요
코도 같은 이유로 여기 서 있는 건가 생각했다.

"소금 뿌릴 거야?"

내 말에 사요코는 고개를 갸우뚱했다. 아닌가 보다. 계란프라이
가 눈앞에 있을 때나 하는 대사를 한 것 같아서 내가 아주 바보
같았다. 풍습 차이인지, 애초에 우리 엄마만 액막이라며 소금을
뿌리는 건지, 그것까지는 모르겠다. 하지만 여기서 또 '예전에 엄
마가'라는 말을 꺼내서 차가운 공기를 맛보고 싶지는 않았다. 나

는 아무 말 없이 사요코에게 등을 돌리고 신발을 벗느라 애를 먹는 척했다. 척만 할 생각이었는데, 정말로 가죽 구두의 구두끈이 너무 단단히 묶여 있어서 좀처럼 풀리지 않았다. 신을 때 평소처럼 묶었건만, 대체 어디서부터 이렇게 돼 버린 걸까. 도무지 풀리지가 않아서 혀를 차고 말았다.

"쿠우야도 혀를 차는구나." 뒤에서 사요코가 말했다.

생각해 보니 나는 지금껏 '쯧' 하고 소리가 나도록 혀를 차 본 적이 없었다. 처음으로 그 소리를 사요코 앞에서 내게 될 줄이야, 상상도 못 했다. 결국 끈은 풀리지 않아서 억지로 구두를 발에서 빼내야 했다. 뒤돌아보니 사요코는 당장이라도 무언가 말하고 싶은 표정이었다. 하지만 아무 말 없이 거실로 돌아갔다.

"어땠어?"

사요코가 그렇게 입을 뗀 것은 내가 옷을 갈아입은 다음 직접 탄 커피를 들고 거실 소파에 앉은 뒤였다.

"음. 히나는 운 것 같더라."

나는 뭐라 대답해야 좋을지 알 수가 없었다. 히나 엄마의 얼굴이 어디서 본 적 있는 얼굴이었다는 대발견은 묻어 두기로 했다. 언제 어디서 봤는지 확실히 기억난 뒤에 말해도 늦지 않다고 생각했기 때문이었고, 더 나아가 기억난 뒤에도 말할 필요가 없을 것 같다고 생각했기 때문이었다. 사요코는 내 말이 이어지기를 기다리는 듯했다.

"새로운 정보는 아무것도 없었어. 미안. 도움이 못 돼서."

사요코는 눈을 내리고 몇 번 고개를 저었다. 의안이 보이지 않아서 감정을 읽기 어려웠다. 하지만 나는 평소 같은 태평함으로 그 동작을 '신경 쓰지 않아도 돼'라는 의미로 받아들였다. 그 뒤에는 아무 일도 없었다는 듯 평소와 같은 대화를 했다.

밤이 되어 책을 읽고 있는데, 베란다에 나가 있던 사요코가 말을 걸어 왔다.

"쿠우야, 이리 나와 봐. 하늘이 밝아서 백야(白夜) 같아."

'백야'라는 말에 과거의 어느 밤이 어렴풋이 떠올랐다. 베란다에 나가 보니 보름달이 떠 있었다.

"역시 보름달이네." 나도 모르게 소리 내 말해 버렸다.

바람이 차서 얇은 옷차림으로 밖에 나온 것을 후회했다. 사요코도 추운지 몸을 떨었지만, 얼굴은 머리 위에 있는 달을 향해 있었다. 보름달의 구심력은 한겨울에 우리를 무방비한 상태로 베란다에 끌어낼 만큼 강하다. 나는 사요코를 뒤에서 껴안았다.

"겨울 보름달이네." 사요코가 말했다.

"응. 겨울 보름달은 높이 있어서 찾기 쉬워. 공기가 차고 맑아서 더 환하기도 하고. 평소 보름달의 백 배 정도?"

"대단하다. 그래서 백야 같구나."

"아니, 거짓말이었어. 백 배는 아니고, 두 배 정도야. 그래도 누구나 겨울 보름달의 위력을 느낄 정도지."

나는 사요코의 머리 위에 얼굴을 올려놓고 그렇게 설명했다. 턱에 냉기가 느껴져서 목소리가 조금 떨렸다.

"거짓말이라도 좋았는데. 아니, 거짓말이 더 좋았어."

"그러게. 거짓말이 더 멋진 경우는 흔하지. 미안해."

사과하는 것도 이상했지만, 그게 자연스러울 때도 있다.

"겨울 보름달." 사요코가 다시 말했다.

갑자기 떠올랐다. 겨울 보름달이 뜬 밤에 만난 여자, 그 여자가 카도타 유카리였다. 그 여자와 운석 기념 공원 주차장에서 대화를 나눈 적이 있었다. 한번 기억의 실타래가 풀리자, 그때 상황이 전부 떠올랐다. 구두끈처럼 단단히 묶여 있었던 것이 아니라 다행이었다.

그날 밤은 보름달이 떠서 백야처럼 유난히 밝았다. 나는 차를 끌고 외진 산속 은신처에 갔다. 운석 기념 공원이 생길 때 제일 먼저 만들어진 것이 주차장이었다. 말이 주차장이지, 조금 민망할 정도로 아무것도 없는 평지였다. 차는 열 대쯤 세울 수 있을까, 포장도 되지 않았고 주차선도 그려져 있지 않은 상태였지만 확실히 공원 방문객을 위한 주차장이었다.

나는 그 주차장이 생기기 전까지는 산기슭에 차를 대고 산길을 걸어 은신처까지 갔다. 컨테이너를 실어 옮길 때까지는 차로 지날 수 있었던 길이, 태풍이 지나간 뒤에 끊어져 진입할 수 없게 되었다. 나 말고는 그 근처에 볼일이 있는 사람도 없어서, 길은 복원되지 않은 채 짐승이 다니는 길로 변해 버렸다. 실제로 멧돼지를 마주친 적도 있었다. 새끼 멧돼지여서 위협적이지는 않았지만,

근처에 어미가 있을 것을 생각하니 안심할 수 없었다. 그 후로 그 길을 지나갈 때 자연스레 주위를 경계하게 됐는데, 그것은 또 그것대로 은신처로 이어지는 길에 걸맞았다.

그 후, 사람들이 운석 기념 공원을 오갈 수 있도록 새 길이 생겼다. 주차장까지 생기자 '은신처로 이어지는 길에 걸맞다'라는 느낌은 어딘가로 날아가 버렸다. 주차장에 차를 대고 은신처로 가려면 짧은 숲길을 지나야 해서 그걸로 겨우 체면을 유지했다.

그날 밤, 산까지 오는 일반 도로에서는 눈치채지 못했지만, 은신처로 이어지는 산길로 들어서자 주변이 아주 밝게 느껴졌다. 커브를 몇 번이나 도니 시야가 탁 트이고 정면에 보름달이 보였다. 가로등도 없어서 원래는 해가 지면 캄캄한 산길이었다. 눈앞이 너무 밝아서 '백야'라는 말이 떠올랐다.

주차장에는 차 두 대가 주차돼 있었다. 드문 일이었다. 운석 기념 공원이 생긴 게 알려지지 않았는지 그동안 방문객의 차를 보는 일은 거의 없었다. 아직 제대로 된 공원이라기엔 부족했고, 기념비도 설치되지 않았으니 당연했다. 흔치 않게 밝은 밤이었다. 위력을 발휘한 보름달 덕분에 운석이 낙하한 장소를 찾을 마음이 든 걸까.

차 두 대는 같이 왔다고 보기엔 멀찍이 떨어져 있었다. 한 대는 공원 입구에, 다른 한 대는 제일 구석진 자리에 세워져 있었다. 공원까지는 조금 걸어야 해서 주차장에서는 공원 내 상황을 알 수 없었다. 나는 항상 제일 구석진 자리에 주차했는데, 내 자리를 뺏긴 게 아쉬웠다. 그 구석진 자리에 차를 대면 내려서 바로 숲으로 들어갈 수 있는 게 딱 좋았다. 내 자리를 차지하고 있는 차 옆에 주차했다.

차에서 내리려고 하다가 깜짝 놀랐다. 옆 차에 사람이 타고 있었다. 혼자 운전석에 앉아 있었다. 이대로 은신처에 갈 수는 없었다. 공원과는 반대 방향, 심지어 길도 없는 수풀 속으로 들어가야 하는데, 명백히 수상한 행동이다. 어떻게 해야 하나 하고 우두커니 서자 차에서 여자가 내렸다.

"이 앞에 뭐가 있어요?"

나는 여자가 숲 너머를 물어보는 줄로 착각했다. 어떻게 대답해야 하나 고민하며 말없이 있자 여자가 다시 물었다.

"이렇게 산속인데. 여기는 뭐 때문에 있는 주차장이에요?"

아아, 그런 의미였구나 싶어서 섣부르게 대답하지 않았던 것을 다행으로 생각했다. 내가 착각했던 것이 이상하게 느껴졌다. 생각해 보면 당연하지 않나. 숲 너머를 궁금해할 리가 없다.

"운석이 떨어진 장소가 있어요. 그 자리에 운석 기념 공원이 생겼어요. 나중에는 기념비도 설치될 거라는데, 그렇네요. 여기 주차장 표시 말곤 아무것도 없으니까 모르셨겠네요. 조만간 안내판 정도는 설치되지 않을까 싶은데."

나는 내 목적지를 감추기에 급급해서 평소보다 수다스러워졌다. 여자는 확실히 다른 차 한 대와 같이 오지는 않은 모양이었다.

"네. 감사해요. 그쪽도 공원에 오신 거예요?"

"아니요, 그냥 산책이에요. 보름달이 떠서."

그렇게 말하며 하늘을 올려다보자, 여자도 같이 달을 올려다보았다. 이상한 대답이었을지도 모르지만 보름달의 위력이 모든 것의 이유가 되어 주었다. 여자는 차에 올라탔다. 공원에 가 볼 마음은 없는 듯했다. 곧 돌아가겠거니 하며 시동을 걸기를 기다렸지만 차는 움직이지 않았다. 떠나는 것을 지켜보려고 했는데 예측이 빗나갔다. 당황스러웠지만, 이런 특별한 밤에 은신처에 가지 않는다는 선택지는 내게 없었다. 산책이라고 말해 버렸으니 일단 걸음을 뗐다. 그리고 주차장을 나와서 길을 따라 걸으며 숲으로 들어갈 만한 샛길이 있나 찾았다. 그러는 동안에도 혹시 시동 걸리는 소리가 들리려나 귀를 기울였지만 전혀 들리지 않았다. 여자는 돌아갈 마음이 없는 듯했다. 결국 난 운 좋게 드나들 만한 곳을 찾아내 숲으로 들어갈 수 있었다. 그것도 다 밝은 보름달 덕분에 가능했다.

그날 밤, 나는 의자와 간이 책상을 컨테이너 밖으로 꺼내서 잠시 달빛을 받으며 폭탄을 제작했지만, 그다지 멀지 않은 곳에 누가 있다고 생각하니 불안해져 금방 정리하고 안으로 들어갔다. 보름달이 뜬 밤을 만끽하려고 했건만 계획이 틀어졌다.

기억이 떠올라 그날 밤에 있었던 일을 하나씩 되짚어 보는데, 품 안에서 사요코가 말했다.

"비밀을 들려줄 마음이 든 거야?"

내 얼굴은 여전히 사요코의 머리 위에 올려져 있었고, 사요코는 아직도 조금 떨고 있었다. 나는 기억을 더듬느라 추위를 잊고 있었지만 사요코는 하염없이 달만 바라보고 있었다. 따뜻하게 해주려고 사요코의 몸을 다시 망토처럼 감쌌다. 카도타 유카리와의 기억을 떠올린 기념으로 사요코 말대로 비밀을 꺼내도 좋겠다고 생각했다.

"그럼 그럴까? 음, 보름달이 뜬 밤에 어떤 여자를 만났어."

사요코가 숨을 삼키는 것이 느껴졌다. '보름달이 뜬 밤'이면 짚이는 데가 있나 보다.

"언제, 어디서, 누구를?" 사요코는 나를 떠보듯 물었다.

"질문이 세 개네. 나한테는 두 개까지라고 했잖아. 하나 빼."

"이건 한 개로 쳐야 하는 거 아니야?"

"약았네. 그럼 앞으로 각오해."

"아니, 그럼 하나 뺄래."

사요코가 셋 중에 어느 것을 뺄지 고민이 되는 것 같아서 껴안은 채로 방으로 들어갔다. 그다음엔 분열된 세포처럼 떨어져서 마주 보고 앉았다. 방 안은 어쩐지 온천물에 들어온 것처럼 포근해서, 비밀을 이야기하기 전의 긴장감을 누그러뜨리는 데 도움이 됐다.

사요코의 말을 기다리는 동안 나도 '언제, 어디서, 누구를' 중 두 가지를 고른다면 제일 효율적인 선택지가 무엇일지 생각했다.

이윽고 사요코가 선언했다.

"언제를 버릴래. 어디서, 누구를?"

오랫동안 생각한 보람이 있었다. 당연히 그 두 개다. 이미 '보름달이 뜬 밤'이라고 말해 버린 내 실수도 있었다. '언제'는 어느 정도 추려 낼 수 있으니, '어디서'와 '누구를'만 알면 상상력으로 완성할 수 있다.

"운석 공원 주차장에서, 히나의 엄마를 만났어."

"뭐? 언제?"

그래, 그렇게 된다. 여기까지 오면 '언제'가 중요해진다. 상상력으로 메울 수는 있어도, 확인이 필요한 법이다. 하지만 말해 줄 수는 없다.

"질문은 끝이야. 사요코, 오늘은 커튼을 닫고 잘까? 밖이 너무 밝지?"

사요코는 내 제안을 듣지도 않고 생각에 잠겼다. 그러더니 두 손으로 얼굴을 감싸며 모든 감정을 숨겼다.

"먼저 자. 나는 조금 더 깨어 있을게."

사요코는 아마 밤새도록 내가 폭로한 비밀에 대해 생각하려는 모양이었다. 나도 같이 깨어 있을까 잠시 고민했지만, 방 안이 포근한 것이 기분이 좋아서 졸음이 쏟아졌다. 결국 커튼은 닫지 않았다. 보름달이 뜬 밤에 내가 만났던 여자에 대한 기억도 수마(睡魔)를 막아설 정도의 힘은 없었다. 내가 잠든 뒤에 사요코는 보름달이 뜬 밤을 얼마나 생각했을까.

웬일로 사요코가 퇴근길에 회사 사람들과 회식 자리를 갖는다고 연락해 왔다. 나는 '충분히 있다가 와'라고 메시지를 보냈다. 사요코가 충분히 있다가 오기를 바란 것은 진심이었다. 오랜만에 은신처에 가려고 했다. 사요코와 결혼한 뒤로는 은신처를 찾는 횟수가 눈에 띄게 줄었다. 예전에는 일찍 일을 마친 밤이나 쉬는 날이면 어김없이 찾아갔었다.

운석 기념 공원 주차장에는 차가 한 대도 없었다. 혹시나 해서 조금 걸어 공원까지 가 봤지만, 역시 아무도 없었다. 관리하는 사람도 없는지, 공원에는 풀이 아무렇게나 자라 있었고, 전혀 정비되지 않은 상태였다. 기념비만은 변함없이 반짝반짝 빛나서 누가 밤마다 광을 내나 싶을 정도였다. 주차장도 잡초가 무성해서 전보다 훨씬 좁아진 느낌이었다. 은신처로 이어지는 길도 수풀이 우거져서 다음번에는 소형 낫이라도 있어야 지나다닐 수 있을 것 같아 걱정됐다.

은신처가 될 컨테이너를 설치할 때 기초석을 묻고 그 위에 바닥을 만든 덕분에 컨테이너가 풀에 침식당하는 것은 모면할 수 있었다. 컨테이너 설치는 업체에 맡겼었지만, 나머지는 전부 혼자 했다. 차를 타고 부지까지 들어올 수 있었던 시기에 끝마쳐서 다행이었다. 전기를 만들려고 인버터 발전기도 설치했다. 인버터 방식은 전압이 안정적이어서 컴퓨터와 휴대전화 충전에도 사용할 수 있었다. 연료로 휘발유를 반입해야 하는 것이 난점이었지만,

하는 수 없었다. 휘발유 통을 나르는 일은 도로가 차단되고 나서는 정말 큰일이었다. 빗물을 모아서 쓸 수 있도록 대형 탱크와 정수 설비도 갖춰 놓았다. 마실 물로는 쓸 수 없어도 무언가를 씻을 수는 있었다. 페트병 생수를 늘 상비해 둬서 커피를 마실 수 있었고, 인스턴트 라면도 끓일 수 있었다. 화장실은 따로 만들지 못해 밖에서 일을 봐야 했다.

은신처 문을 열자 어쩐지 반가운 냄새가 났다. 한동안 뜸했는데, 폭탄을 만들 때의 두근거림을 되찾았다. 입구에 놓인 선반에서 약품과 공구를 하나하나 만지며 안으로 들어갔다. 은신처에 있는 모든 물건은 내가 아끼는 것들이다. 의자를 만지고, 책상을 만지며, 조금은 꺼끌꺼끌한 그 감촉을 즐겼다.

책상은 나무로 만들어져 있었고 작은 서랍이 하나 달려 있었다. 폐쇄된 공간인데도 엷게 먼지가 쌓여 있다. 그 먼지를 쓸며 손목시계를 보았다. 내가 없는 동안에도 진득하게 시간을 새기며 집을 지켰나 보다.

손목시계는 동물 형태의 청동 수납함에 딱 알맞게 넣어져 있다. 동물은 네발로 서 있지만, 무언가를 넣을 수 있도록 등 부분이 움푹 들어가 있다. 새끼 멧돼지와 마주친 이후에 우연히 발견해서 구매한 물건이다. 정취 있는 잡화점 쇼윈도에 진열돼 있었다. 한 번도 들른 적이 없던 가게였는데, 이 수납함을 발견하고 과감히 문을 열었다. 내게는 그 동물이 새끼 멧돼지로 보였다. 작으면서도 적당히 무거운 것이 마음에 들었다. 청동은 동과 주석의

합금으로, '브론즈'라고도 한다. 하지만 나는 '청동'이 주는 느낌을 좋아한다.

구매하자마자 은신처로 가져오기로 했다. 우선 차 키를 수납해 봤지만, 키가 위로 삐져나와서 썩 보기 좋지는 않았다. 그런데 시험 삼아 손목시계를 넣어 보니, 처음부터 그것을 위해 만들어졌다는 듯이 꼭 들어맞았다. 마치 손목시계가 새끼 멧돼지에게 업힌 것처럼 보였다. 과거에 은신처로 가는 산길에서 마주쳤던 새끼 멧돼지는 '제가 야수라고 하기엔 주제넘습니다만─' 하듯 겸허한 눈으로 나를 바라보았었다. 그런 조심성이 마음에 들었던지라, 청동 수납함을 뭔지 모를 동물에서 새끼 멧돼지로 승격시킨 것이었다. 나는 새끼 멧돼지의 등에서 손목시계를 집어 들고 부드러운 천으로 세심하게 닦았다. 원래 주인에게는 두 번 다시 돌아갈 수 없다.

그리고 책상 서랍을 열었다. 손목시계와 똑같은 운명을 걸게 된 것이 사실 하나 더 있었다. 나는 서랍에서 금색 휴대전화를 꺼냈다. 충전하지 않아서 전원이 꺼진 상태였다. 나는 그 휴대전화를 주차장에서 히나의 엄마를 만난 밤에 주웠다.

보름달이 뜬 밤, 주차장에 차가 있던 것이 신경 쓰여서 작업 도중에 산책을 다녀와야겠다는 생각이 들었다. 히나의 엄마에게 여기 산책하러 왔다고 했으니, 내가 한 말을 지키고 싶은 마음이었을지도 모른다. 물론 보름달이 뜬 밤을 만끽하고 싶은 마음이 제일 컸다. 시간이 지난 뒤라 주차장에 있던 차는 두 대 모두 사라진 상태였다. 어느새 한밤중이었다.

나는 걷는 김에 공원까지 가 보았다. 그리고 거기서 큰 구덩이가 팬 것을 발견했다. 공사 관계자에게 이제 곧 기념비가 설치된다는 말은 들었지만 그런 상태일 줄은 몰랐다. 가만히 구덩이 안을 보니, 안에다 폭탄을 터뜨려 보고 싶어졌다. 그 구덩이에 딱 어울리는 폭탄을 만들겠다고 다짐했다. 그렇게 생각하자, 몸이 근질거려서 서둘러 공원을 뒤로했다.

주차장으로 돌아가는 길 위에서 떨어진 휴대전화를 발견했다. 한시가 바쁜 상황이라 일단 주워서 입고 있던 패딩 주머니에 쑤셔 넣었다. 주어진 시간이 얼마나 되는지도 아직 모르면서 당장 폭탄 제작에 착수하고 싶었다.

은신처로 돌아가자마자 폭탄의 규모를 고민했다. 거기에 푹 빠져서 시간 가는 것도 잊었다. 그러다 갑자기 휴대전화 벨 소리가 울렸다. 생소한 벨 소리라 놀랐지만, 주워 온 휴대전화에서 나는 소리임을 금방 알아차렸다. 주머니에서 휴대전화를 꺼냈다.

화면을 보니, '오른쪽 우(右)'가 떠 있었다.

휴대전화 주인에게서 걸려 온 거라면 협조해야 할 텐데, 본 순간 화면이 꺼져 버렸다. 아무래도 손에 든 바로 그 타이밍에 배터리가 다한 품새였다. 내 휴대전화와 충전 단자가 달라서 충전기를 따로 구해 오지 않는 한 되살릴 수가 없었다. 휴대전화 주인에게는 미안하지만, 내 일을 제쳐 놓고서까지 도울 의무는 없었다. 그렇게 결론짓고 폭탄 만드는 작업으로 돌아갔다.

하지만 작업하면서도 잠깐씩, 화면에 표시됐던 '우'라는 글자가 신경 쓰였다. 전화번호도 이름도 아닌 그 암호 같은 글자에 흥미가 샘솟았다. 그리고 생각은 점점 휴대전화 쪽으로 흘러갔다.

어쩌면 휴대전화 주인은 전화번호를 등록할 때 '상하좌우(上下左右)' 같은 말에서 한 글자씩 따와 지정해 저장하는 사람일지도 모른다. 나는 숫자는 쉽게 외우지만 사람 이름은 좀처럼 외우지 못한다. 그래서 나도 이런 방식으로 등록하면 간단하고 좋겠다고 생각했다. 그렇게 생각하고는 '춘하추동, 화조풍월(春夏秋冬, 花鳥風月: 각각 봄, 여름, 가을, 겨울과 꽃, 새, 바람, 달을 뜻하는 말이다. - 옮긴이 주)' 같은 말도 떠올려 보며 혼자 좋아했다. 하지만 실제로 당사자를 만났을 때 이름은 떠오르지 않고 지정한 글자만 생각난다면 난처해질 것이다. 이런저런 생각을 해 보는데, 의외로 재미있어서 정작 폭탄 제작을 향한 열정이 사그라들고 말았다. 결국 단순히 '오른쪽 우'라는 한 글자 성씨의 사람에게서 걸려 온 전화였을 거라고 결론지었다. 금색 휴대전화는 서랍에 고이 간직해 두기로 했다.

다음 날, 알아보니 기념비 반입은 사흘 뒤였다. 그때까지 구덩이 크기에 맞는 폭탄을 만들어야 했다. 그날부터는 작업에만 힘을 쏟았다. 은신처를 오가는 동안 주차장에서 따로 차를 보지는 못했다. 그리고 폭발에 성공했다.

그때 구덩이 안에서 손목시계를 발견했지만, 손목시계의 주인과 금색 휴대전화의 주인이 같을 것이라는 상상은 해 본 적도 없었다. 그저 분실물이 많이 나오는 공원이라고만 생각했다. 그래서 기념비가 완성되고 나서 사요코의 휴대전화를 발견했을 때도 "이거 봐, 또 있잖아"라고 나도 모르게 소리 내 말하기도 했다. 지구의 표면 전체에서 운석이 떨어지기로 선택한 장소이니, 시계나 휴대전화가 떨어져 있다고 한들 이상하지 않았다.

서랍에 고이 보관된 휴대전화는 영원히 꺼진 채로 내 은신처의 일부가 될 예정이었다. 그런데 '우'라는 한 글자만은 왠지 모르게 잊히지가 않았다. 사요코를 만나고 나서도 금색 휴대전화의 존재 의미에 대해 생각하지 않았다. '우'와 사요코를 연결 짓지 못했기 때문이었다. 어리석었다.

히나가 찾아왔을 때 비로소 '우'에는 큰 의미가 담겨 있었음을 알 수 있었다. 나는 휴대전화의 주인이 카도타 쿄이치로, 즉 히나의 아빠임을 깨달았다. 그렇다면 휴대전화에 무언가 단서가 있을지도 모른다. 히나를 생각했다면 그때 바로 충전했어야 했다. '우'로 등록된 것은 사요코의 어느 휴대전화일까, 그것도 휴대전화를 충전하면 바로 확인할 수 있었다. 하지만 나는 그러지 않았다. 나와 사요코를 위해서였다.

오늘은 새삼 금색 휴대전화를 집어 들고 '충전해 볼까' 하고 생각했다. 상황이 조금 달라졌기 때문이었다. 단자에 맞는 충전기를 가져오기로 하고 다시 서랍에 넣었다.

집에 돌아가 보니, 사요코가 없었다. 나는 '충분히 있다가 와'라고 말했던 것을 후회했다. 그러다 우산꽂이가 눈에 들어왔다. 비닐우산이 어느새 두 개로 줄어 있었다. 임무를 줬는데 암만 시간이 지나도 내가 밖에 놔두고 오지 못하니까, 속이 터져서 사요코가 직접 처리한 모양이었다. 돌아온 사요코에게 바로 물어봤다.

"아까 알았는데, 모르는 사이에 비닐우산이 줄었네."

"내가 직접 손을 썼어."

"미안."

"쿠우야는 미루는 게 특기잖아. 싫은 일만 아니라 즐거운 일까지도."

"그야 즐거움은 저장해 두는 게 최고니까."

"지금도 저장해 둔 즐거움이 있어?"

"있지. 내 인생 마지막 순간까지 저장해 둘 즐거움도 있어."

그렇게 말하고는 실언했다고 반성했다. 하지만 사요코가 뭐냐고 묻지 않아서 안심했다. 그 답례로 나도 우산을 어떻게 처리했냐고 묻지 않았다.

맑은 날에 둘이서 도서관에 갔다. 주차장에 차를 대고 조금 걷는데도 사요코는 양산을 썼다. 햇빛이 강해서 눈이 부시니 당연했다. 하지만 양산이 내 마음에 차지 않았다. 사요코가 제비꽃색 우산을 들 때와 같은 기대감은 전혀 없다. 작게 자수가 넣어져 있어서, 사요코가 "귀엽지?" 하면서 보여 줬을 때는 고개를 끄덕이긴 했다. 하지만 양산은 사요코의 얼굴에 그늘만 드리우는 물건이다. 의안이 빛을 머금는 것을 막을 뿐만 아니라, 두 눈이 다 구슬 같아진다. 어서 안으로 들어가 버리고 싶어서 걸음이 빨라졌다. 그때 도서관과 같은 부지에 있는 복지 회관에서 나온 여자가 우리를 보고 인사했다.

"일전에는 감사했어요."

여자가 떠난 뒤 사요코가 상황을 설명했다.

"비닐우산 기부했어. 답례품으로 받은 수건들도 같이 드렸고."

그런 최적의 방법이 있었다니, 어찌해야 할지 고민하던 내가 바보 같았다.

"안 쓰는 물건이나 필요 없는 물건은 알려 줘. 기부하는 거, 좋은 생각이지 않아?"

"글쎄. 안 쓰는 물건은 있지만 필요 없지는 않아. 기부는 못 해."

사요코는 말없이 크게 고개를 끄덕였다. 대체 무엇에 동의한 것일까.

웬일로 엄마한테서 전화가 왔다. 사요코와 본가에 다녀온 지 반년쯤 지난 날이었다.

"어때?"

막연한 인사말과 어두운 말투에 조금 부자연스러움을 느꼈다.

"어떠냐니?"

"행복해?"

더 이상하다. 서론 없이 던질 질문이 아니었다.

"당연하지."

나는 '엄청나게 행복해'라고 덧붙이고 싶었지만 쑥스러워서 관됐다. 그러고 나서는 간단히 서로의 근황을 전한 뒤 전화를 끊었다. 딱히 용건이 있어서 연락한 것은 아닌듯했다. 그리고 가까이에 있던 사요코와 눈이 마주쳤을 때, 전화를 바꿔 주지 않은 것을 후회했다. 둘 사이를 중재하는 것에도 신경을 써야 했다. 하지만 사요코는 실망하는 기색도 없었다.

"어머니는 쿠우야랑 닮았어."

밝은 목소리에 안심했다. 닮았다는 것은 겉모습일까, 분위기일까. 내가 엄마를 닮은 것이 아니라 엄마가 나를 닮았다는 건가. 사요코는 나를 우선순위에 두고 있구나 싶어서 은근히 기뻤다.

"모든 걸 말하지 않는 점이."

아, 그 부분이구나. 그런데 왜 그런 생각을 했을까. 나는 아마도 의아한 표정을 지었을 것이다.

"어머니가 눈은 왜 그렇게 됐냐고 물어보셨었어."

"뭐? 언제?"

"본가에서 쿠우야가 목욕하러 갔을 때. 당연히 물어보게 되지. 엄마면 신경 쓰일 테니까."

역시 내가 몰랐을 뿐이었나 보다. 우선순위 어쩌고 하며 좋아할 때가 아니었다. 고부 갈등은 앞으로 어떤 전개를 보여 줄까.

"공원에 놓여 있던 폭탄 때문에 실명했다고 말씀드렸어. 그랬더니 그게 언제쯤이냐고 물으셨어. 스무 살 때라고 대답한 다음 이해하시기 쉽게 큰 비행기 사고가 있었던 날이라고도 말씀드렸어."

사요코의 말투는 평범했고, 표정에도 큰 변화가 없었다. 의안도

무관심한 척하고 있었다.

"어머니가 동요하셨는데, 뭐 때문에 그러셨는지는 모르겠어."

"그거 말고 다른 얘기는?"

"지인한테서 들은 얘기라고, 마츠이 선생님 이야기도 했어. 고등학생도 만들 수 있을 폭탄이었다는 얘기."

사요코는 여전히 담담히 이야기를 이어 갔지만 어쩐지 걱정스러워졌다.

"뭔가 말하고 싶으신 것처럼 보였는데 말하지 않으셨어. 내가 마음에 안 드시는 거야. 분명히."

"그건 아닐 거야."

나는 바로 부정했지만, 명쾌하게 변명할 수는 없었다. 사요코의 기분이 상한 이유가 엄마의 태도였다면 어떻게 손쓸 방법이 없다. 짤막한 거짓말로 사요코를 달랠 수도 있었지만 그러지 않았다. 그보다도 엄마가 신경 쓰였다. 지금까지 생각해 본 적이 없었는데, 엄마는 뭔가 짐작하고 있었던 걸까.

하지만 지금 와서 물어볼 수도 없고, 달리 확인할 방법도 없다. 결국 궁금한 마음은 또 미루어 두었다. 내가 이제 할 수 있는 것은 하나밖에 없다.

"사요코를 행복하게 해 줄게. 그게 내 행복이야."

쑥스러워하면서 그렇게 말하는 것뿐이었다.

나날이 새롭게 발견하는 것이 있었고, 놀라움과 두려움을 달게 받아들이며 결혼 생활은 대체로 평화롭게 흘러갔다. 사요코의 슬

폼은 지금 어디쯤 있을까. 즐거움, 기쁨만이라도 나와 같이 갔으면 좋겠는데.

사요코와 함께 갈 절호의 기회가 찾아왔다. 히나가 다시 왔다. 그날은 사요코가 히나를 바로 집으로 들이는 바람에 나는 당황하고 말았다. 사요코가 "앉아" 하며 권한 1인용 소파에 히나가 앉는 모습을 보고, 맞은편 2인용 소파에 허둥지둥 앉았다. 하지만 히나의 정면에 있는 자리를 사요코에게 양보한 것은 '히나의 상대는 사요코야'라고 내가 배려하고 있다는 것을 열심히 티 내기 위해서였다.

"쿠우야 씨도 같이 들어요?"

내가 최고로 티를 냈건만 그런 말을 들어서 씁쓸했다. 못 들은 체하고, 우선 정석대로 인사부터 시작했다.

"오랜만이네, 히나. 그날 이후로 어땠어?"

나는 비 오는 날 히나가 찾아온 것을 몰라야 했으니까 이렇게 인사하면 자연스럽게 넘어갈 수 있었다. 그런데 히나는 노골적으로 미간을 찌푸렸다.

"장례식에 왔었잖아요."

아, 그걸 깜빡했다. 심지어 아빠가 돌아가신 일생일대의 사건을 완전히 없던 일로 만들어 버린 셈이었다.

"미안해. 맞다. 유감이었어."

때마침 사요코가 음료를 내와서 순간을 모면했다. 히나는 아이스 레모네이드, 나와 사요코는 커피다.

"레모네이드 좋아한다고 했잖아."

그때 나는 '우리 집에 빨대가 있는 줄 몰랐네'라든가, '냉장고에 레몬이 있었나?' 하는 엉뚱한 생각을 했다.

"커피는 리필하지 않아도 되게 넉넉히 따랐어."

사요코가 내 앞에 머그잔을 놓으면서 눈짓을 보낸 것 같은 느낌은 착각일까.

"히나, 오늘은 쿠우야도 같이 있는데, 괜찮아?"

"괜찮아요. 어차피 둘이 있어도 한 사람이니까."

그때 커피숍에서 완벽하게 숨었다고 생각한 것은 나 하나였나. 나는 커피를 마시려다가 관두고 머그잔을 내려놓았다.

"두 분이 다른 이야기를 하지는 않잖아요. 완전히 똑같죠. 한쪽 말에 맞추는 건지, 한쪽이 숨기는 건진 모르겠지만."

"그래서 오늘은 뭐 하러 왔어?" 사요코가 동요하지 않고 물었다.

"사요코 씨는 다른 사람들이 인사 대신 건네는 애도의 말을 하지 않네요." 히나는 시작부터 꽤 거리낌 없이 말을 던졌다.

"아까 쿠우야가 했잖아. 우리는 둘이 한 사람이거든."

"많이 알아냈어요. 역시 사요코 씨를 뒷조사한 사람은 엄마였어요. 엄마는 장례식에서 쿠우야 씨를 보고 놀랐어요. 방명록 있잖아요, 거기서 쿠우야 씨의 이름을 찾는 것도 봤어요."

그때 히나는 슬픔에 열중하느라 엄마의 상태를 알아차리지 못

했다고 생각했건만, 아니었다. 역시 만만한 상대가 아니다.

하지만 길을 잘못 든 것 같았다. 히나의 엄마가 나를 보고 놀란 이유는 내가 주차장에서 만난 남자라는 사실을 알아차렸기 때문이었다. 히나의 엄마는 확실히 사요코가 결혼한 사람이 '호시코 쿠우야'라는 사실은 알았지만, 얼굴은 몰랐다. 놀라던 모습으로 보아 분명 그랬을 것이다. 그날 주차장에서 만난 남자와 호시코 쿠우야가 동일인인 줄 몰랐던 것이다. 이것은 히나가 들고 온 새로운 정보다.

주차장에서 만난 남자의 이름을 방명록에서 찾기는 어려웠을 것이다. 물론 분향할 때 내 앞뒤로 지인이 있었고 방명록도 순서대로 작성했다면 짐작할 수는 있었을 것이다. 하지만 나는 방명록을 작성하고 나서 들어가기를 주저했다. 일행을 기다리고 있는 사람도 많았고, 꽤 많은 사람을 먼저 들여보내고 나서야 안에 들어갔다. 입장순으로 자리를 안내받았기 때문에 방명록 순서보다 꽤 나중에 분향했다. 즉, 방명록에서 '호시코 쿠우야'를 찾아내더라도, 호시코 쿠우야가 실제로 분향한 순서는 다르게 봐야 한다. 그렇게 되면 어째서 주차장에서 만난 남자가 조문을 왔는지 의문을 품었을 것이다. 하지만 사요코와 나의 관계와 당시 상황을 고려하면, 한 가지 가능성이 충분히 떠올랐을 것이다.

우리 셋은 각자의 음료를 천천히 마시며 아무 말 없이 시간을 흘려보냈다. 나는 그날 장례식 상황을 떠올려 가며 추리하느라 시간을 썼고, 히나는 레모네이드를 홀짝홀짝 마시며 짬짬이 빨대로 얼음을 휘저었다. 사요코는 앞으로 기울인 자세로, 무엇을 생각하는지 알 수 없었다.

"아빠는 사고로 돌아가셨어?"

드디어 사요코가 입을 열었다. 장고 끝에 나온 질문이다. 대화의 물꼬를 트기에 적절한 질문이었다.

"몰라요. 경찰은 사고일 가능성과 범죄일 가능성 둘 다 생각하면서 조사하는 것 같아요. 머리에 상처가 있는데, 낭떠러지에서 떨어질 때 부딪친 걸 수도 있대요. 언제 죽었는지도 모르고 왜 그런 곳에 있었는지도 몰라요."

"경찰이 이미 꽤 조사했을 거 아냐? 그냥 경찰에 맡기는 선택지는 없어?" 사요코가 곧바로 물었다.

"엄마는 아빠 다이어리를 경찰에 넘기지 않았어요. 같이 경찰서에 갔었는데, 엄마는 오래 대화했지만 저는 순식간에 끝났어요. 중학생이라서 그런가?"

"엄마가 다이어리를 넘기지 않았구나." 사요코는 곱씹듯 중얼거렸다.

"이상하죠? 경찰이 조사하길 원했으면 다이어리를 넘겼어야 했어요. 그런데 지금도 다이어리는 서재 책상 서랍 안에 있어요. 왜일까요?"

"나도 궁금해. 네 엄마가 카도타 씨와 내 관계를 알았고, 다이어리까지 봤으면 분명 히나랑 같은 생각을 했겠지. 나를 의심했을 거야. 그런데도 단서가 될 다이어리를 경찰에 넘기지 않았어. 게

다가 내 이야기도 하지 않았지. 나한테 경찰이 찾아오지 않은 걸 보면."

"경찰이 여기 한 번도 안 왔어요?"

"안 왔어."

"그럼 와 달라고 할게요. 제가 경찰에 당신 이야기를 할 거예요."

히나는 남아 있던 레모네이드를 단숨에 들이켰다.

"잘 마셨습니다."

그러더니 갑자기 스위치가 켜진 것처럼 자리에서 일어났다. 무언가 결심한 듯한 기세였다. 엄마에게 따질 결심일까, 경찰에 자신이 아는 것을 이야기할 결심일까. 후자라면 일이 복잡해진다. 내가 살짝 조언하는 것이 좋겠다. 사요코가 가만히 앉아 있길래 나 혼자 현관까지 배웅했다. 나는 거실 문을 닫고 목소리를 낮춰 말했다. "히나네 엄마가 왜 경찰에 다이어리를 넘기지 않았는지 먼저 생각해 봐야겠네. 왜 나를 보고 놀라신 걸까?"

앞으로도 이 집에 경찰의 방문은 필요 없다.

히나는 불안한 표정을 지은 채 현관에 우두커니 섰다. 그러고 보니 전에 우리 집에 왔을 때도 내가 배웅했다. 그때 히나에게 '아빠 얼른 찾았으면 좋겠다'라고 말한 기억이 났다. 히나가 내 얼굴을 빤히 쳐다봐서 끝으로 무슨 말이든 해야 한다고 조바심 낸 것이 실수였다. 무심코 전에 한 말과 비슷하게 말해 버렸다. "아빠 찾아서 다행이네."

실수했다. 실수했다는 생각이 들었을 때 히나의 표정은 이미 험악했다. 어쩐지 내가 한심하게 느껴졌다. "미안해"라고 바로 사과했지만, 히나는 내가 하는 사과의 말을 듣지도 않고서 문을 쾅 닫고 사라졌다. 평소보다 열 배쯤 큰 소리에 귀가 윙윙거렸다.

마음을 가다듬고 거실로 돌아갔는데, 사요코가 없었다. 침실을 들여다보니 사요코는 엎드려 누워 있었다. 자고 있지 않은 것은 알았지만 말을 걸지 않고 거실로 돌아왔다. 테이블 위에 있는 컵과 머그잔을 정리했다. 주방으로 옮길 때 컵에 든 얼음이 달그락 소리를 냈다. 레모네이드는 전부 사라졌는데도 얼음은 여전히 큼직하게 남아 있어서 히나가 여기 그리 오래 머물지 않았음을 알 수 있었다.

히나의 엄마는 히나에게 보름달이 뜬 밤에 나를 만난 이야기를 했을까. 아니, 하지 않았을 것이다. 하지만 동요했을 것이다. 히나는 예리하니까 그걸 알아차리고 이런저런 상상을 했을 것이다. 방향을 잘못 잡기는 했지만, 갈팡질팡하지 않고 그대로 죽 갔으면 좋겠다.

내가 일하는 약품 회사에는 부설 연구소가 있다. 나는 연구직이지만 일하는 곳은 연구소가 아니라 총무과와 영업부가 있는 본사다. 본사에 내 연구실이 있다. 방이 그다지 넓지 않아서 일할 때 마음이 차분해진다. 탁 트인 넓은 공간이었다면 나는 워낙 둥둥 떠 있는 사람이라 일이 손에 잡히지 않았을지도 모른다.

약품 회사지만 의약품이 아닌 화학 약품을 취급한다. 그 덕에 폭탄 재료를 얻을 수 있다. 톨루엔, 질산, 황산 등은 위험 물질로 분류돼서 개인이 입수하려면 귀찮은 절차를 밟아야 한다. 그런데 회사엔 언제든 사용할 수 있도록 그런 약품들이 질서 있게 대기하고 있다. 관리가 워낙 철저해서 쉽지는 않지만, 의심받지 않는 선에서 빼낼 수는 있다. 처음부터 그럴 목적으로 취직한 것은 아니었다. 대학생 때는 폭탄 재료를 구할 수 있는 환경이 아니었고, 책을 찾아가며 화학식도 만들어 봤지만 제조는 머릿속에서나 가능해서 체념했다. 입사하고 난 뒤에야 고등학생 때처럼 '만들 수 있을 것 같다'라는 생각이 들어서 다시 폭탄 제조를 시작한 것이었다.

퇴근 시간이 다가올 즈음 연구실 전화가 울렸다. 연구실에는 외부 전화가 바로 걸려 오지 않고 보통 접수처를 거쳐서 온다. 하지만 외부 전화는 거의 오지 않기 때문에 주로 사내 연락 용도로만 사용된다. 전화가 오면 사내 규정까지는 아니어도 연구원 중에 가장 어린 사람이 전화를 받는 것이 암묵적인 룰이다. 그 전화도 신입인 '나카(中)'가 받았다. 나카가 처음 입사해서 자기소개를 했을 때, 정말로 한 글자 성씨가 나타났다는 사실에 조금 기분이 들떴다. 그래서 다 같이 환영의 박수를 보낼 때 나는 함께 입사한 사토에게 보낸 것보다 훨씬 길게 박수를 보냈다.

"쿠우야 씨, 카도타 씨라는 여자분이 접수처에 와 있대요."

담담한 나카의 말에 아무도 고개를 들지 않았다. 서둘러 접수처에 가 보니, 나를 기다리는 사람은 히나의 엄마였다.

"역시 그쪽이 호시코 쿠우야 씨네요."

나는 어떻게 대답해야 할지 몰라서 그 자리에 우뚝 서 있기만
했다.

"일하는 중이죠? 끝날 때까지 기다릴게요. 몇 시쯤 끝나요?"

"다섯 시 퇴근이에요. 정시에 나올 테니 기다려 주실래요?"

가끔 내가 혼자 생각할 것이 있을 때면 이용하는 커피숍 위치
를 알려 주고 연구실로 복귀했다. 카도타 유카리의 행동력이 '수
수께끼의 남자'와 '호시코 쿠우야'를 쉽게 연결 지은 모양이다.

"장례식 땐 놀랐어요."

서론은 없었다. 자리에 앉자마자 카도타 유카리가 말했다. 나도
바로 받아쳤다.

"왜 놀랐어요?"

대답이 없었다. 주차장에서 만난 것을 내가 기억하지 못할 가
능성을 염두에 둔 걸까. 그렇다면 조금 협조해 보기로 했다.

"저와 공원 주차장에서 만난 적이 있어서죠?"

"역시 기억하고 있네요. 왜 경찰에 말하지 않았어요?"

매우 단도직입적인 질문이었다. 평소 같았으면 여기서 잠시 입
을 다물었을 것이다. 그 방법으로 위기를 모면한 적이 많았지만,
통할 상대가 아닌 것 같았다. 받아치기로 했다.

"당신도요. 왜 사요코가 카도타 씨와 교제했다는 걸 경찰에 말

하지 않았죠?"

"그럼 그날 그쪽도 사요코 씨 뒤를 밟은 거군요."

'그쪽도'라는 말로 짐작하건대 카도타 유카리는 그날 사요코와 남편 카도타를 미행한 모양이다. 예상은 했지만, 확증을 얻었다. 내가 기억하기로 공원 입구 쪽에 주차돼 있던 차는 굳이 따지면 수수해서 카도타와는 어울리지 않았다. 사요코는 결혼하기 전까지 차를 소유하고 있었다. 사요코의 차였을까. 카도타 유카리는 착각하고 있지만 내가 사요코를 미행했다고 생각할 만도 하다. 아무래도 내가 카도타 유카리와 비슷한 시각에 주차장에 도착했었나 보다. 주차장에서 마주친 건 우연이었다고 해도, 내게 다른 목적이 있었으리라고는 상상도 못 할 것이다. 굳이 정정해 주지는 않았다.

"남편은 휴대전화를 두 개 가지고 있었어요. 그런데 두 개 다 행방불명이에요. 하나는 평소에 쓰던 금색 휴대전화였고, 다른 하나는 사실 있는지도 몰랐어요. 조사해 보니까 그 두 휴대전화 사이에 통화 이력이 있대요. 아마 다른 하나는 사요코 씨가 갖고 있을 거예요. 짐작 가는 데가 있죠?"

내가 주운 사요코의 휴대전화는 카도타 이름으로 개통된 것이었나 보다.

"사요코가 쓰는 휴대전화는 하나밖에 모르는데, 그럼 그게 카도타 씨 명의일까요? 통화 이력에 제 번호도 있었나요?"

"다른 휴대전화는 남편의 금색 폰 말고는 통화한 기록이 없어요. 아무리 그래도 불륜 상대가 연락용으로 준 휴대전화를 평소에 쓰지는 않았겠죠. 사요코 씨는 휴대전화를 두 개 갖고 있죠?"

그 말에서 나를 배려할 마음은 전혀 없음이 느껴졌다.

나도 그 반짝반짝한 검은색 휴대전화의 행방이 궁금하다. 남편의 금색 폰이 어디 있는지는 알지만 가르쳐 주지는 않을 것이다. 카도타 유카리와의 대화 때문에 은신처 서랍에 있는 휴대전화에 이름이 붙은 느낌이다. 앞으로 꺼낼 때마다 '남편의 금색 폰'이라고 말해 버릴 것 같다.

"휴대전화가 두 개 필요하면 보통은 자기가 직접 개통하죠. 카도타 씨가 자기 이름으로 개통해서 사요코에게 줬다는 건 부자연스러워요. 게다가 휴대전화가 두 개 필요했을 사람은 군이 따지면 카도타 씨잖아요."

카도타 유카리는 미간에 주름을 잡았다. 손은 테이블 위에서 꽉 쥔 상태였다.

"남편은 그런 사람이에요. 자기 명의 휴대전화면 관계를 끝낼 때 간단히 해지해 버리면 되잖아요. 그래요, 그런 사람이에요. 정작 본인은 휴대전화를 두 개 들고 다니는 귀찮은 짓을 하기 싫었을 거예요."

카도타 유카리는 테이블에 놓인 주먹을 작게 내리쳤다.

"아직도 해지하지 않으셨나 보네요. 해지해도 됐잖아요."

"남편이 행방불명인데 어떻게 해지해요?"

돌아오지 않을 걸 알면서도 해지하지 못했군요. 이 말을 할지 말지 망설였다.

"맞다. 해지는 본인이 해야 하죠? 그럼 이제 해지하세요. 이제 가능하잖아요. 만약 사요코가 그 휴대전화를 갖고 있다고 해도 그걸로 끝이에요."

"앞으로도 그날 나를 만났다는 사실을 경찰에 알리지 않을 생각이에요?"

"지금으로서는요. 앞으론 당신이 어떻게 하냐에 달렸고요. 그런데 이상하네요. 그럼 그쪽이 경찰에 사요코 이야기를 하지 않은 이유는 뭐죠?"

카도타 유카리는 잠시 생각하다가 대답을 짜냈다. "남편이 바람피웠다는 얘기는 하고 싶지 않아서요."

자존심이 무척 센 사람이구나 싶었다. 하지만 가장 큰 이유는 그게 아닐 것이다. 아무래도 카도타 유카리는 나의 상상력을 얕본 것 같다. 하고 싶은 말은 많았지만, 말할 수는 있는 것이 이제 없었다. 이렇게 우리의 밀약이 성립되자 한 가지 문제가 있음을 깨달았다. 히나다. 히나는 안간힘을 써서라도 경찰의 수사를 진행시키고 싶은 모양인데, 그대로 둬도 괜찮을까. 딸을 조심하라고 카도타 유카리에게 조언할까 싶었지만, 모처럼 히나가 비밀리에 움직이는데 재를 뿌리기는 미안했다. 역시 그 이야기는 하지 않기로 했다.

"무슨 일 있으면 이 번호로 연락 주세요." 내가 말했다.

연락은 회사 전화로 받기로 했다. 내 명함을 꺼내서 카도타 유카리 앞으로 밀었다. 앞으로는 나카가 직통으로 걸려 오는 전화를 받을 것이다. 그런데 생각해 보니, 내 직장을 알아내서 여기까지 왔을 정도면 굳이 전화번호를 알려 주겠다고 명함을 건넬 필요도 없지 않나. 카도타 유카리는 손에 휴대전화를 꽉 쥐고 마뜩잖은 표정을 지었다.

"쓸데없는 사람을 저장하긴 싫거든요." 전에 하나에게 들은 말을 그대로 돌려주었다. 모녀 사이니까 답례는 엄마에게 해도 괜찮을 것이다. 나는 의외로 뒤끝이 있다.

카도타 유카리에게 시간을 쓰긴 했지만, 정확히 다섯 시 정각에 퇴근한 덕분에 집에 일찍 도착했다. 사요코는 이미 귀가한 상태였다.

"오늘은 일찍 왔네."

"이것도 퇴근 시간에 손님이 와서 조금 늦은 편이야."

"연구실에도 손님이 있어?"

"나는 처음이었어."

손님이 누구였냐는 질문이 돌아온다면 카도타 유카리의 이름을 대지 않는다고 가정했을 때 어떤 지인으로 하는 것이 가장 적절할까. 답이 궁할 땐 질문받기 전에 먼저 질문하는 것이 최고다.

"사요코, 혹시 내 차 운전한 적 있어?"

"왜 갑자기? 없는데. 운전은 이제 별로야."

"차는 왜 처분했어?"

"한 대로 충분하잖아. 게다가 아파트 주차장도 부족하고. 우리가 이사 왔을 때는 운 좋게 빈자리가 있어서 바로 지정 주차 자리를 받았지만, 지금은 한참 대기해야 해."

"그럼 내 차는 확실히 운이 좋았네. 사요코 차는 어떤 차였어?"

"제비꽃색 경차."

"그거 본 적 있는 것 같아."

"없을 텐데. 쿠우야랑 만날 때 타고 간 적이 없었는걸."

"그랬나? 본 것 같은데. 궁금하다, 제비꽃색. 우산이랑 같은 색이네."

"맞아. 한눈에 반해서 샀어."

"그랬으면 더 아쉽다. 주차장이 여유로운 곳으로 이사 왔으면 좋았을 텐데."

"괜찮아. 필요 없어. 사실 차가 아예 없어도 될 정도야. 둘이서 걸어서 전철 타고 어디든 갈 수 있잖아."

우리는 떳떳하게 둘이서 걸을 수 있다. 누군가의 눈을 신경 쓰며 차로 멀리 나가지 않아도 된다. 그렇게 생각하니, 사요코의 말대로 차는 없어도 되겠다. 다만 제비꽃색 차에서 손을 흔드는 사요코는 어떨지 궁금했다.

이튿날은 사요코가 야근이라 저녁을 먹고 온다고 하기에 은신처로 향했다. '남편의 금색 폰'을 충전하기 위해서였다. 차는 필요 없다고 했지만, 은신처에 가려면 역시 필요하다. '남편의 금색 폰'

과 '초승달이 새겨진 사요코의 휴대전화'는 같은 기종이었는데, 사요코의 충전기를 가져올 수는 없었다. 그래서 회사 점심시간에 충전기를 사러 갔었다. 카도타 유카리는 휴대전화를 해지했을까. 그게 조금 신경 쓰였지만, 이제 와 전원을 켠다 해도 문제는 없을 것이다.

충전하는 동안 끼니 삼아 주먹밥을 먹었다. 차를 마시면서 한쪽 손으로는 청동 새끼 멧돼지가 짊어지고 있던 손목시계를 들어 올렸다. 무거운 짐을 벗은 새끼 멧돼지는 당장이라도 가볍게 뛰어오를 것만 같았다. 충전 중인 휴대전화와 손목시계를 나란히 놓았다. 과거에 어디선가 이런 식으로 놓인 적이 있었을지도 모른다. 둘 다 그 시절을 그리워하고 있을 것이다. 이제 충분히 충전됐겠다 싶어서 휴대전화를 손에 들자 조금 두근거렸다.

나는 우선 통화 목록부터 확인했다. 있다, '우(右)'.

날짜는 확실히 그 보름달이 뜬 밤이었다. 일전에 기억을 더듬어 날짜를 미리 확인해 두었었다. 그리고 '우'라고 저장된 전화번호를 확인했다. 내가 모르는 번호다. 아마 이 번호가 행방불명된 반짝반짝한 검은색 휴대전화인가 보다. '마치다 사요코'로 저장된 번호는 없었다. 카도타 유카리가 예상한 대로 남편 카도타 쿄이치로는 자신이 개통해 준 휴대전화에만 연락한 모양이다. 나는 잠시 통화 목록에 있는 '우'를 바라보았다. '우'. 다시 말해 사요코에게서 걸려 온 마지막 전화다. 그것만 남아 있었다. 계속해서 연락을 나눴을 텐데, 그 이전의 이력은 깔끔하게 삭제된 상태였다. 분명 매번 일일이 삭제했을 것이다. 이 얼마나 용의주도한가.

다음으로는 메신저 앱을 열었다. 그렇게까지 흔적을 남기기 싫었으면 메신저는 쓰지 않았겠거니 하며 기대하지 않았는데, '우'가 있었다. 사요코는 여기서도 '우'였다. 어지간히도 사요코의 이름을 남기기 싫었나 보다. 대화 내용도 그때마다 지운 모양인지 딱 한 문장만 남아 있었다. 보름달이 뜬 밤 이후 며칠 뒤에 남겨진 메시지였다. 내가 사요코를 처음 만난 날이었다.

'마지막으로 만난 장소에 휴대전화를 둘게요. 가져가세요.'

사요코가 기념비 구석에 휴대전화를 두고 사라진 이유를 알아냈다. 본인이 두고 갔으면서, 역시 신경이 쓰여서 사요코는 초승달이 새겨진 휴대전화로 전화를 걸었나 보다. 이때까지도 사요코는 카도타 쿄이치로의 죽음을 확신하지 못했다는 뜻일까. 하나둘씩 의문이 생긴다.

내가 메시지를 확인했으니, 카도타 유카리가 사요코의 휴대전화를 해지하지 않았다면 '읽음' 표시가 뜰 것이다. 사요코는 반짝반짝한 검은색 휴대전화를 아직 어딘가에 숨겨 놓고 있을까. 어디 있는지는 신경이 쓰이지만, 그렇다고 집 안을 뒤져 사요코의 물건을 찾아내는 것은 내 신념에 위반된다. 못 본 척 모르는 척이 인생에서 얼마나 중요한지를 나는 안다.

그날 밤, 내가 귀가했을 때 사요코는 이미 기분 좋게 새근거리고 있었다. 사요코는 잘 때도 의안을 해서, 여태껏 의안을 뺀 모습을 본 적이 없다. 나는 평소처럼 사요코의 왼쪽 눈꺼풀에 키스했다. 그럴 때마다 처음 키스했을 때가 떠오른다. 작게 떨리던 사요코의 어깨. 조금 흔들리던 머리칼 끝. 그리고 내가 가장 사랑하는 의안. '내가 가장 끌리는 부분은 의안'이라고 마음속으로는 몇 번이고 몇 번이고 거듭해서 말하지만, 그 사실을 절대 사요코에게 들키면 안 된다. 그래서 시선을 꾸준히 옮기는 것에 시종일관 신경을 쓴다. 사요코가 잠들면 의안은 눈꺼풀 뒤로 사라져 버리지만, 그때만은 내 집착을 감출 필요가 없다. 마음껏 의안을 사랑할 수 있다. 행복은 매일 밤 찾아온다. 앞으로도 계속.

쉬는 날에 사요코가 혼자 장을 보러 나갔다. "나도 같이 갈까?"라고 제안했지만 거절당했다. 혼자 산책 겸해서 다녀오겠다고 했다. 굳이 따지면 주연은 산책인 것 같다. 감나무가 있는 집 아주머니와 마주 서서 수다를 떨거나, 그 앞집 콘크리트 담벼락에 난 작은 구멍으로 항상 코끝을 내놓는 개에게 말을 거는 것이 즐거운가 보다.

'내가 같이 있어도 할 수 있는 것들이잖아'라고 생각했지만, 말하지는 않았다.

사요코가 없어지자 나는 무엇을 하며 시간을 보낼지 생각했다. 그러다가 출퇴근할 때 신는 단화 밑창이 떨어지려고 하던 것을 떠올렸다. 예전에 사 둔 구두 수선 키트가 어디 있을 텐데 싶어서 신발장을 뒤졌다. 위아래로 나눠진 신발장에서 아래에 있는 문을 열었다. 내 신발이 주로 늘어서 있었다. 나는 보통 신발을 사면 상자는 버려서 계절에 맞지 않는 신발도 그대로 놓여 있었다. 찾아봐도 수선 키트는 없었다. 이어서 위를 열어 보았다. 위에는 사요코의 신발이 있었다. 대부분 상자 속에 들어 있었고, 상자 옆에는 신발 사진이 붙어 있었다. 아무래도 사진 속 신발이 안에 들어있는 모양이다. 이렇게 하면 일일이 상자를 열어 볼 필요 없이 신고 싶은 신발을 바로 꺼낼 수 있겠다고 감탄이 나왔다. 다만 사요코의 키로는 발판 없이 꺼내긴 어렵겠다. 그렇게 생각하는데, 손이 닿는 곳에 자그마한 접이식 발판이 꽂혀 있었다. 정말 용의주도하다. 자질구레한 물건이 들어 있을 것 같은 상자가 있어서 꺼내 보니, 그 안에 내가 찾던 수선 키트가 있었다. 원래의 목적을 달성하고 다시 천천히 상자마다 붙은 신발 사진들을 살펴보았다.

"그래, 이런 걸 신었었지", "어? 이건 한 번도 못 봤는데", "특별한 날을 위한 건가" 하면서 하나하나 음미했다. 특별해 보이는 신발은 결혼식 때 신부가 신듯이 하얀 구두로, 반짝거리는 장식이 달려 있었다. 상자를 들고 안에 든 신발을 꺼내 보았다. 동창회 때 서른 살짜리 동창이 평소에는 신지 않을 것 같은 하이힐을 신고 와서 발목을 접질렸었다. 그때 동창은 "모처럼 기분 좀 냈더니"라고 말했었는데, 이것도 그런 부류의 구두다. 하얀 구두를 보고 떠올렸다. "혼인 신고 마쳤어요"라고 연구실 사람들에게 알렸을 때, 최고참인 여자 선배가 그런 말을 했었다.

"식은 안 올려도 웨딩드레스는 입혀 줘야지. 사진도 찍고. 속으론 하고 싶지만 말하지 않는 사람도 있거든."

"네. 제 결혼 상대가 바로 그런 사람이에요."

내가 시원하게 대답하자 선배는 씩 웃으며 소리 내지 않고 작게 손뼉을 쳤다.

"다행이네. 그런 사람을 찾아내서."

그 이야기를 그대로 전했지만 사요코는 애매하게 웃어넘길 뿐 뭐라 말하지는 않았다. 다시 한번 말해 볼까. 하얀 구두를 상자에 도로 넣고 상자를 신발장에 올리려고 하다가 옆자리에 있는 상자를 보았다. 최근 현관에 놓여 있던 신발의 사진이 붙어 있었다. 지금 현관에 신발이 없는 것을 보니 오늘도 신고 나갔나 보다. 신발은 계절에 따라 바꿔 신으니까 한창 신는 동안에는 당연히 상자가 비어 있을 것이다. 별생각 없이 한번 들어 보았다. 빈 상자치고는 묵직했고, 무언가 안에 들어 있어서 상자의 움직임에 따라 이동하는 듯했다. 뚜껑을 열어 보았다. 얇고 하얀 포장지에 싸인 그것이 들어 있었다.

"이런 데 있었구나."

나온 것은 반짝반짝한 검은색 휴대전화였다. 나는 휴대전화를 꺼낸 다음 빈 상자를 제자리에 두었다. 수선 키트가 밖에 나와 있으면 신발장을 뒤진 티가 날 테니 그것도 원래 자리로 돌려놓았다. 신발 밑창은 필기도구 서랍에서 고무용 접착제를 꺼내 그걸로 붙였다. "뭐야, 충분히 되잖아." 수선 키트를 찾아다녔던 것이 무의미해진 것 같았지만, 절대 무의미하지 않았다. 크나큰 수확이 있었다. 나는 '반짝반짝한 검은색 휴대전화'를 손에 넣었다.

방전된 상태였지만, 초승달과 똑같은 기종이니 당장 충전할 수도 있었다. 하지만 사요코가 언제 돌아올지 모른다. 현관문이 언제 열릴지 몰라서 계속 신경 쓰게 되는 것은 싫었다. 은신처에서 느긋하게 충전하고 싶었다. '남편의 금색 폰'과도 같은 기종이다. 나는 휴대전화를 가방 속에 슬쩍 숨겼다.

사요코를 기다리는 동안 집 안을 한 바퀴 둘러보았지만, 시간을 때울 거리는 찾지 못했다. 침대 옆 협탁에 충전기가 놓인 게 보여서 강한 유혹을 느꼈다. 하지만 갑자기 현관문이 열려서 내가 허겁지겁 반짝반짝한 검은색 휴대전화를 숨기는 장면을 상상하며 참았다. 불안하면 하지 말아야 한다. 그렇게 내적 충동과 싸우면서 사요코가 돌아오기를 기다렸다. 하지만 사요코는 좀처럼 돌아오지 않았다. 담벼락 구멍으로 코끝을 내놓는 개가 도망쳐서 견주와 함께 찾아다니고 있나, 감나무 집 아주머니와 이야기가 길어지나, 상상했다.

별생각 없이 베란다를 내다보는데, 방울토마토의 잔해가 눈에 들어왔다. 방울토마토는 이미 수확이 한참 전에 끝나 시든 상태였다. 시간을 때우려고 화분 정리를 시작했다. 앙상한 가지를 꺾어서 쓰레기봉투에 넣었다. 이참에 분갈이를 하는 것이 좋을 듯했지만, 그렇게까지 수고를 들일 만한 가치는 없었다. 사요코와 논의하기로 하고 일단 베란다 청소에 힘을 쏟았다. 그리고 귀가하는 사요코를 베란다에서 맞이하기로 했다.

"난방 안 해 놨지? 게다가 베란다 청소까지? 추워." 돌아오자마자 사요코가 말했다.

"아, 미안. 따뜻하게 해 놓고 기다릴걸. 그래서 개는 찾았어?"

"응. 빼꼼이. 오늘도 있었어."

그랬구나. 도망치지 않았구나. 도망쳤다고 상상한 탓에 착각했다. 나는 상상을 너무 열심히 해서 상상과 현실이 뒤섞이는 경향이 있다. 하지만 보통은 상상과 현실이 뒤섞이더라도 그다지 문제가 되는 건 아니다. 대부분 머릿속에 간직하니까. 긴장을 풀었을 때만 조금 위험하다.

"이름이 백곰이구나. 구수한 이름이네."

"아니. 빼꼼이야. 담벼락에 장식용으로 만든 벽돌 구멍으로 코끝만 빼꼼 내놓거든. 담벼락이 높아서 안쪽이 안 보이니까 코 말고 본 적은 없어. 하지만 쿠우야 정도 키면 보일지도 모르겠다. 다음에 같이 갈래?"

"거봐."

"거봐는 웬 거봐야? 어? 방울토마토 뽑았구나."

"맞아. 분갈이를 해야 할 것 같은데, 어떡할래?"

"해야지. 또 심어야 하니까. 그 정도 수고는 아무것도 아니지. 엄청 많이 수확했으니까."

견해 차이는 언제나 있는 법이다. 수확한 방울토마토가 나는 적다고 생각했고, 사요코는 많다고 생각했다. 누구는 수고스럽다고 생각했고, 누구는 수고롭지 않다고 생각했다. 별것 아닌 것에도 느끼는 바가 많다. 또 하나 깨달았다. 그런 생각을 진지하게 하는데 갑자기 베란다 유리문이 닫혔다. 건너편에서 사요코가 장난치는 아이처럼 웃었다.

우리는 유리문을 끼고 마주 보았다. 그러자 사요코의 의안이 유리에 녹아들듯 사라졌다. 한쪽 눈이 없는 사요코는 다른 사람 같아서 나는 당황스러웠다. 겨우겨우 움직인 오른손으로 사요코의 의안을 움켜쥐려고 하는데, 그 손이 유리에 막혔다. 나는 유리에 손바닥을 대고 의안이 있던 자리를 더듬었다.

"추워서 닫았어. 언제까지 그러고 있을 거야?" 사요코가 유리문을 열더니 그렇게 말했다. 앞에 선 사요코는 내가 알던 사요코였다. 의안은 왼쪽 눈에 확실히 있었다. 힘껏 끌어안자, 사요코는 연필심처럼 꼿꼿이 서서 움직이지 않았다. 나는 다시 한번 코앞에서 사요코의 의안이 제대로 있는지 확인하고 몸을 뗐다.

계절이 변하려고 할 때마다, 달이 차고 이지러질 때마다, 매번 나는 사요코를 끌어안는다. 온갖 종류의 포옹은 내 눈앞에서 의안이 사라지게 한다. 하지만 희생해도 좋을 만큼 사요코의 몸은 내 품 안에 있을 때 편안해진다. 그리고 수도 없이 생각한다. 나는 의안이 없는 사요코도 사랑할 수 있다. 그리고 또 수도 없이 생각한다. 하지만 그것은 다른 사요코다.

다음 날, 연구실 전화가 울렸다. 나카가 "네, 네에" 하며 리듬감 있게 전화를 받았다.

"쿠우야 씨 전화예요. 카도타 씨래요."

어쩐지 자기도 아는 사람 전화라는 듯이 전화를 넘겨줬다. 지난번 카도타 유카리가 전화를 걸어왔을 때 들은 이름을 기억하는가 보다. 카도타 유카리에게 무슨 일이 있으면 연락하라고 전화번호를 가르쳐 주기는 했지만, 빈번히 연락할 만큼 호의적인 태도를 보이지는 않았는데.

"쿠우야 씨."

기어들어 가는 목소리의 주인은 카도타 유카리가 아니었다. 이번엔 히나였다. 무작정 회사로 전화를 걸었는데 접수처 직원이 받고, 그걸 또 모르는 남자가 넘겨받아서 계속 긴장했나 보다. 평소처럼 당당한 목소리가 아니었다. 내 이름을 부르는 목소리도 '도와주세요'라는 말이 뒤에 이어질 것처럼 가냘팠다. 유괴당한 상태에서 범인이 시키는 대로 전화를 걸었다고 해도 믿겠다.

약속 장소에서 나를 발견한 히나는 조금 기쁜 표정을 지었다. 전화로 어른들을 상대하느라 지친 심신이 그런 표정을 만들어 낸 것 같다.

"회사를 용케 알아냈네."

"엄마 가방에 들어 있던 명함을 봤어요. 엄마를 만났죠?"

"엄마 가방을 마음대로 뒤졌어?"

"쿠우야 씨는 사요코 씨 가방 안 뒤져요?"

"나는 그런 짓 안 해."

나도 모르게 그렇게 말해 버렸지만, 최근 신발장을 뒤지긴 했다. 하지만 지금은 가방에 한정된 이야기니까 거짓말은 아니다.

"맞다. 쿠우야 씨는 질투가 없죠?"

중학생이 '질투'라는 감정을 제대로 알 것 같지는 않은데, 이번에도 하나는 오해를 한다. 그렇게 생각했지만, 내뱉지는 않았다.

"하나네 엄마가 찾아왔었어. 아빠가 개통한 휴대전화가 두 개였는데, 두 개 다 행방불명이래. 하나는 아빠가 평상시에 쓰던 금색 휴대전화고, 다른 하나는 본 적도 없는 번호랬어. 그래서 사요코가 그걸 갖고 있지 않냐고 물으러 왔었어."

"금색. 맞아요. 그런 색이었어요. 다른 하나는 무슨 색이에요?"

칠흑 같이 어두운 검은색이야. 음산한 목소리로 말해서 하나를 겁주고 싶었지만 그런 유도 신문에 넘어갈 수는 없었다.

"몰라. 나는 사요코가 지금 쓰는 휴대전화밖에 몰라."

"그럼 그게 아빠가 개통한 휴대전화 아니에요?"

"나도 그렇게 물어봤어. 그랬더니 너희 엄마가 아니래."

"그래요? 그럼 오늘 용건을 말할게요."

여기까지가 인사라면 부드러운 분위기에서 본론으로 들어갈 수 있겠다.

"요전에 아빠가 사라진 거랑 엄마가 연관돼 있다고 했잖아요. 왜 그렇게 생각해요?"

그렇게까지 말한 기억은 없다.

"너희 엄마가 사요코 이야기를 경찰에 하지 않았으니까. 알리고 싶지 않은 이유가 있나 했어."

남편이 바람피웠다는 사실을 알리고 싶지 않았다고 카도타 유카리는 말했지만, 그것도 히나에게는 말하지 않아도 된다.

"쿠우야 씨를 보고 놀란 이유는 뭘까요?"

"엄마한테 물어봤어?" 내가 반문했다.

히나는 작게 고개를 끄덕였다.

"누구를 말하는 거냐고 시치미 떼더라고요. 그때 엄청 놀라지 않았었냐고 물었는데, '그런 일이 있었나?' 하고 말더라고요."

"엄마가 히나한테 누굴 말하는 건지 모르겠다고 말한 이유는 히나가 나를 모른다고 생각해서겠지. 굳이 내가 누군지 설명할 필요는 없잖아."

"맞아요. 하지만 뭔가 찜찜해요."

"그보다 이젠 우리를 놔주지 않을래? 사요코는 너희 아빠가 발견된 계곡에 가지 않았어. 그러니까 우린 상관없어."

"사요코 씨가 계곡에 가지 않았다고 어떻게 확신해요?"

"신문을 보고 엄청 놀랐어."

"그게 다예요?"

"그게 다냐고 물으면, 맞아. 그게 다야. 그러게. 확실한 근거는 없네. 네 말이 맞아."

내가 상상한 이야기에 몰입한 탓에 사요코와 계곡에 관해 창의적으로 생각하지 못했다는 것을 알아차렸다.

"어리다고 무시해요?"

"너를 무시한 적은 한 번도 없어. 그것만은 맹세할 수 있어."

"다른 건 맹세할 수 없고요? 거짓말을 섞어서 얼버무리고 있네요."

그렇다. 거짓말을 한 것 같기도 하다. 얼버무리기도 했다. 반박할 말이 없다.

"아빠 일은 엄마한테 맡기는 게 좋아."

"어른들은 하나같이 어물쩍 넘어가려고 해."

불만 가득한 표정에는 이미 익숙하다.

"경찰은 사고라고 하잖아. 사고가 아니면 경찰 나름대로 수사를 진행할 거야."

"엄마는 직접 조사하고 있어요. 두 개라는 얘기는 안 했지만, 휴대전화를 찾을 거라는 말은 들었어요. 그래서 해지하지 않을 거라고도요. 게다가 어디에 있는지도 알 것 같다고 했어요."

"뭐? 너희 엄마는 어디 있는지 모른다고 했는데?"

동요한 티가 났을까? 히나 말이 사실이라면 어떻게 알았는지를 확인해야 한다. 히나는 어른이 아니니까 어물쩍 넘어가지도 않고 거짓말도 하지 않을 것이다. 그렇게 믿기로 했다.

"전원이 켜지면 태블릿 피시에 알림이 뜨게 해 놨대요. 최근에 전원이 켜져서 위치를 검색할 수 있게 됐대요. 지금쯤 추적 중일 거예요."

이야기가 2단계로 넘어가서 다행이다. 1단계가 끝났을 때 더 이상 동요하는 티를 내지 말자고 정신을 바짝 차렸었는데, 더 당혹스러운 이야기가 나올 줄은 몰랐다. 하지만 마음의 준비를 해 둔 상태여서 다행이었다. 덕분에 냉정하게 대답할 수 있을 것 같다.

"그럼 집에 가면 추적이 끝나 있겠네. 찾았으면 알려 줘."

"아빠 휴대전화 찾은 걸 왜 쿠우야 씨한테 알려 줘야 해요? 그리고 이상하지 않아요? 1년 넘게 어디에 있는지도 알 수 없었고 전원도 계속 꺼져 있었는데, 아빠가 죽은 게 밝혀지자마자 전원이 켜졌어요. 너무 이상해요. 더 이상한 건 쿠우야 씨가 그게 이상하다고 말하지 않는다는 거예요."

"그래. 맞아. 네가 말한 대로야."

"또 그런다. 이제 됐어요."

히나는 작별 인사도 없이 불쾌한 표정으로 돌아갔다. 히나의 말이 사실인지 바로 검색부터 해 봤다. 기종에 따라서는 태블릿 피시와 연동시켜 위치를 추적할 수 있다고 한다. 반짝반짝한 검은색 휴대전화는 아직 전원을 켜지 않았다. 추적당하고 있는 것은 은신처에 보관 중인 남편의 금색 폰이다. 이런 시기에 전원을 켠 것이 이만큼 파급력이 클 줄은 몰랐다. 히나의 탐구심이 없었다면 이 정보를 얻지 못했을 것이다.

카도타 유카리는 내 은신처를 찾아낼까. 백 퍼센트로 충전해 놓았으니 지금 이 순간에도 남편의 금색 폰은 태블릿 피시로 위치 정보를 보내고 있을 것이다. 은신처는 숲속이다. 그리 쉽게 찾지는 못할 것이다. 이쯤 되니 무성한 나무들이 손질되지 않은 상태인 것이 고마웠다.

그 뒤로 며칠간은 걱정돼서 애가 탔지만, 도저히 시간을 낼 수가 없었다. 토요일에 주말 근무를 해서 월요일에 대체 휴무를 얻었다. 이제 은신처에 갈 수 있다. 평일 낮이면 사요코의 동선을 신경 쓸 필요도 없다. 다신 없을 기회다.

카도타 유카리가 위치 추적을 하고 있다면, 그 주차장까지는 반드시 올 것이다. 거기서 내 차를 발견하기라도 하면 곤란하다. 나는 한동안 이용하지 않은, 짐승이 다니는 길을 이용하기로 했다. 새끼 멧돼지는 이제 어엿한 짐승이 되어 그 일대를 활보하고 있을 것이다. 아무리 옛 친구여도 마주치고 싶지는 않다. 조심해서 나쁠 건 없다.

예상보다 훨씬 고생해서 은신처에 도착했다. 그 길은 짐승들에게도 인기가 없는지, 초목이 울창해서 쉽게 길을 잃을 것 같았다. 은신처 주변에 누가 다녀간 흔적은 없었다. 그대로 공원 주차장까지 가서 상황을 살폈다. 차는 한 대도 없었다. 은신처로 돌아가서 제일 먼저 한 행동은 남편의 금색 폰이 보내는 위치 신호를 멈추는 것이었다. 배터리는 거의 닳지 않았다. 휴대전화를 분해해서 배터리를 뺐다. 이걸로 이제 더는 위치를 알릴 수 없다.

나는 시간을 들여 폭탄을 만들기로 했다. 휴대전화를 폭파하기 위해서다. 배터리를 뺀 휴대전화는 바다에 던지거나 산에 묻어도 되겠지만, 폭파하는 것이 어울린다고 결론지었다. 재미와 실속, 그야말로 둘 다 충족한다. 폭탄을 멀리 옮길 필요가 없으니 크기는 신경 쓰지 않아도 된다. 폭발 규모만 생각하면 된다. 전과 같은 폭탄을 만든다고 한다면 하루도 충분하다. 그렇게 완성된 폭탄을 바라보았지만 평소처럼 들뜨는 기분은 없었다. 온종일 작업한 끝에 완성했는데 성취감도 없었다.

마지막으로 반짝반짝한 검은색 휴대전화를 충전해서 통화 목록을 보기로 했다. 기껏 금색 폰이 보내는 신호를 막아 놓고 굳이 또 위험을 무릅쓰는 셈이었지만, 확인은 해 두고 싶었다. 확인을 마친 뒤에 반짝반짝한 휴대전화도 금색 폰과 운명을 함께할 것이다. 사요코가 무슨 미련이 남아서 신발장에 숨겨 놓은 것이라면, 그 미련을 산산조각 내는 것이 나의 역할이다.

전원을 켜 보니, 통화 목록도 메신저 대화도 전부 깔끔하게 삭제돼 있었다. 사요코 나름대로 끝을 맺는 방식이었을지도 모른다. 어느 정도 예상했기에 놀라지는 않았다. 하지만 그렇게까지 용의주도했는데 전화번호만은 삭제하지 않았다. 반짝반짝한 휴대전화가 연락할 상대는 한 명뿐이었다.

저장된 그 이름을 바라보았다.

질투가 크게 소용돌이쳤다. 갑작스레 휘몰아치는 토네이도가 따로 없었다. 나는 무자비하게 휴대전화 배터리를 분리했다. 그 후엔 휴대전화 두 개를 은신처 밖에 파 둔 폭파용 구덩이 안에 힘껏 던졌다. 당장 폭파다.

짝을 이룬 아주 불쾌한 두 휴대전화. 새끼 멧돼지에게서 꺼낸 손목시계도 같이 던져 넣었다.

폭발은 생각보다 큰 소리를 냈다. 하지만 인적 없는 산속이다. 누구의 귀에도 닿지 않았을 것이다. 주변 기척을 살폈지만 폭발

전과 똑같은 정적이 흐르고 있었다. 구덩이를 들여다보니, 소리에
비해 파괴력이 약했는지 휴대전화와 손목시계 모두 아직 형태가
남아 있었다. 다시 한번 폭파했다. 두 번째는 익숙해졌는지 그다
지 큰 소리로 느껴지지는 않았다. 구덩이 안에는 산산이 부서진
면면만이 잔해로 남았다. 파편은 흙 속에 묻혔다. 이제 증거는 사
라졌다. 모든 것이 끝나자 진이 빠져서, 또 길 없는 길을 내려가야
한다고 생각하니 우울해졌다. 주차장을 확인할 기력도 없어서 그
대로 돌아갔다. 만약 주차장에 차가 서 있다 해도 이제 와 어찌할
도리가 없다는 뻔뻔한 생각도 있었다.

　다음 날 저녁, 인터폰이 울렸다. 모니터에는 모르는 남자의 얼
굴이 비쳤다.
　'무슨 무슨 서에서 나왔습니다'라고 했는데, 그 '무슨 무슨'을
제대로 듣지 못했다. 이어진 "경찰입니다"는 정확히 들었다. 나는
로비 문을 열고 말없이 현관으로 향했다. 사요코는 설거지 중이
라서 인터폰 소리는 들었지만 목소리까지 듣지는 못한 모양이었
다. 그릇을 든 채로 내 쪽을 보기에 살짝 손을 들어 내가 나가겠
다는 신호를 보냈다. 그때는 순간적으로 어제 폭발 때문에 신고
가 들어가서 경찰이 날 찾아온 줄 알았다. 이성적으로 생각하면
그럴 가능성은 적은데, 그만큼 이성적이지 못했다는 뜻이다. 사요
코는 모르도록 경찰에 대응하고 싶지만 아마 불가능할 것 같다.
　문을 열자, 정장을 입은 남자 두 명이 서 있었다. 앞에 있는 남

자가 경찰 신분증을 보여 주었다. 뒤에 있는 남자도 신분증을 꺼내 보였다.

"호시코 사요코 씨 계십니까?"

이때 깨달았다. 내가 터뜨린 폭탄 때문에 찾아온 것이 아님을. 그렇다면 집 안에 들여서 이야기를 듣는 수밖에 없다. 사요코가 설거지를 도중에 끊고 얼굴을 내밀었다.

"사요코, 사요코한테 경찰이 찾아왔어."

사요코가 두 사람과 마주 서자, 두 사람의 시선이 의안으로 향하는 느낌이었다. 이야기가 길어질 것 같아서 거실로 안내할까 생각했는데, 사요코는 길을 막듯이 복도에 섰다. 아무래도 현관에서 끝낼 심산인가 보다, 나는 사요코 뒤에 가서 섰다. 사요코보다 내쪽이 꽤 키가 커서 형사들의 표정이 잘 보였다.

"카도타 쿄이치로 씨를 아시죠?"

사요코가 고개를 끄덕이는 동시에 다음 질문이 이어졌다.

"돌아가신 것도 아시죠? 어떤 관계셨죠?"

뒤쪽에 있는 형사가 내 얼굴을 보더니 어색한 표정을 지었다. 알면서 물어보는 것이다.

"사망한 건 신문을 보고 알았어요. 카도타 씨와는 예전에 사귀던 사이였고요."

대답 여부에 따라 장소를 옮기게 될 수도 있다고 생각해서일까, 사요코가 선뜻 관계를 고백한 덕분에 대화는 계속 현관에서 이어졌다. 그런데 애초에 형사들에게 그런 배려를 할 마음이 있는지는 아직 의심스럽다. 아니면 날 위해 던진 질문이었나. 잠자코 듣고 있자니, 묻고 싶은 것이 하나둘씩 생겨났다.

"마지막으로 언제 만나셨습니까?"

"1년쯤 전에요."

뒤에 있던 형사가 필기 수첩을 꺼내서 받아 적기 시작했다.

"날짜는 기억하십니까? 휴대전화로 연락한 기록이 있으면 보여 주세요."

"잊어버렸어요. 휴대전화 데이터도 삭제해서 없어요."

"그렇군요. 그때 상황을 들려주실 수 있습니까?"

"만나서 대화하고 싸워서 헤어졌어요. 그 뒤로는 안 만났어요."

간결한 대답이었다. 이걸로 '오케이'일까.

"장소는 어디였죠?"

"잊어버렸어요. 어느 공원 주차장이었어요. 제 차로 가다가 대충 보이는 곳에 세웠어요."

내 머릿속에는 특정한 공원의 특정한 주차장이 그려졌다.

"사요코 씨의 차로요? 차종과 색상을 알려 주시겠습니까?"

사요코가 차종과 색상을 알려 주자, 지금까지 입을 다물고 있던 뒤쪽의 형사가 끼어들었다.

"시신 발견 현장으로 이어지는 길에 CCTV가 있습니다. 외길이라서 차로 이동했으면 찍혔을 겁니다."

사요코의 차가 찍혔는지 확인하겠다는 경고 같았다. 1년도 더 전에 찍힌 영상이 아직 남아 있다면 엄청난 일이다. 그걸로 다시 앞쪽에 있는 형사에게 질문의 주도권이 넘어왔다.

"차를 보여 주실 수 있습니까?"

"카도타 씨와 헤어지고 나서, 남편을 만나게 돼 여기로 이사했어요. 그때 처분했습니다."

"그렇군요. 그럼 사요코 씨는 카도타 씨의 휴대전화가 어디 있는지 아십니까?"

"몰라요."

휴대전화는 또 다른 주제니까 한마디로 정리하는 것이 정답이었다. 그러자 이번에도 뒤쪽의 형사가 덧붙였다.

"카도타 씨 휴대전화를 아직 찾지 못했습니다. 찾으면 뭔가 단서가 나올 것 같은데요…."

뒤에 있는 형사는 무언가 좀 더 말하고 싶은 듯했는데, 앞에 있는 형사가 거기서 대화를 끝냈다.

"추후에 생각나는 게 있으면 연락 주십시오."

의외로 순순히 돌아가려나 보다. 두 사람은 각자 명함을 꺼내서 사요코에게 건넸다. 일단 등을 돌렸다가 다시 뒤돌더니, 이번에는 나를 쳐다보았다. 두 사람의 동작이 전부 일치했다.

"남편분은 뭐 생각나는 거 없으십니까?"

방심하고 있었던 터라 말문이 막혔다.

"저는 카도타 쿄이치로 씨를 만난 적이 없습니다."

"그렇죠. 사모님이 아까 카도타 씨와 헤어진 후에 남편분을 만나게 됐다고 하셨었죠."

뒤쪽 형사가 조금 겹치게 "풀 네임이라—"라고 중얼거리는 소리가 들렸다. 하지만 처음에 형사 쪽에서 풀 네임을 말했으니 문제될 것은 없다.

"기억력이 좋아서 한 번 들으면 외우거든요." 내가 말했다.

사실 이름을 기억하는 데엔 도무지 젬병이다. 형사를 앞에 두고 이런 거짓말을 하게 될 줄은 몰랐다. 모처럼 얻은 기회니까 나도 질문해 보았다.

"CCTV로 차를 알아낼 수는 있나요?"

"화질이 안 좋아서 차량 번호까지는 알 수 없습니다."

그 말을 그대로 받아들여도 될지 판단이 서지 않았다.

"거기다 밤에 가로등도 없는 산길이니까요. 캄캄해서 더 식별하기 어려울 겁니다."

이것은 함정일까. 그날은 분명 밝은 보름달이 떴다. 하지만 1년도 더 지났고, 날짜를 정확히 알아내지 못했다면 그렇게 생각할 수도 있겠다. 어딘가 덫이 설치돼 있을지도 모르니 괜한 이야기는 하지 않는 것이 좋다. 하나만 확인해 두기로 했다.

"카도타 씨는 사고로 돌아가신 건가요?"

"지금 그걸 조사하고 있습니다. 그럼 이만 가 보겠습니다."

두 사람은 그렇게 말하더니 마지막엔 감탄스러울 정도로 똑같이 고개를 숙이고 돌아갔다.

"히나일까?"

사요코의 말에 고개를 끄덕였다. 나도 분명 히나가 이야기했을 거라고 생각했다.

아무튼 형사가 온 덕분에 또 진전이 있었다. 사요코는 CCTV 이야기를 듣고도 동요하지 않았다. 역시 계곡에는 가지 않은 것 같았다. 그렇게 말하면 히나로부터 '또 내 심증뿐이지 않냐'라고 한 소리 들을 것 같지만, 증명은 경찰이 해 줄 것이다. CCTV에 제비꽃색 차가 찍혀 있다면 당연히 경찰은 다시 찾아온다. 사요 코는 내가 퇴근길에 카도타 유카리를 만났다는 사실도, 히나를 만났다는 사실도 모른다. 카도타 모녀 사이에서 어떤 논의가 오 갔는지는 모르겠지만, 지금도 두 사람은 함께가 아니라 단독으로 움직이는 것 같다. 거실에 앉아서 그런 생각을 했다.

얼마 동안 그렇게 있었는지 모르겠지만, 현관 쪽에서 사요코의 목소리가 들렸다.

"저기, 쿠우야."

전에 비닐우산 때와 똑같았다. 또 새로운 임무가 하달되려나 싶 어서 달려가 보니, 신발장 앞에 사요코가 서 있었다. 신발장 위에 가 열려 있었다. 사요코는 텅 빈 상자를 손에 들고 있었다. 뚜껑 은 열린 상태였고, 내가 다시 넣어 놓은 얇고 하얀 포장지는 구겨 진 채 현관에 떨어져 있었다.

"내용물이 없어." 사요코가 말했다.

"신발은 여기 있잖아. 당연히 상자가 비지."

"어디 뒀어?"

사요코는 그걸 이제 비밀로 치지 않을 셈인가 보다. 그렇다면 나도 하고 싶은 말을 해야겠다. 오늘 밤, 처음으로 사요코는 내 안에 감춰 둔 질투의 소용돌이를 받아 내야 할 것이다.

"왜, 소중한 거야?"

"쿠우야. 어디 뒀어?"

"처분했어. 그건 내가 주운 거잖아."

"알고 있었어?"

"색상이랑 기종은 같아도, 다르니까. 카도타와 연락하기 위한 휴대전화였지?"

"어떻게 처분해야 할지 몰랐어."

"그럼 내가 처분해서 다행이라는 말이네?"

사요코는 작게 고개를 끄덕였다.

내 말투가 냉정해지는 것은 어쩔 수 없다. 흥분하지 말자고 스스로를 타일렀기 때문이다. 실은 당장이라도 전부 헤집고 난리를 치고 싶다.

"용서할 수 있어?"

사요코는 고개를 들고 내 얼굴을 똑바로 보았다. 무엇을 용서할 수 있냐는 말일까. 내가 무엇을 용서할 수 있고, 무엇을 용서할 수 없는지, 사요코는 아는 걸까.

"사요코가 내게 용서를 구할 일은 하나도 없어."

사요코는 이 말의 의미를 헤아리지 못하고 있다. 내 표정만을 보고 온몸이 절망에 사로잡힌다. 사요코의 의안은 다음을 예상할 수 없다는 사실에 당혹스러워하며 어둠을 띤다.

"하지만 내가 사요코를 용서하지 못할 일이 하나 있어."

사요코의 왼쪽 눈에 있는 의안. 그것은 내 것이다. 그런데 반짝 반짝한 검은색 휴대전화의 통화 상대는 딱 한 명, 내가 아닌 카도타 쿄이치로다. 그리고 저장된 이름은 '좌(左)'.

'좌'는 사요코가 단행한 데이터 삭제에서 살아남았다. 사요코는 처음부터 자신이 '우(右)'임을 알았다. 그리고 카도타 쿄이치로를 '우'의 짝인 '좌'로 저장했다. 내가 유일하게 용서할 수 없는 것이 바로 그 행위다. 어쩌면 카도타 쿄이치로가 먼저 자신의 이름을 '좌'로 저장해서 사요코에게 준 것일 수도 있다. 하지만 나는 그것도 싫다. 그걸 사요코가 받아들였다는 사실을 용서할 수가 없다.

"왜 카도타 쿄이치로가 왼쪽이야?"

사요코는 그것이 '용서하지 못할 일'의 핵심임을 모른다. 그저 서론쯤 된다고 생각하는 것 같다. "카도타 씨가 폭탄 사건 때문에 나한테 미안해했어. 내가 의안을 끼게 돼서 열등감을 느끼는 걸 알고 내 왼쪽에 속죄한다고 했어. 그래서 자기는 왼쪽이랬어."

그렇다면 반론의 여지 없이 내가 왼쪽이다. 속죄할 사람은 나니까. 내가 폭탄으로 사요코의 열등감을 만들어 냈다. 그리고 내 죄를 더 무겁게 하는 것은 그 의안을 내가 애타게 연모한다는 사실이다.

"내가 용서할 수 없는 건 둘이 짝을 이뤘다는 거야."

사요코는 조금 의외라는 듯한 표정을 지었다. 어쩌면 '어? 그런 거야?'라고 생각했을지도 모른다. 내 심정은 상상하지 못한다. 그

것이 정말 슬프다.

내가 만든 폭탄으로, 폭탄 속에 넣은 파친코 구슬 하나로, 사요코의 왼쪽 눈은 의안이 되었다. 그리고 나는 그 의안에 마음을 빼앗겼다. 그대로 사요코에게 말해 버리고 싶었다. 그거면 사요코를 화나게 할 수도, 사요코에게 상처를 줄 수도 있다. 그러면 사요코는 나를 증오할 수도, 어쩌면 불쌍히 여길 수도 있다.

다 폭로하고 싶었지만 겨우 참았다. 자칫하다가는 사요코를 영영 잃게 될 수도 있기 때문이다. 그건 싫다.

"울지 마."

나는 눈물 젖은 손바닥으로 내 품에 안긴 사요코의 뺨을 쓰다듬었다. 사요코가 작게 고개를 흔들어서 머리칼 한 올이 뺨에 붙었다. 나는 그것을 천천히 손가락으로 뗐다. 손가락 끝은 사요코의 뺨을 쓸고 의안이 있는 눈 근처로 옮겨 갔다. 그때 나는 의안만을 똑바로 응시했다. 처음 있는 일이었다. 의안은 어둠에 빠져들었지만, 그 어둠 속에는 내가 있었다.

그러고 나서 우리는 아무 일 없었다는 듯 평소처럼 일상을 이어 갔다. 그날 이후 경찰은 오지 않았다. 나카가 내게 전화를 넘겨주는 일도 없었다.

어느 날, 회사에서 나오니 빗방울이 뚝뚝 떨어졌다. 저녁부터 비가 온다는 일기 예보가 맞았다. 나는 접이식 우산을 가방 밑바닥에서 꺼냈다. 얼마 전 작고 가벼운 우산을 사서 가방에 넣고 다니기 시작했다. 걸음을 떼려고 하는데 빨간 우산이 앞을 가로막았다.

"늦으셨네요. 원래 다섯 시에 끝나잖아요."

시계를 보니 벌써 여섯 시가 조금 넘었다. 오래 기다렸을까.

"저번처럼 전화하지 그랬어."

"회사로 전화 걸기 싫어요. 모르는 사람이 받고, 또 모르는 사람이 받고, 그다음이 쿠우야 씨잖아요. 중간 단계가 너무 많아요."

가까운 가게로 들어가자마자 히나는 투덜거렸다. 이제 내가 투덜거릴 차례다.

"경찰이 왔었어. 네가 그랬지?"

"그랬어요? 그래서 사요코 씨는 괜찮았어요?"

"상관없으니까 당연히 괜찮았지. 엄마는 괜찮으셨어?"

"무슨 의미예요?"

히나가 당황하지 않는 걸 보면 그쪽에 경찰이 가진 않았나 보다.

"너희 엄마 차는 어떤 차야?"

"왜요?"

"그냥 물어볼 수도 있지. 너는 경찰에 고자질했으면서."

말도 안 되는 이유지만, 왠지 중학생에게는 통할 것 같다.

"이거예요."

히나는 순순히 휴대전화 속 사진을 보여 주었다. 차는 흰색 쿠폐였다. '어라?' 차종과 색상 모두 내 기억과는 다르다.

"이거야? 예전부터?"

"쿠우야 씨, 뭔가 알고 물어보는 거죠? 자꾸 그러면 사람들이 싫어해요. 맞아요, 새로 바꿨어요. 언제였지? 아, 아빠가 사라지고 나서다."

히나는 사진을 다시 찾아서 보여 주었다. 맞다. 이 검은색 왜건이다.

"아주 다른 타입의 차로 바꾸셨네."

"엄마는 플로리스트거든요. 전에는 꽃이나 재료 같은 걸 차에 잔뜩 실었으니까요. 손수레 같은 것도 항상 실려 있었어요. 지금은 강사로 승격돼서 본인이 챙기지 않아도 된대요. 그래서 차도 작아도 된다고 했어요."

"히나를 위해 열심히 일하시는구나."

"엄마한테는 저밖에 없으니까요. 그건 아빠가 살아 있을 때도 그랬어요."

어쩐지 의미심장한 말이었지만, 카도타 집안의 속사정을 깊이 파고들 생각은 없었다. 경찰은 카도타 유카리가 차를 바꿨다는 사실을 알게 될까. 얼마나 의심하느냐에 따라 달라지겠지만, 진전이 없는 상태로 짐작하건대 사고사일 가능성에 무게가 실리고 있는 것 같다.

"히나가 조사할 건 이제 없어. 나머진 경찰에 맡기면 돼."

"당연하죠. 경찰이 제대로 조사하게 할 거예요. 오늘 온 건 질문이 있어서예요. 엄마가 쿠우야 씨를 뒷조사해요. 옛날 일 같은 걸 자세히요."

"옛날 일이라면, 내가 사요코를 알기 전?"

"네. 왜일까요? 엄마가 예상에서 벗어나는 행동을 하면 불안해져요."

"그러게. 왜일까. 그건 아무래도 엄마한테 직접 물어봐야 알 것 같은데."

"쿠우야 씨한테 물어보면 알 수 있을까 해서 왔어요. 짐작되는 거 없어요?"

"그래서 집이 아니라 회사로 왔구나."

"네. 사요코 씨가 방해되니까요."

전혀 숨기지 않는구나. 너무 솔직해서 속이 시원할 정도다.

"히나는 엄마한테 직접 물어야 할 걸 우리한테 묻는구나. 네가 우릴 찾아와서 이런 걸 논의하니까 협력 관계에 있는 것처럼 보여도, 배신하고 경찰에 밀고해 버리잖아. 이걸 어떻게 받아들여야 해?"

"쿠우야 씨, 뒤끝 있네요. 그래도 정보 교환은 필요하잖아요."

휴대전화를 꺼내면서 말하는 모습을 보니, 드디어 내 번호를 저장하려는 모양이다. 어지간히도 회사로 전화하기가 싫었나 보다. 게다가 질문이 생길 때마다 굳이 장소를 골라가며 찾아오기도 힘들었을 것이다. 히나와 나는 전화번호를 교환했다.

"처음부터 이랬으면 시간 낭비할 일도 없었잖아."

조금 빈정대며 말해 보았다. '쓸데없는 사람 번호를 저장하게 됐네'라고도 덧붙이고 싶었지만, 이미 딸 대신 엄마에게 복수했다. 게다가 또 '쿠우야 씨 뒤끝 있다'라고 지적받을 것 같아서 관뒀다. 괜히 기분을 상하게 해서 히나의 스파이 활동을 망치고 싶지는 않았다.

히나와 대화하는 사이에 비가 본격적으로 쏟아지기 시작했다. 히나는 가게 밖에 나오자마자 '팡' 하고 빨간 우산을 호쾌하게 펴서 쓰고 갔다. 소득 없이 시간을 쓰고서도 남아도는 히나의 행동력이 귀에 들리는 듯했다. 원터치 우산의 위력을 눈앞에서 목격한 나는 접이식 우산을 맥없이 펴고 빗속으로 걸어 나갔다.

그나저나 카도타 유카리는 왜 나를 뒷조사할까. 약점이라도 잡아서 우위를 점하고 싶은 걸까. 나는 권력 다툼에는 전혀 관심 없다.

그날은 빨간 우산이 '팡' 하고 펴지는 소리가 언제까지고 귀에 남았다.

사요코가 집에 없는 날 나는 다시 은신처에 가서 은밀한 즐거움을 음미했다. 이제 행여나 휴대전화가 위치 신호를 보내 방해받게 될까 봐 걱정할 필요는 없었다. 지금까지 그랬듯 운석 기념 공원 주차장에 차를 댔다. 모든 것을 폭파한 구덩이의 흔적은 풀로 덮여 찾아볼 수 없었다. 정확히 어디였는지 알 수 없었다.

커피를 마시면서 폭탄 제작 관련 책을 펼쳤다. 화학 비료가 폭발했다는 기사가 있었다. 비료 원재료로 폭탄을 만들 수도 있다는 뜻이다. 회사 밖으로 화학 약품을 반출할 수는 있지만, 시판되는 약품을 원료로 사용할 수 있다면 그보다 좋은 환경은 없다. 테러 목적이 아니니까. 폭탄 제조법을 생각해 내고 실제로 만들어 보는 것. 그걸 소소하게 즐길 뿐이다. 그리고 외진 산속에서 완성된 폭탄의 폭발을 시험해 보는 것. 그뿐이다.

책을 읽으면서 약품의 화학식을 계산해 보는데 휴대전화가 울렸다. 사요코인 줄 알고 확인해 보니 히나였다. 스파이 활동 상황을 알리려나 보다.

"히나, 왜?"

잠시 침묵이 흘렀다.

"그쪽이 왜 히나랑 연락을 해?"

카도타 유카리의 목소리다. 핑곗거리가 생각나지 않았다.

"됐어요. 얼굴 보고 이야기해요. 지금 어디예요?"

"집도 아니고 회사도 아니에요. 주소도 없는 곳이에요."

"운석 기념 공원 근처 숲속?"

맞혀서 적잖이 놀랐다. 어디에 CCTV라도 있나 하고 방 안을 살펴볼 정도였다.

"지금 갈게요."

그렇게 말하며 카도타 유카리는 전화를 끊었다. 동네 커피숍에서 보는 것처럼 쉽게 말하는데, 정말 오는 걸까. 반신반의했지만 기다리는 수밖에 없었다. 얼마 후, 은신처의 문을 두드리는 소리가 들렸다.

"쿠우야 씨, 카도타 유카리예요."

문을 열자, 서 있는 사람은 정말 카도타 유카리였다. 상황이 이해되지가 않았다.

"들어가도 될까요?"

내 무언(無言)을 승낙의 의미로 받아들였는지, 카도타 유카리는 컨테이너 안으로 걸음을 옮겼다. 안을 둘러보다가 책상 위에 놓인 책에서 시선을 멈췄다. 그러더니 "그래, 폭탄"이라고 말하며 내 얼굴을 보았다. 놀란 기색은 없었다. 이 사람, 뭔가 안다. 그렇다면 이제 아무것도 숨길 것이 없다. 오히려 좋다. 차분하게 대응하면 된다.

"커피라도 드실래요?"

나는 대답을 기다리지 않고 물을 올렸다. 잔을 꺼내자 카도타 유카리가 입을 열었다.

"히나 휴대전화에 왜 그쪽 번호가 저장돼 있죠?"

자신에게는 번호를 가르쳐 주지 않은 것에 대한 항의도 포함된 것 같다.

"따님 휴대전화를 함부로 만져도 돼요?"

"그쪽 번호는 삭제했어요. 이제 연락 못 해요."

중학생이 언제 손에서 휴대전화를 놓는지는 모르겠지만, 카도타 집안에서는 놓여 있는 휴대전화를 마음대로 열어 봐도 되나 보다. 거기다 무단으로 전화번호를 지워 버리까지 하다니, 놀랍다. 그러고 보니 히나도 엄마 가방을 마음대로 뒤졌었다. 카도타 집안만의 방식이 있는 것이라면 참견할 수는 없다.

"통화 목록에 '별(星)'이 있길래 걸어 봤어요. 설마설마했는데 또 그쪽이네요."

히나는 나를 '별'로 저장해 놨구나. 한 글자 이름이라니, 자기 아빠와 하는 짓이 비슷하다. 그동안 연락을 주고받은 것이 드러난 데다가 꽤 친근한 사이인 것도 들켰다. 히나에 관해 어디까지 이야기하면 될까.

일단 받아쳤다. "그러게요. 그쪽은 모든 종착지가 저네요. 어지 간히도 저와 연이 깊나 봐요."

"왜 히나랑 연락해요?"

"히나에게 물어보세요."

내가 생각하기에도 치사한 것 같았지만, 히나에게 전부 떠넘겼다. 이러면 쓸데없는 이야기를 늘어놓지 않아도 된다. 히나도 엄마가 말을 꺼내면 묻고 싶은 것을 물을 수 있을 것이다.

"히나가 알아요?"

"뭘요?"

"당연히 아빠와 사요코 씨 관계죠."

그거였구나. 상당히 초반에 나온 이야기였다. 이 정도는 대답해도 될 듯하다.

"알아요."

"그렇구나. 히나는 몰랐으면 했는데."

날카로운 시선으로 나를 노려보았지만 내 탓이 아니다. 히나가 엄마 몰래 조사했다는 게 정말이었나 보다.

"히나가 물어봐도 이제 아무것도 말하지 마요."

"네. 조심하겠습니다."

저자세로 나갈 필요도 없었지만, 굳이 싸울 마음도 없었다. 이렇게 외진 곳까지 찾아오지 않았어도 전화로 간단히 끝날 이야기였다. 아무래도 딸이 신경 쓰인 모양이다. 게다가 진짜 본론은 히나에 관한 이야기가 아닌 것 같다.

"그보다 어떻게 이곳을 알아냈어요?" 내가 말을 꺼냈다.

"남편 휴대전화 전원이 켜져서 알아냈어요."

"그걸 제가 갖고 있을 거라고 생각했어요?"

"위치 추적으로 공원 주차장까지는 왔는데, 그다음에 어디로 가야 할지 몰라서 포기했었어요. 이쯤인가, 이쯤인가, 매일 찾았는데도 못 찾았어요. 근데 역시 그쪽이었네요."

"휴대전화는 이제 없어요."

"폭파해서?"

"본 것처럼 말하시네요."

"주차장에서 들었어요. 뭔가 폭발하는 소리. 그래서 소리가 난 위치를 찾아 숲에 들어왔는데, 그때 한 번 더 '펑'. 결국 이곳을 찾아냈죠."

"그럼 봤다는 말이네요."

"나무 사이로 남자가 보였는데, 뭔가를 폭파한 게 그 사람인 걸 알았어요. 그리고 그게 그쪽이라는 것도."

"폭파한 게 휴대전화인 것도 알았어요?"

"그래요. 그때부터 위치 추적이 불가능해졌으니까. 내 착각이에
요?"

"착각 아니에요."

카도타 유카리는 할 말을 고르는지 잠시 침묵했다.

"쿠우야 씨, 폭탄을 만들고 있죠?"

이제 와 새삼스레 무슨 말일까. 폭파하는 모습도 봤고, 컨테이
너 안에 있는 약품과 공구도 봤고, 결정적으로 책상 위엔 '폭탄
책'이 놓여 있다. 이 시점에서 '설마 그럴 리가요'라고 발뺌할 수
있을 만큼 내게 뛰어난 화술은 없다. 그날, 폭파하기 전에 주차장
을 확인하러 갔었다. 그때 확실히 차는 없었다. 그 직후에 카도타
유카리가 도착했다는 뜻이니, 어지간히도 타이밍이 나빴다.

"저를 봤으면 말을 걸지 그랬어요."

"그쪽, 전혀 당황하는 기색이 없네요. 폭탄을 만들고 있잖아요.
내가 경찰에 신고하면 잡혀가요."

타이르는 건지 협박하는 건지는 모르겠지만, 받아칠 말은 이미
준비돼 있다.

"지금 그쪽이 우위를 점했다고 생각하나 본데, 오산이에요."

"무슨 말이에요?"

"당신은 남편 휴대전화를 찾아다녔지만 되찾고 싶었던 건 아
니에요. 그저 어디에 있고, 누구 손에 있는지가 불안했을 뿐이죠.

경찰에 사요코 이야기를 하지 않은 것도 경찰이 자세히 조사하게 되면 곤란해지기 때문이었잖아요."

"곤란? 내가 왜요?"

"당신이 남편을 죽였잖아요."

그러자 카도타 유카리는 웃었다. 의외의 반응이었다.

"안 죽였어요. 남편은 사고사예요."

"아세요? 경찰은 계곡 가는 길 CCTV 영상을 입수했어요. 당신 차가 찍혀 있으면 의심받겠죠. 게다가 제가 그날 밤 당신을 목격했다고 증언까지 하면 어떻게 될까요?"

카도타 유카리의 눈이 흔들렸다. 계곡 가는 길 CCTV 이야기는 몰랐나 보다.

"그러니까 당신은 전혀 우세하지 않아요. 여기서 본 것도 다 잊는 수밖엔 없죠."

나는 최선을 다해 협박했지만, 카도타 유카리는 의외로 차분했다.

"남편은 사고사라니까요. 아니면 그쪽이 원하는 게 사요코 씨가 살인범이 되는 거예요?"

"사요코는 계곡에 가지 않았어요."

"그러니까 죽이지 않았다? 그렇게 단순하게 생각하는 사람인 줄은 몰랐네."

"내가 모르는 뭔가를 알아요?"

"그쪽이랑 주차장에서 만난 날, 계속 눈감고는 있었지만 남편이 그날만은 집에 왔으면 했어요. 그래서 일부러 회사까지 남편을 마중하러 갔는데 앞에서 사요코 씨 차를 타 버리더라고. 두 사람을 쫓아서 주차장까지 왔어요."

카도타 유카리는 이야기를 끊고 잠시 입을 다물었다.

"그러고 보니 그쪽, 그때 진짜로 두 사람 뒤를 밟은 거예요? 아니면 여기 오려는 거였어요?"

내가 사요코를 처음 만난 시기를 떠올리면 자연스레 답이 나온다.

"어느 쪽이든 상관없잖아요."

"그렇죠. 아무래도 상관없죠."

깨끗하게 물러나 줘서 다행이다. 실속 없는 대화를 이어갈 만한 여력이 없다. 어서 본론으로 들어갔으면 좋겠다. 카도타 유카리도 그렇게 느낀 모양이다.

"주차장에서 둘을 기다리는데, 사요코 씨만 혼자 차로 돌아왔어요. 그러더니 허겁지겁 차를 몰아서 가더라고요. 그래서 남편을 찾으러 공원에 갔죠. 남편은 공원에 있는 구덩이 안에 쓰러져 있었어요. 머리를 부딪힌 채로요."

"하지만 살아 있었죠."

카도타 유카리는 고개를 저었다.

"가망이 없었지만요."

사실이라면 여기서부터 수정된 이야기와 다시 어긋나는 점이 생긴다.

"그래서 어떻게 했어요?"

"그날 죽지는 않았으면 했어요."

나는 카도타 유카리의 의도가 짐작되지 않았다. 처음 생각처럼 카도타 쿄이치로가 그 구덩이 안에서 죽었다면, 계곡에서 시신을 발견한 것을 어떻게 설명할 수 있을까. 가능한 가설들을 잠시 생각해 봤지만 전부 말이 안 됐다. 나를 깨우듯 카도타 유카리가 입을 열었다.

"내가 계곡으로 옮겼어요."

왜 그런 짓을 해야 했을까. 가능한 가설 중 하나로 생각은 했었지만, 도저히 이해가 가지 않는다. 카도타 유카리의 말이 진실이고, 이미 카도타 쿄이치로가 죽은 상태였다면, 그 사체를 유기하는 데에 무슨 이득이 있다는 말인가. 자칫하면 자신이 살인범으로 몰릴 수도 있다. 부부 사이가 상상 이상으로 나빴다고 해도, 그런 위험을 감수하면서까지 사체를 유기할 이유가 떠오르지 않는다.

마음에 걸리는 게 있긴 하다. 사요코는 카도타가 죽은 것을 알았지만 구덩이에 묻지는 않았다. 그런데도 시신은 발견되지 않았다. 그래서 카도타가 어쩌면 살아 있을지도 모른다고 생각했을 것이다. 그래서 휴대전화로 연락을 시도했다.

"남편의 죽음은 실수로 추락한 사고사예요. 그렇게 하는 게 제일 나아요. 그리고 그쪽 사정도 내 사정도 서로 모르는 게 나아요."

나는 그 제안을 말없이 들었다. 말은 조용했지만 확실한 의사를 표현하고 있었다. 표정을 읽으려는 것인지 카도타 유카리가 내게서 눈을 떼지는 않았지만, 내 눈엔 왠지 그녀가 겁을 먹은 것처럼 보였다. 남편의 사체를 유기했다고 고백했으니 그 심정을 다 헤아릴 수는 없어도, 스스로 불리한 고백을 한 데에는 어떤 의미가 있을까.

"그쪽에 대해 조사했어요."

히나에게 이미 들어서 놀라지 않았다. 나에 관한 조사 결과를 꼭 들어보고 싶다.

"그쪽이 폭탄을 만드는 걸 알고 신경이 쓰였어요. 그쪽이 범인 맞죠?"

확신을 품고 하는 말 같다. 뭐에 대해 묻는 걸까.

"고등학생 때 폭탄을 만들었죠? 그리고 공원에 뒀죠. 그걸 히나가 폭발시켰고. 사요코 씨는 한쪽 눈이 실명됐어요. 그쪽이 폭탄범이죠?"

나는 대답하지 않았다. 지금 그걸 확인해서 어쩔 속셈일까.

"고등학생 때 화학부였잖아요. 약품을 몰래 빼돌려서 폭탄을 만들 수 있는 환경이었죠. 당시 살던 곳도 자전거를 타면 그 공원까지 충분히 갈 수 있는 거리였고요."

거기까지 조사하다니. 하지만 결정적인 증거는 없다. 아직은 카도타 유카리가 상상한 이야기일 뿐이다.

"만약 그렇다고 해도, 그게 지금과 무슨 상관이죠?"

"뻔뻔하게 잘도 그런 말을 하네요. 히나가 다쳤을 수도 있다고요. 그리고 그 폭탄범이 사요코 씨랑 결혼했어요. 이게 어떻게 된 일일까요?"

카도타 유카리는 무엇을 상상하는 걸까. 불안이 점점 불어났다.

"폭탄범과 살인범. 아주 잘 어울리는 한 쌍이에요."

우리의 이야기를 타인이 왈가왈부하는 것은 원치 않는다.

카도타 유카리는 크게 심호흡하듯 숨을 한 번 뱉고 말했다.

"나는 모든 걸 눈감을 거예요. 그쪽도 귀를 막고 입을 다물어요. 어때요?"

예상과는 다른 말을 들은 나는 카도타 유카리의 얼굴을 응시했다. 나를 폭탄범으로 단정했을 때의 여유는 완전히 사라져서, 표정에 그늘이 져 있었다. 내 대답을 듣기 무서워하는 듯 보였다.

비밀을 가슴에 묻는 것은, 굳이 따지자면 잘하는 편이다.

알려고 하지 않는 것이 평온한 삶의 비결이라는 것도 잘 안다.

이해되지 않는 것도 아무렇지 않게 넘길 수 있다.

하지만 이것은 중대한 제안이다. 권력 다툼을 할 생각은 없지만, 내가 불리하다는 것은 부정할 수 없다. 카도타 유카리는 큰 부담을 짊어지면서까지 살해당한 남편의 사체를 유기했다. 그렇게까지 하게 된 것에는 이유가 있을 것이다. 그리고 내 과거까지 알아내서 엄청난 우위를 점했는데도 이제 모든 것을 눈감고 넘어가겠다고 한다. 사체 유기, 폭탄범, 살인범의 저울이 팽팽하게 균형을 이루다니, 말이 되는 일인가. 다시 말해, 카도타 유카리에게는 스스로 판을 뒤집을 정도로 중요한 이유가 있다는 뜻이다.

나는 카도타 유카리의 사정을 모른다. 귀를 막는 것, 가능하다.

나는 사요코와 백년해로하길 간절히 바란다. 입을 다무는 것, 간단하다.

그렇다면 그 길은 옳다. 언젠가 '중요한 이유'를 알 기회가 찾아올지도 모른다. 그렇다고 해서 우리의 미래가 바뀌지는 않을 것이다.

"그쪽은 그냥 귀를 막고 입을 다물면 돼요."

카도타 유카리는 다시 한번 주문을 걸듯 말을 되풀이했다.

나는 카도타 유카리의 제안을 받아들이기로 했다.

그날, 사요코는 이름 없는 화가의 전시회 팸플릿을 가지고 집에 돌아왔다. 감나무를 키우는 아주머니가 지인의 화랑에 같이 가자고 했다고 한다. 마침 무명 화가가 그림을 팔겠다며 개인전을 열었다고 했다. 내게 팸플릿을 보여 주면서 "이 그림 마음에 들어. 사고 싶어"라고 말했다. 사요코가 무언가 갖고 싶다고 말하는 것은 굉장히 드문 일이라서, 곧장 "그래"라고 대답했다.

팸플릿 안에 있는 그림은 모두 밤 풍경을 그린 것이었다. 사요코의 마음에 든 그림도 역시 밤의 한 장면을 담은 것이었다.

달빛을 받으며 산등성이가 이어져 있다. 달은 보름달이지만 안개 속에 있는 것처럼 어렴풋하고 뿌옇게 밝다. 묽은 먹빛 밤하늘에는 별도 몇 개 보인다. 내가 이 그림을 마음에 들어 하지 않을 이유는 하나도 없다.

며칠 뒤, 퇴근 후 집으로 돌아오자 사요코가 거실 벽에 그림을 걸고 있었다. 생각보다 커서 존재감이 있었다. 어쩐지 벽에 커다란 창문이 생겨서 바깥 야경을 보는 기분이었다.

"여기 걸면 소파에 앉아서 느긋하게 감상할 수 있겠지? 자, 앉아 봐."

사요코가 내 손을 잡아끌어 나는 사요코와 나란히 앉았다. 사요코는 벽에 생긴 밤 창문을 가만히 바라보았다.

"아련하고 은은한 달." 사요코가 말했다.

"응. 백야를 만드는 자신만만한 달보다 훨씬 좋아."

사요코가 미소 지었다. 사요코가 아름다워서 나는 반하고 말았다. 언젠가 꼭 하려던 말이 그때 떠올랐다.

"사진 찍자. 사요코한테 웨딩드레스를 입혀 주고 싶어."

갑작스러운 말에 사요코는 놀라서 내 쪽을 보았다.

"왜, 갑자기?"

나란히 앉아 있으니 사요코의 표정을 읽기 힘들었다. 그게 답답해서 한쪽 무릎을 꿇고 사요코와 마주 보고 앉았다. 프러포즈에 어울리는 자세다.

"다시 한번 프러포즈."

살짝 올려다보며 사요코의 얼굴을 가만히 응시했다. 약간의 불안도, 약간의 슬픔도, 약간의 기쁨도 놓치지 않도록.

사요코의 오른쪽 눈에서 눈물이 흘러넘쳤다. 그러자 의안에서도 눈물이 한 방울 떨어졌다.

"어? 사요코, 눈물."

사요코는 그 말에 두 손을 눈으로 가져갔다. 그리고 눈가를 훔치며 미소 지었다.

"이쪽에서도 눈물이 나와. 몰랐지?"

"몰랐어. 새로운 발견이네."

"이거, 행복이야?" 사요코는 속삭였다. 마치 누가 들으면 안 된다는 듯 가느다란 목소리였다. 행복은 비밀처럼 남몰래 우리를 찾아온다.

"글쎄. 나랑 동기화됐다면, 아마 그럴걸."

사요코의 의안에서 또 눈물이 흘렀다. 그 행복은 사요코의 몸 전체를 채우고 있을까. 언젠가 손끝에 몰려 있던 불안은 아직 거기 있는 걸까. 사요코의 손끝은 태연한 척 연기하며 질문에 답해주지 않는다. 나는 사요코의 손끝을 꼭 잡았다. 내가 불안을 덜어줄게. 그래서 나는 카도타 유카리의 제안을 받아들인 것이다. 앞으로도 계속 이렇게 있자. 귀를 막고 입을 다무는 것, 절대 흔들리지 않는다.

문득 엄마가 떠올랐다. 무언가 눈치챘다고 해도, 엄마는 나와 마찬가지로 입을 다물 것이다. 틀림없이 그럴 것이다. 나와 엄마는 무척 닮았으니까.

"저기, 쿠우야. 요전에 한 이야기, 끝난 거야?" 사요코가 물었다.

"아, 공상 속 이야기? 응. 슬슬 끝내려고. 슬슬 새로운 이야기를 시작하는 게 좋겠어."

"조각은 전부 맞췄어?"

"글쎄. 공상이니까, 뭐."

"그래도 계속할 거잖아."

"응. 가끔."

"비밀 풀기도 계속되는 거지?"

"그렇게 새로운 이야기로 이어지겠지."

"사진, 언제 찍을까?" 사요코는 이제 울지 않는다.

"이제 와서 서두를 이유는 없잖아."

"그래도 얼른 찍고 싶어. 예쁘겠지?"

나는 사요코를 끌어안았다. 사요코는 내 품 안에 쏙 들어왔다. 우리가 하나가 되는 형태는 다양해서, 딱 맞을 때도 있지만 가끔 몸 어딘가가 떨어질 때도 있다. 대부분이 떨어진다고 해도, 어딘가 조금이라도 연결돼 있으면 충분하다. 그렇게 앞으로도 계속 함께할 것이다.

"히나, 또 오려나?" 사요코가 불쑥 생각났다는 듯이 말했다.

갑자기 그 이름이 나와서 당황했다. 바늘로 찌르듯 가슴이 따끔거렸다.

"글쎄. 같이 사진 찍자고 하려고?"

사요코는 표정에 그늘을 드리우며 고개를 흔들었다.

눈을 감고 귀를 막고 입을 다물어도, 과거는 우리를 놓아주지 않는다. 앞으로도 계속 따라다닐 것이다. '이게 우리의 행복이야.'

나는 말을 삼켰다. 소리 내어 뱉지는 않았지만, 나와 동기화된 사요코는 작게 고개를 끄덕였다.

나는 사요코를 똑바로 바라보며 이번에는 똑똑히 소리 내 말했다.

"사진 기대된다. 웃어, 꼭."

사요코가 웃어서, 사요코가 행복해서, 사요코가 예뻐서 나도 함께 웃는다.

새로운 이야기의 시작은 사요코가 좋아하는 얼어붙을 듯한 겨울이 좋겠다. 눈이 오면 더 좋겠다. 차라리 눈보라가 치면 좋겠다. 우리에겐 그게 어울린다. 그렇지, 사요코?

나에게는 표시가 있다

나는 한자를 무척 좋아한다. 처음 외운 글자는 히라가나지만, 한자의 존재를 알고부터 곧바로 빠져들었다. "어려운 단어를 아는 구나", "공부 잘하겠다", 주위 어른들에게 그런 말을 들었지만 산수나 이과 과목은 그다지 잘하지 못했다. 그건 2학년이 돼서도 그랬다. 한자가 들어 있는 국어는 그나마 조금 나았다.

　　'주위 어른들'에서 아빠와 엄마는 제외다. 부모님은 내가 한자에만 관심이 있는 것을 안다. 엄마는 내가 한자에 관심을 보이자 곧바로 한자 사전을 사 주었다. 많은 한자가 실려 있어서 질리지 않고 계속 볼 수 있다. 하지만 옥편으로 길거리에서 발견한 한자를 찾아보기엔 불편하다. 부수의 획수를 기억하고 있다면 사람들이 놀랄 정도로 빨리 내가 원하는 한자를 찾을 수는 있지만, 들고 다니기는 무겁다. 아빠는 "국어사전은 어때?"라고 말하며 조그만 휴대용 사전을 사 주었다. 휴대용 한자 사전은 아빠가 간 서점에 없었나 보다.

"차라리 조그마한 한자 사전을 사주지 그랬어. 게다가 읽는 법을 모르면 애초에 사전에서 찾을 수 없으니까 국어사전은 의미가 없어." 엄마는 그렇게 말하면서도 국어사전을 팔락팔락 넘겼다.

아빠는 갑자기 깨달은 것처럼 손뼉을 '짝' 쳤다. "그렇네. 그걸 전혀 생각 못 했네. 그리고 한자보다 히라가나가 앞에 적혀 있는 것도 히카루랑 전혀 안 어울리네."

내 이름은 히카루다. 한자 한 글자로 된 이름인데, '빛 광(光)' 자를 쓰고 '히카루'라고 읽는다.

"어, 뭐야, 이거 중고야?" 엄마가 펼친 페이지에는 노란 형광펜으로 밑줄이 그어져 있었다. 히라가나가 아니라 한자 부분에.

"들켰네. 그래도 결국 쓸모없다는 게 밝혀졌으니까 중고로 사서 다행이야."

"중고 서점에 갔으니까 휴대용 한자 사전이 없지. 그런데 이 사람은 왜 형광펜을 쳤을까? 질투(しっと), 진지(しんけん), 아, 여기도 표시돼 있다. 심취(しんすい), 침수(しんすい), 어? 이게 다야?" 엄마는 사전을 뒤적이며 노랗게 돼 있는 부분을 찾았다.

"전부 '시(し)'네." 내가 말하자, 엄마는 왠지 놀란 얼굴이었다. 아

빠는 사전을 들여다보며 팔짱을 끼고 생각하는 것처럼 자세를 잡았다.

"그래. 원래 주인은 '시'로 시작하는 단어를 모은 거야. 아니면 연애편지를 쓰려고 사전을 찾았겠지. 요즘은 손 편지를 쓰지 않으니까 한자가 생각나지 않았던 거야."

엄마는 평소와 똑같은 표정을 하고 아빠 말에 반대했다. "질투, 진지, 심취는 알겠어. 그런데 침수는? 연애편지에 쓸 일이 있어?"

"그건 발음이 같은 심취에 표시하려다가 잘못 그은 거지. 왜, 음료수 자판기도 그렇잖아. '이거다' 하고 눌렀는데 옆의 걸 눌러 버릴 때가 있잖아."

"그런 적 없어." 나와 엄마가 동시에 말하자 아빠는 놀라더니 입을 삐죽였다.

"그래? 난 자주 있는데. 어쨌든 아마 그런 이유였을 거야. 실수로 먼저 침수에 그어 버렸는데, 자기 실수를 용납할 수 없어서 중고 서점에 판 거지. 이걸로 다 설명이 돼."

나는 엄마가 돌려준 국어사전을 펼쳐서 제일 먼저 '히카루'를 찾아보았다. 한자 사전을 받았을 때도 제일 먼저 '빛 광' 자를 찾았었다. 써진 설명은 조금 달랐는데, 어쩐지 국어사전이 더 이해하기 쉬웠다. 내 이름 설명이 이해하기 쉬운 건 아주 좋다. "난 마음에 들어. 히라가나가 앞에 나와 있지만 히라가나도 싫은 건 아니야."

"그래, 한자는 글 안에 있을 때 자기 역할을 하잖아. 한자와 한자를 잇는 히라가나도 중요해. 한자만 있으면 구어체도 만들어지지 않아." 엄마는 그렇게 말했다. 그런 식으로 내가 국어 전체에 관심 갖게 하려는 의도 같다.

아빠는 "다음엔 사자성어 사전을 찾아올게. 그러면 한자만 있잖아"라고 했는데, 엄마의 말을 무시한 셈이라 엄마의 날카로운 시선이 아빠에게 꽂혔다. 나는 어려운 말을 안다고 칭찬받지만 친구들에게는 분위기 파악을 못 한다는 말도 들었다. 아무래도 아빠를 닮았나 보다. 분위기 파악을 못 한다는 말을 들었다고 아빠 엄마한테 고백했을 때, 제일 먼저 아빠가 큰 소리로 웃었었다. "요즘 초등학교 2학년은 분위기 파악도 해? 놀랍네."

그때 엄마도 같이 웃었다. "분위기 파악 못 한다는 말을 그렇게 어린 애들도 쓴다니, 정말 놀라워."

집에서는 그렇게 웃고 넘어갔지만, 나는 그 말이 그다지 좋은 의미가 아니라는 걸 알았다. 하지만 어쩔 수 없었다. 해결책이 없었다. 아빠에게 물어봐도 방법이 없을 게 뻔했다. 아빠가 방법을 알았으면 진작 분위기 파악 못 하는 성격을 고쳤을 테니까. 엄마도 방법을 알았으면 진작 아빠에게 말해 줬을 것이다. 아빠처럼 신경 쓰지 않으면 괜찮을까.

우리 집에서는 자주 대화가 내가 생각했던 거랑은 다르게 끝났다.

항상 같이 놀던 아오이가 학원에 다니기 시작해서 수업이 있는 날은 놀지 못하게 됐다. 나는 집에서 불만을 잔뜩 이야기했는데,

아빠와 엄마는 전혀 이해하지 못했다. 아빠는 손뼉을 치면서 "엄청나네"라고 말했다. 정말 분위기 파악을 못 한다. "초등학교 2학년인데 학원? 아오이 대단하다." 엄마도 '응응' 하며 고개를 끄덕였다.

"아오이는 중학교 입시가 있으니까 지금부터 준비해서 주 3회 간대."

"그럼 고학년이 되면 본격적으로 달리겠네. 주 6회쯤 가려나?" 아빠가 물어봤다.

"그땐 아마 매일 갈걸. 1년 동안 쉬는 날도 없대. 겨울 방학 때 합숙도 한다고 그랬어."

그 말을 듣고 더 기분이 안 좋았었다. 그렇게 되면 아오이와 놀 수 있는 날은 하루도 없다. 엄마는 내 기분을 눈치채고 신경 써 주는 것 같았지만, 날 위로하는 방법이 잘못됐다.

"히카루, 요전에 어려운 한자 외웠잖아. 어른도 못 쓰는 거."

"우울(憂鬱)."

"그래, 그거. 외웠을 때 어떤 기분을 말하는 건지 모르겠다고 했었지? 지금 히카루 기분이 그걸 거야."

우울의 의미는 알게 됐지만 전혀 기쁘지 않다. 우울을 싫어하게 될 정도다.

"우리 집이랑은 상관없는 얘기라서 다행이야. 히카루, 설날에는 느긋하게 한자 대회라도 할까?"

나는 기대를 버리고 엄마 말에 "응"이라고만 말했다. 기쁜 표정은 짓지 않았다.

한자를 향한 내 마음을 어른들은 "도를 넘었다"라고 했다. 무슨 뜻인지는 알겠지만 어쩔 수 없다. 한자보다 히라가나가 많은 말은 일단 호감도 순위에서 밑이다. "도를 넘어서 평범하지 않다"라는 말을 들었다고 하자, 아빠는 역시 웃었다. 나는 칭찬으로 들리지 않아서 고민을 털어놓은 건데, 아빠는 전혀 심각하지 않았다.

"평범하지 않다는 건 특별하다는 말과 거의 같아. 아빠는 히카루가 특별하다고 늘 말하잖아. 당연히 그건 칭찬이야. 그러니까 평범하지 않다는 말을 들으면 특별하다는 말을 들었다고 생각하면 돼."

"앞에 '도를 넘어서'는 어쩌고?"

"간단해. '도를 넘어서'가 앞에 오면 그냥 특별한 것보다 더 많이 특별하다는 뜻이야."

뭔가 잘못된 느낌이었지만, 그냥 그렇게 생각하라는 뜻이구나 하고 이해했다.

나는 더 어렸을 때부터 한자를 외우면 바로 큰 목소리로 읽어서 주변 사람들이 이상한 눈으로 쳐다봤다. 그래서 유치원 때 부모님이 나를 병원에 한번 데려가 보는 게 좋겠다는 얘길 들어서 병원에 간 적이 있다. 그때 엄마가 의사 선생님과 무슨 이야기를 했는지는 모른다. 병원에 다녀오고 나서 몇 번 상담 선생님을 찾아가서 상담받았지만, 초등학교에 입학한 뒤엔 가지 않았다.

그때부터 한자를 큰 목소리로 읽지 않아서인 것 같다. 아빠가 큰 목소리로 읽지 말고 '마음속으로 한자 읽기 놀이'를 하자고 했기 때문이다. 아빠도 목소리를 내지 않고 '마음속으로 생각을 떠드는 놀이'를 한다고 했다. 가끔 나도 모르게 소리를 낼 때가 있지만, 작은 소리는 내도 괜찮다고 했다. 아빠가 가르쳐 준 놀이를 시작하고 나서 '이상한 아이'라는 말을 별로 듣지 않게 됐다. 아빠가 말없이 어딘가를 쳐다보고 있을 때나 엄마 얼굴을 넋 놓고 볼 때, 나는 아빠 귓가에 대고 물어본다. "지금 놀이 중이야?"

"한창이지. 용케 알았네."

그러면 기분이 좋아져서 나도 놀이를 시작했다. 집 안에는 이미 모르는 한자가 없으니까 신문이 있으면 좋다. 매일 새로운 한자를 만날 수 있으니까. TV에서도 모르는 한자는 계속 나오지만, 사라지는 속도가 빨라서 첫 만남으로는 알맞지 않다. 나는 가끔 한자를 찾으러 공원에 간다. 그것도 아빠를 흉내 내는 거다.

"혼자 '마음속으로 생각을 떠드는 놀이'를 하면 히죽거리거나 자기도 모르게 소리를 내게 되거든. 주변에 아무도 없는 곳에 가면 마음껏 히죽거릴 수 있어서 편해." 아빠는 그렇게 말하며 휴일에 혼자 가끔 어딘가로 외출한다. 외출하려고 하는데 엄마가 무슨 부탁을 하면 "그래애" 하며 조금 아쉬워하지만, 꼭 엄마 말을 듣는다. 그래서 나는 아빠가 마음껏 히죽거리는 것보다 엄마를 더 좋아한다고 생각했다. 나도 놀이를 할 때는 히죽거리는 것 같다. 내가 가는 공원엔 사람이 꽤 있지만, 놀이기구나 광장 쪽이 아니면 조용해서 아무도 방해하지 않는다. 그래서 놀이를 마음껏 즐길 수 있다.

하루는 엄마가 "히카루, 공원에 자주 가네? 뭐 하면서 놀아?"라고 물어봐서 그 이야기를 했더니, 엄마는 "흐음" 하며 잠깐 생각하다가 이렇게 말했다. "주변에 아무도 없는 곳이면 그냥 소리 내서 읽어도 될 것 같은데." 그렇게 말하다가 갑자기 고개를 절레절레 흔들고 다시 말했다. "아니야, 아니야. 역시 안 돼. 소리 내지 않는 걸 평상시에 신경 쓰는 게 중요하니까 방금 그 말은 취소할게." 그래서 난 쭉 '마음속으로 한자 읽기 놀이'를 하고 있다.

병원에서 검사받을 때도, 상담받을 때도 엄마랑 같이 갔었다. 그러면 엄마는 집에 돌아올 때 조금 슬픈 표정을 지었다. 나 때문인 걸 알아서 나도 슬퍼졌다. 아빠한테 물어보기로 했다.

"나는 다른 사람들이랑 달라?"

"그렇지. 다르지."

"안 좋은 거야?"

"안 좋지 않아. 오히려 좋은 일이야. 히카루한테는 표시가 돼 있다고 생각하면 돼. 표시가 돼 있으면 좋잖아. 누군가 히카루를 찾아줄 수 있으니까."

"누가 찾아주는 건 좋은 거야?"

"그럼. 숨바꼭질할 때도 아무도 못 찾게 숨지만, 진짜 아무도 안 찾아주면 외롭잖아. 끝까지 못 찾아서 다들 집에 가 버리면 혼자 남아야 해."

"다른 사람들은 표시가 안 돼 있지?"

"표시가 돼 있는 사람이 특별한 거니까 괜찮아. 엄마도 표시돼 있잖아."

"표시."

"그래. 표시가 있어서 아빠가 찾아냈어. 어때, 좋지?"

"그럼 아빠의 표시는 뭐야?"

"엄마, 이려나? 아빠는 엄마한테 딱 붙어 있으니까 엄마를 찾으면 아빠도 찾아져."

"왠지 그건 좀 다른 것 같은데. 그럼 아빠도 엄마를 만나기 전까지는 표시가 없었다는 거잖아."

"그러니까 히카루가 특별하지. 어릴 때부터 표시가 있는 건 대단한 거야."

아빠 말은 이해하기 힘든 부분이 조금 있었지만, '특별한 거'는 마음에 드니까, 뭐, 괜찮다. 내가 이해했다고 생각했는지 아빠는 웃었다. 그리고 나서 늘 하는 놀이를 할 때의 얼굴로 하늘을 바라보았다. 그리고 아주 작은 소리로 말했다.

"표시라. 잔인하네."

그때 아빠는 확실히 그렇게 말했다. 나는 '잔인(殘忍)'이라는 말의 의미를 알고 있었지만 혹시 다른 의미가 있나 생각했다. 사전에 있는 의미를 전부 외우지는 못하기 때문이다. 그냥 '무슨 의미야?'라고 물어봐도 됐을 테지만, 참았다. 아빠도 놀이 중에 한 말이니까 비밀로 하고 싶었을 것이다. 무슨 뜻이었을까. 내 이야기는 아닌 것 같았다. 자기 표시로 엄마를 이용한 건 너무했다는 의미일까. '잔인'이라는 말은 어렵다.

    어느 날, 학교에서 돌아와 보니 우리 아파트 입구에 젊은 누나가 서 있었다. 우리 아파트는 호실 번호를 누르고 집에 있는 사람이 문을 열어 줘야 안에 들어갈 수 있다. 비밀번호로 열 수도 있지만 누가 있을 때는 누르면 안 된다. 누나는 우편함이 있는 벽 앞에서 호실 번호와 거기 사는 사람의 이름을 쭉 보는 것 같았다. 그러다 내 쪽을 보는 거 같아서, 비밀번호를 누를 수 없어서 난감했다. 그런데 그 누나가 다가왔다.

    "얘, 405호에 사는 사람 아니?"

    우리 집 번호였다. 잠깐 망설였지만 대답하기로 했다.

    "알아요."

    "어떤 사람이야?"

    "몰라요?"

    모른다면 요주의 인물 확정이다.

    "알아. 똑 부러진 사람과 분위기 파악 못 하는 사람이잖아."

    "지금 없어요."

    "그걸 어떻게 알아?"

    "우리 집이니까요."

    누나는 '풋' 하고 웃으며 더 가까이 다가왔다.

    "같이 음료수라도 마실래? 너랑 잠깐 이야기하고 싶어. 근데 모르는 사람을 집에 들이기는 싫지? 아니, 애초에 들이면 안 되지. 나쁜 어른일지도 모르는데."

아빠와 엄마를 아는 것 같아서 일단 경계를 풀었다.

"공원은 어때요?"

공원이면 내 영역이고, 옆에 파출소도 있다.

"자주 가는 공원이 있어? 가까워?"

누나는 그렇게 물으면서 공원 쪽으로 걸어가기 시작한 나를 따라왔다. 차도 지나다녔고 사람도 지나다녔다. 주변에 날 납치할 것 같은 차가 서 있는지도 확인했다. 나중에 충분히 조심했다고 변명하기 위해서였다. 공원 입구에서 누나가 "자판기 음료수 마실래?"라고 질문해서 망설였다. 하지만 충분히 조심했다고 변명하려면 참고 거절해야 했다.

"자판기에서 사고 싶은 음료수 옆 버튼을 잘못 누른 적 있어요?" 갑자기 생각나서 물어봤다.

"없지."

누나는 생각하지도 않았다. 역시 아빠만 그러는 걸까.

"그런 사람도 있어?"

나는 대답하지 않았다. 그런 사람이 우리 아빠뿐이라면 말했을 때 부끄러울 것 같아서였다.

"얘, 그럼 그 사람은 잘못 뽑은 음료수를 마실까, 아니면 마시고 싶은 음료수로 다시 뽑을까?"

거기까지는 아빠한테 물어보지 않았다. 아빤 어떻게 하려나. 아마 잘못 뽑은 음료수를 참고 마실 것 같다. 아니, 참는 게 아니라 처음부터 그걸 마시고 싶었다는 표정으로 마실 것 같다. 그래서 주변 사람들은 잘못 뽑은 줄도 모를 거다.

"다음에 아빠한테 물어봐."

"네."

그렇게 대답하고 '아, 실수했다' 생각했는데 이미 늦었다. 누나는 공원 벤치에 앉자마자 질문부터 했다.

"몇 살이야?"

"일곱 살이요. 초등학교 2학년이에요."

"똑 부러지네. 어떤 과목 잘해?"

"다 못하지만, 국어는 좋아해요."

"그래? 우연이네. 나는 중학교 국어 선생님이야. 공통점을 일찍 찾아서 다행이다."

"국어라고 했지만, 사실 한자를 좋아해요."

"한자 검정 시험도 봤니? 몇 급이야?"

"시험 본 적은 없어요. 시험은 별로예요."

"일곱 살이 1급 합격하면 아마 최연소일걸. 얼마 전에 우리 학교 학생이 시험을 쳐서 알고 있어. 지금은 초등학교 5학년이 최연소 기록이래. 도전해 봐."

최연소 기록을 따내면 뭔가 좋은 일이 있는 걸까.

"우리 집에 볼일이 있어서 온 거죠?"

"내 제안은 무시하는구나. 너, 나중에 후회한다. 중학생이 돼서 따 봤자 최연소 칭호는 못 얻어."

그러는 자기도 내 질문을 무시한다. 나는 입을 꾹 다물고 경계 신호를 보냈다.

"너희 집에 딱히 용건은 없어. 근처에 온 김에 들렀을 뿐이야. 그냥 옛날 생각나네, 그 정도야. 너희 부모님이랑 조금 아는 사이 였거든."

"그래요? 그럼 그렇게 전할게요. 이름이 뭐예요?"

"전하지 않아도 돼. 오히려 비밀로 해 주면 좋겠어. 그러니까 이름도 비밀이야. 그래서, 한자는 읽기 어려운 한자가 좋다든가, 그러니?"

"아니요, 한자는 뭐든 좋아요. 방금도 자판기 옆에 게시판이 있었잖아요. 동네 소식지나 도서관 공지 같은 게 붙어 있으니까 한자가 부족할 때 자주 봐요."

"네가 말하는 '한자가 부족할 때'가 어떤 때인지 이해는 안 되지만, 여기 자주 온다는 건 알겠다. 하지만 게시판은 자주 바뀌지 않잖아."

"맞아요. 더 부족하면 자동차를 봐요. 번호판이나 차에 적힌 광고 같은 거. 번호판에 지역 이름도 적혀 있어서 일본 현(県) 이름은 다 외웠어요."

"대단하다. 나는 사회 과목은 싫어. 47개 도도부현(都道府県: 일본의 광역 자치 단체인 도쿄도, 홋카이도, 오사카부와 교토부, 그리고 나머지 43개 현을 이르는 말이다. - 옮긴이 주)을 백지도에 전부 써넣으라고 하면 솔직히 자신 없어. 선생님 자격 미달이네."

"국어 선생님이니까 괜찮아요. 지리가 좋았으면 지리 선생님이 됐겠죠. 그리고 저도 지도는 몰라요. 현 이름 한자를 외운 게 다예요. 아빠가 사자성어 사전을 얼마 전에 사 줬어요. 그래서 요즘은 사자성어에 빠져 있어요."

"너 재미있다. 초등학교 2학년이 사자성어에 빠져? 엄청 멋있네."

"조금 있으면 '아(あ)' 부분이 끝나요. 사자성어는 설명이 길어서 진도를 나가는 데 오래 걸려요. 그것도 재미있어서 자꾸 빠져들어요."

"암중모색이나 아비규환 같은 거? 아, 나 아비규환은 한자로 못 쓸 것 같아. 이건 국어 선생으로도 자격 미달이지? 너는 쓸 수 있지?"

"쓸 수 있어요."

"아, 자격 미달이라고 생각하는 얼굴이네. 그다음은 '이(い)'로 시작하는 사자성어지? 인과응보 같은 게 있겠네."

"인과응보. 아, 뜻은 말하지 말아 주세요. 직접 읽는 게 재밌으니까. 여기에 적어 주세요. 다른 것보다 먼저 찾아볼게요."

"됐어. 순서대로 보다 보면 금방 나올 거야. 그냥 생각나서 말해 본 거야."

누나는 그렇게 말했지만, 나는 이미 가방에서 공책을 꺼내 놓고 있었다. 모르는 한자를 만나면 적어 두는 한자 공책이다. 누나는 내 공책에 '인과응보(因果應報)'라고 적었다. 예쁜 글씨라서 내 못생긴 글씨랑 있으니 왠지 특별한 한자 같아 보였다.

"방금 말한 아비규환, 못 써도 괜찮다고 생각해요. 왜냐하면 무시무시한 말이거든요. 원래는 지옥 이야기였대요. 세상엔 몰라도 되는 것도 있잖아요. 어린아이면 더더욱."

"대단하다. 일곱 살답지 않게 이치에 통달했구나."

"이치에 통달해요? 연결된 한자는 이해하기 어려워요. 엄마는 한자들이 손을 잡는다고 말했어요. 저는 솔직히 혼자 있는 한자가 좋아요."

"응. 한자가 어렵다기보다는 말 자체가 어렵지. 국어 선생님이 하는 말이니까 확실해."

누나와 나는 한자 이야기를 오래 했다. 내가 말하는 한자의 재미있는 점을 누나가 들어준 느낌이긴 하다. 국어 선생님이라서 다행이었다. 말을 많이 해서 중간에 목이 말랐지만, 이제 와서 음료수를 마시고 싶다고 할 수는 없었다. 그런데 누나가 딱 알맞게 "목마르네. 역시 뭐라도 마시자"라고 말을 꺼냈다. 나는 충분히 조심한다는 약속을 깨고 고개를 끄덕였다. 그리고 둘이서 자판기 앞으로 갔다.

"뭐 마실래?"

나는 사과주스를 정확하게 눌러서 원하는 음료수를 뽑았다. 누나는 녹차를 눌렀다.

"얘, 이거, 옆의 버튼을 잘못 누르면 탄산 소다네. 탄산은 절대 마시기 싫으니까 다시 사는 것 말고는 방법이 없겠다. 그러면 그 소다는 어떻게 해야 하지? 아니, 역시 아무리 생각해도 잘못 누를 리가 없어."

나에게 하는 말이라기보다는 혼잣말 같았지만, 나를 돌아보며 "그치?"라고 물어봐서 나도 동의했다. 원래 앉아 있던 벤치로 돌아가서 음료수를 마시며 다시 사자성어 이야기를 계속했다. '아(あ)'로 시작하는 사자성어는 꽤 많다. 내가 몇 개 말했지만, 누나는 계속 "그거 몰라"만 말했다. 어? 정말 국어 선생님 맞나? 조금 의심이 들었다.

"어, 그 치켜뜬 눈, 누가 봐도 날 의심하는 눈이네. 이건 네가 대단한 거야. 분명히 너희 담임 선생님도 그렇게 많이 알지는 못할 걸. 내일 학교에 가서 물어봐. 내 말이 진짜라는 걸 알게 될 거야."

"벌써 물어봤어요. '아(あ)'로 시작하는 사자성어 다섯 개 정도밖에 모르더라고요. 하지만 담임 선생님은 자기가 이과라서 그렇댔어요. 선생님은 중학교 국어 선생님이잖아요."

"아, 면목 없네. 그래, 공부 부족이야. 조금 더 정진하겠습니다."

"면목 없다. 정진. 한자죠?"

"한자야. 고의(故意)로 써 봤어."

"고의로."

"고의도 몰랐어? 의외로 꽤 있네. 모르는 한자."

"그야 있죠. 아직 모자라요."

"하지만 학교에서는 한자 박사라고 불리지 않아?"

"네. 어떻게 알았어요?"

"역시. 초등학생 중에 꽤 있거든. 무슨 무슨 박사."

나는 그런 대화를 하면서 한자 공책에 히라가나로 '면목 없다', '정진', '고의로'라고 적었다. 어쩐지 갑자기 누나가 심술을 부렸다는 생각이 들었다. 내가 정말 선생님인지 의심한 것이 섭섭했나. 하지만 모르는 한자를 찾는 건 즐거운 일이라 아무리 해도 놀림당하는 느낌은 아니다. 말해 줄까 하다가 관뒀다. 누나도 벌써 알고 있는 것 같았다. 그러고 나서는 한자 말고도 학교 이야기나 친구 이야기를 했다.

가장 친한 친구가 학원에 다니기 시작해서 같이 놀 시간이 줄었다는 이야기도 했다. 누나는 "아쉽겠다"라고 말해 주었다. 내가 기대한 방향이 바로 이거였다. 아빠와 엄마는 방향치다.

내가 사과주스를 끝까지 마시자, 누나는 녹차를 가방에 넣고 "그러면" 하며 일어섰다. 그러더니 "안녕"이라고만 말하고 갑자기 사라졌다. 마지막으로 '다음에 또 보자'나 '이제 만날 일 없을 거야'나 '잘 지내'라고 말할 줄 알았는데, 다 아니어서 실망했다. '실망(失望)'은 최근에 찾아본 한자다. 어느 때 쓰는 말일까 궁금했는데, 딱 이런 느낌이 아닐까. 맞는지 엄마에게 물어봐야겠다. 물론 친구랑 있을 때 느낀 것처럼 물어볼 것이다.

나는 누나가 말한 대로 그날 일을 아빠와 엄마에게 말하지 않았다. 한자 공책에 적어 둔 히라가나는 집에 가자마자 한자와 뜻을 찾아봤다. '인과응보(因果應報)'는 찾지 않고 빨간 연필로 동그라미만 쳐 놓은 채, 곧 만날 순간을 기대했다.

그날 밤에, TV에서 초등학교 1학년생이 행방불명됐다는 뉴스가 나왔다. 우리 동네와는 조금 떨어진 동네에서 일어났지만, 같은 현이었다. 뉴스를 보고 엄마가 말했다.

"히카루, 절대 모르는 사람을 따라가면 안 돼. 알았지? 한자에 정신 팔려서 멍하니 있으면 길가에 서 있는 차에 끌려 들어갈지도 몰라. 꼭 조심해야 해."

"응. 알아."

그렇게 대답했지만, 오늘 일은 어땠는지 생각해 보았다.

누나는 아빠와 엄마를 아는 것 같았으니 완전히 모르는 사람은 아니다.

누나가 내 뒤를 따라왔지, 내가 따라간 건 아니다.

그리고 주변에 차가 서 있는지 계속 조심하면서 걸어갔다. 다 엄마가 말한 대로 했으니까 괜찮다. 그리고 음료수를 마신 것은, 내가 직접 버튼을 눌러서 내가 직접 음료수를 뽑았으니 위험하지 않았다. 하나하나 확인해 봤는데 전부 통과라서 만족스러웠다.

다음 날 학교에서 선생님이 초등학생 행방불명 사건 이야기를 꺼냈다. 선생님도 엄마와 비슷한 말을 했다. "따라가도 안 되고, 차에 타도 안 돼요. 모르는 사람이 말을 걸거나 이상한 일이 있으면 바로 선생님이나 아빠 엄마께 알려야 해요. 파출소가 가까이 있으면 경찰 아저씨한테 말해도 돼요. 알았죠?"

선생님은 고함치는 것처럼 큰 목소리로 말했지만, 진지하게 듣지 않는 애들도 있었다. 자기랑은 상관없다고 생각하니까. 나도 그렇게 생각했다.

일주일이 지났는데도 행방불명된 아이를 찾지 못했다. 유괴됐을 수도 있는데, 범인한테서 협상 연락이 없다고 TV에서 말했다. '유괴(誘拐)'는 알지만, '협상(協商)'이라는 한자는 처음 봐서 찾아봤다. 눈으로 본 한자를 어떻게 읽는지 찾을 때는 한자 사전이 좋은데, 귀로 들은 말을 찾을 때는 국어사전이 먼저다. 요즘엔 국어사전을 이용할 때가 많아졌다. '협상'의 한자와 의미는 알게 됐지만, 뉴스에서 말하는 의미는 이해되지 않아서 아빠한테 물어봤다.

"범인이 자기한테 돈을 얼마만큼 주면 유괴한 아이를 돌려보내겠다고 하는 거야. 하지만 지금 그런 연락이 없으니까 범인은 돈을 원하는 게 아닐지도 몰라."

"그럼 뭘 원해?"

"아이일 수도 있지."

"범인은 아이를 원하는 사람이야?"

"그럴 수도 있고, 아닐 수도 있어."

"뭐야, 뭐가 답이야?"

답을 말해 주지 않는 아빠를 보더니 엄마가 무서운 말을 했다.

"아이를 죽였을지도 몰라. 때리고, 감금하고, 훨씬 끔찍한 짓을 했을 수도 있어. 그래서 모두가 열심히 찾는 거야. 아이가 무사히 돌아왔으면 하고 다 같이 찾는 거야. 이건 아주 큰 사건이야. 그러니까 히카루도 꼭 조심해. 알았지?"

아빠도 옆에서 진지한 얼굴로 고개를 끄덕였다. 아이는 지금 어디에 있을까. 끔찍한 짓은 당하지 않았으면 좋겠는데. 차라리 아이를 원하는 사람한테 끌려간 거면 좋겠다.

학교에서 집에 오는데 공원 입구에 누나가 서 있었다. 추운 날이라 코트 위로 팔짱을 끼고서 고개를 푹 숙이고 있었다. '전에 만난 누나다'라고 생각하면서 걸어가느라 차가 다가오는 것을 눈치채지 못했다. 갑자기 누가 말을 걸었는데, 옆에 차가 서 있어서 놀랐다. 운전석에 앉은 사람이 창문을 열고 길을 물어봤지만 어딘지 몰라서 파출소 위치를 알려 줬다. 그런데 "모르겠으니까 파출소까지 데려다줘"라고 하길래 거절했다. 원래 나는 조금 더 친절하지만, 오늘은 볼일이 있다. 마침 누나가 나를 알아보고 손을 흔들었다. 나도 누나를 보고 손을 흔들었더니, 차에 탄 사람은 고맙다는 말도 없이 바로 창문을 닫고 가 버렸다. 부탁을 거절하는 건 원래 미안하지만, 감사 인사도 하지 않는 사람이니까 미안하지 않았다. 누나는 나를 기다린 것 같다.

"네가 지나갈까 싶어서."

얼마 전에 내가 실망할 정도로 누나가 갑자기 가 버린 건 또 올 생각이라서 그랬던 걸까. 그다음 날 엄마에게 '실망'을 넣어서 몇 개 말해 봤는데 다 맞다고 했다. 그래서 이제 자신 있게 사용할 수 있다.

"오늘도 근처에 왔어요?"

"응. 지난번처럼 볼일이 있었거든. 얘, 방금 그 차에 탄 사람, 길을 물어봤어?"

"네. 동네 사람이 아닌 것 같아서 파출소 위치를 알려 줬어요. 공원을 돌아가면 파출소가 있거든요."

"그래? 여기서는 안 보이네."

"반대편에도 공원 입구가 있어요. 광장이랑 놀이기구도 그 입구 근처에 있어요. 공원을 통과해서 파출소까지 갈 수 있지만, 차로 가면 빙 돌아야 해요. 파출소는 뒤쪽 입구 앞이니까요."

"아마 그쪽이 앞이고 이쪽이 뒤겠다."

"저는 이쪽에서만 들어가니까 저한테는 이쪽이 앞이고 뒤는 앞의 반대편이니까 거기가 뒤쪽이 맞아요."

"하지만 파출소 쪽 입구가 크잖아. 보통은 사람들 눈에 잘 띄고 큰 쪽을 앞이라고 해. 파출소가 있으면 거의 확정이지."

"우리 아파트 뒤에 시민 회관이 있는데, 아빠랑 엄마는 뒤쪽에 있는 회관이라고 말해요. 시민 회관이 있어도 뒤예요."

"너 원래 궤변 잘하지?"

"궤변? 무슨 한자를 써요?"

내가 또 가방에서 공책을 꺼내려는데 누나가 막았다.

"그런 말 들어본 적 없구나? 지금 안 써도 돼. 저번에 이야기한 '이치에 통달하다'는 기억해? 궤변은 '이치에 어긋나게 말하다'란 뜻이야. 기억해 놨다가 집에 가서 찾아봐."

"기억해요. 지금 '이치'는 한자가 생각나는데, 기대되네요."

"그럴 거야. 그래서, 사자성어는 어때? 이제 '푸(ふ)'쯤 보고 있으려나?"

"대단해요. 정확히 맞혔어요. 지금 딱 '푸'예요."

"푸. 풍림화산."

두 번째로 만난 거라서 경계는 거의 풀고 있었다. 거기다 풍림화산이라니. '풍림화산(風林火山: '바람처럼 빠르게, 숲처럼 고요하게, 불길처럼 맹렬하게, 산처럼 묵직하게'라는 뜻으로, 병법에서 유래한 말이다. - 옮긴이 주)'은 내가 바로 얼마 전에 새로 만난 한자다. 소리의 느낌이 아주 마음에 들어서 처음 만난 날부터 계속 머릿속에서 빙빙 돌고 있었다. 그런데 누나가 그걸 말하다니, 어쩐지 기분이 좋아졌다.

"대단하다. 요즘 머릿속이 풍림화산으로 꽉 차 있었거든요."

내 말을 듣고 누나는 한바탕 웃었다.

"꽉 차 있었다니, 풍림화산의 한자가 머리 꼭대기로 삐져나올 것 같은 느낌이려나? 계속 서서 이야기하기는 그러니까 오늘은 어디 가게라도 들어가자. 날씨 너무 춥다. 진득하게 앉아서 차근히 한자 이야기를 들려줘. 아니면 오늘도 단호하게 공원에 가는 걸로 할래?"

누나가 말한 '단호하게'가 무슨 뜻일지 고민해 보는데, 나는 지난번처럼 공원을 고집할 마음은 아니었다. 게다가 한자 이야기를 들려 달라는 부분은 매력적이다. 그리고 '진득하게'와 '차근히'는 한자가 들어가지 않는 단어 중에 꽤 좋아하는 말이다. 그렇게 서서 이야기하는 동안에도 바람이 세게 불어서, 가게에 들어가라고 하는 것 같았다. 그래서 누나 말을 듣기로 했다.

"그럼 진득하게, 차근히, 부탁드릴게요. 근데 학교 끝나고 딴 데 들르면 안 되니까, 일단 집에 갔다 와도 될까요?"

누나는 얼굴이 조금 어두워졌다.

"집에 아무도 없어?"

"오늘은 엄마가 있을지도 몰라요."

"다시 나오려면 이유를 대야 하잖아. 지난번에는 딴 데 들러도 괜찮지 않았어?"

"그때는 공원이었으니까요. 집에 가서 엄마가 있으면 공원에 간다고 할 거예요."

"그럼 여기서 기다릴게."

집에 가 보니 엄마가 있었다. 엄마는 파트타임으로 일하는데 오늘은 쉬는 날 같다. 내가 "공원 다녀올게"라고 하자, "다녀와"라고만 말하고 질문은 없었다. 아파트 입구를 나왔을 때 한자 공책을 놓고 온 게 생각났다. 가방에서 꺼내 책상 위에 뒀는데, 잠깐 꾸물대다가 깜빡했다. 공책은 포기하고 공원으로 가는데 누나가 중간까지 마중나와 있었다.

"너와 가고 싶은 가게가 오늘은 쉰대. 아쉽다. 그럼 좀 걸어야 하는데, 괜찮아?"

역 앞이나 큰 도로가 있는 곳이면 지나다니는 사람도 많고 안

전할 것 같았다. 사실 이렇게 이름도 모르는 사람을 따라가면 안 되지만, 충분히 조심하면 괜찮을 거라고 생각했다. 엄마와 선생님한테 들은 주의 사항을 머릿속에 떠올리면서 나 자신에게 허가를 내주기로 했다.

"네, 큰 거리에 있는 가게면 괜찮아요."

"그 큰 거리라는 건, 네가 평소에 다니는 길을 말하는 거니? 골목길이나 차가 못 들어가는 길도 네가 다니면 다 큰 거리 아니야?"

"저를 비꼬는 궤변이네요. 아, 이렇게 사용하는 거 맞아요?"

"벌써 찾아보고 왔어? 빠르네."

"집에 가자마자 찾아봤어요. 기대대로여서 기뻤어요. 기뻐서 한자 공책을 깜빡하고 책상에 놓고 왔어요. 그리고 큰 거리는 지나다니는 사람이 많고 차도 많이 다니는 넓은 길이라는 뜻이에요."

"뭐야, 말 그대로라서 김새는데."

누나를 실망하게 한 것 같아서 미안했지만, 충분히 조심하려면 확실히 말해 둬야 했다. 큰 거리로 가는 방향이 공원 쪽이라 다행이었다. 공원 앞을 지나갈 때 잠깐 공원에 들어갔다가 바로 나왔다.

"이제 공원에 간다는 말은 거짓말이 아니에요."

"융통성 없네."

"융통성."

"융통성도 몰랐어? 공책이 없으니까 집에 갈 때까지 단어를 기억해 놔야겠네."

"네. 하지만 앞으로도 모르는 한자가 많이 나오면 기억할 수 없을지도 몰라요. 역시 국어 선생님이라서 제가 모르는 한자를 많이 아시네요."

"어? 요전의 직업 사칭 의혹은 풀린 거야?"

"직업, 의혹, 두 개는 한자를 알아요. 중간에 있는 사칭은 몰라요. 그런데 중간에 끼어 있어서 의미는 대충 알겠어요."

내가 "융통성, 사칭"이라고 말하자 누나는 가방에서 수첩을 꺼내 볼펜으로 '융통성(融通性), 사칭(詐稱)'이라고 적고 적은 종이를 찢어 주었다. 볼펜도 줬다.

"얼마 전에 엄마한테 '아(あ)'로 시작하는 사자성어를 말해 주니까 거의 모르더라고요. 그리고 엄마가 이런 사자성어는 국어 선생님도 모를 거라고 했어요."

"엄마한테 나 만난 얘기했어?"

"아니요, 약속대로 비밀로 했어요. 엄마가 직접 한 말이에요. 아마 우리 학교 국어 선생님을 말한 걸 거예요. 아빠는 '애사호죽(哀絲豪竹: '슬픈 현의 소리와 호기로운 피리 소리'라는 뜻으로, 비장한 음악 소리가 사람을 감동시킴을 말한다. - 옮긴이 주)'을 듣고 '그건 또 뭐야?'라고 했을 정도예요. 이런 건 정말 아무도 모를 거랬어요."

"애사호죽, 태어나서 처음 들어 봐. 너희 아빠 말에 동의해. 그건 또 뭐야?"

"그나저나 방금 얘기한 '직업 사칭 의혹' 말인데요, 역시 선생님

은 대단하네요. 한자가 세 단어나 연결되는 말은 찾기 힘들잖아
요.”

“그럼 너, ‘역시’도 한자로 쓸 수 있어?”

“쓸 수 있어요. ‘역시(일본어로 ‘역시’를 뜻하는 ‘사스가’는 한자로 ‘流石’라고 쓴다.
- 옮긴이 주)’의 한자에는 일화가 있어요. 아빠가 알아봐 줬어요.”

“아빠도 한자에 관심이 있으셔?”

“전혀 없지만, 그때는 왜 흐를 류(流)에 돌 석(石)이 ‘역시’라는 뜻
을 갖게 됐는지 궁금했나 봐요. 그래서 알아봐 줬어요.”

“그래? ‘역시’라는 말이 그렇게 심오했어?”

“옛날에 중국 사람이 돌을 베개 삼고 흐르는 강물로 양치하겠
다는 말을 실수로 강을 베개 삼고 돌로 양치하겠다고 말했대요.
친구가 비웃었는데, 열 받아서 자긴 강물로 귀를 씻고 돌로 이를
광내겠다는 뜻이었다고 설명했대요. 그 얘기를 듣고 친구가 ‘참으
로 뛰어난 재치다, 역시는 역시다’라고 말해서 그런 뜻이 붙었대
요.”

“그 중국 사람도 궤변이 특기였나 보다. 그리고 원래 하려던 말
이 돌베개에 강물 양치였다고? 그 사람, 천생 자연인이네.”

누나는 그렇게 말하면서 휴대전화로 ‘역시’를 검색했다. 내 말을
믿지 못한 걸까.

“맞아요. 자연 속에서 살고 싶다고 했대요. 근데 방금 말한 ‘천
생’ 말인데요….”

누나는 휴대전화 화면에서 눈을 떼지 못했다.

"아, 소세키가 그 일화에서 따와서 필명을 지었대. 나쓰메 소세키(夏目漱石: 일본 근대 문학을 대표하는 문인으로, 필명인 소세키는 '양치질할 수'에 '돌 석'자를 쓴다. - 옮긴이 주) 알아?"

"그때 아빠한테 일화랑 같이 들었어요. 엄마는 이참에 나쓰메 소세키 소설을 읽어 보면 어떠냐고 했는데, 제가 거절했어요. 엄마는 한자를 좋아하는 제 특성을 공부에 이용하고 싶은 것 같아요. 그래서 방금 말한 '천생'은 한자예요?"

"책은 싫어? 응, 이게 천생."

누나는 휴대전화를 보여 주면서 한자를 가리켰다. 나도 휴대전화를 갖게 되면 의문을 해소하는 속도가 빨라질 텐데. 나는 아까 누나가 찢어 준 종이 위에 '천생(天生)'을 추가로 적었다.

"책은 싫지 않지만, 한자에 정신이 팔려서 내용을 모르겠어요."

"앞으로 살아가기 힘들겠다."

"그래요?"

"일견 똑똑해 보이니까 더 힘들 거야."

"일견."

"한 일(一)에 볼 견(見) 자를 써. '언뜻 보기에'라는 뜻이야."

"저는 언뜻 보기에 똑똑해 보이지만 사실은 멍청하니까 앞으로 힘들 거라는 말이죠?"

"그렇게 말하지는 않았는데. 대충 그런 느낌이지. 뭔가, 미안하다."

"아니에요. 그 말이 맞아요. 머리는 좋아 보이는데 멍청하다고 친구들이 자주 그래요. 저는 신경 안 쓰니까 괜찮아요. 하지만 까먹지 않게 '천생'이랑 '일견'도 제가 다시 제대로 찾아볼게요."

그리고 종이 위에 '일견(一見)'도 적었다.

"그럼 이제 네가 모르는 한자는 따로 설명하지 않을게. 전부 메모해."

"감사합니다."

"초등학생이면 감사하다는 말이 한자라고 생각하진 않을 텐데, 네 머릿속에서는 이미 한자로 변환돼 있겠지? 한자도 한자지만, 어휘를 많이 아니까 대화가 어른 수준이다."

"한자를 직접 사용하려면 용례도 같이 기억해야 하거든요."

"용례라. 그럼 열심히 메모해 주시죠."

그렇게 말하고 누나는 "어디로 갈까…"라고 작게 말했다. 곧 크리스마스라서 길거리가 장식되어 있었다. 우리는 장식을 올려다보면서 걸어갔다.

"나 다음 주에 생일이야. 너는 몇 월생이야?"

"1월이요."

"가깝네. 겨울에 태어난 동지끼리는 원래 마음이 잘 맞아."

"그래요? 몰랐어요."

"거짓말이야. 뭐든 그렇게 쉽게 믿으면 안 돼. 특히 모르는 사람 얘기는. 아까도 차에 탄 사람이랑 아무렇지 않게 대화했잖아. 만약 그 사람이 거짓말쟁이였으면 어떡하려고? 조심해야지."

갑자기 선생님 같은 말투로 말했다. 자신은 거짓말쟁이가 아니라는 전제를 깔고 있는 것 같다. 집에서 이제 꽤 멀어졌지만, 누나가 원하는 가게는 아직도 나오지 않았다. 걷는 동안에는 안전한 느낌이었고, 걸으면서 나누는 대화도 재미있었다. 종이와 펜을 받았으니 이대로 계속 걷기만 해도 괜찮다. 큰 걸음으로 열심히 걸으니 추위도 별로 느껴지지 않았다. 하지만 시간이 자꾸 흘러서 귀가가 늦어지면 곤란하다. 엄마가 걱정하는 얼굴을 상상하니 장소는 어디든 상관없어졌다.

"오늘의 '진득하게'와 '차근히'는 꼭 가게에서 해야 해요?"

여자는 내 질문에 "응"이라고 대답했지만, 눈은 여전히 가게를 찾느라 바빴다.

"응. 일단 앉아야 해. 몸을 녹이고. 그러고 나서 뭘 마셔야지. 아, 찾았다. 분위기 좋네."

어른들이 어떤 가게를 분위기 좋다고 하는지는 모르겠지만, 드디어 가게가 정해져서 마음이 놓였다. 그 가게는 커다란 창문으로 안이 다 들여다보여서 두 배로 안심됐다.

나는 귀가가 늦어지면 곤란해질 것이라고 예상하고 엄마가 걱정하는 얼굴까지 상상했는데도, 가게에 들어가고 나서는 그런 걸 전부 까맣게 잊고 말았다. 도중에 밖이 어두워진 것을 알았지만, 누나와 이야기하는 게 재미있어서 모르는 척했다.

"어? 벌써 시간이 이렇게 됐네. 엄마 아빠가 걱정하시겠다. 미안해."

누나가 그렇게 말하기 전까지 엄마 걱정은 잊은 척하고 있었다.

누나는 아빠도 걱정하겠다고 했는데, 아빠가 걱정하는 얼굴은 상상할 수 없었다. 아빠는 어떤 얼굴로 걱정할까. 누나가 "바래다줄게"라고 했지만, 나는 뛰어서 가겠다고 하고 거절했다. 누나는 "이제 만날 일 없을지도 몰라"라고 인사했다. 마지막 "안녕"은 웃으면서 말했다.

그러고 나서 나는 "움직일 때는 바람처럼 빠르게—"라고 말하며 달려 나갔다. 바람과 대결할 생각은 없었지만, 오늘은 역시 풍림화산으로 머리가 꽉 차 있다. 바람처럼 전력 질주하는데 중간에 경찰 아저씨가 나를 멈춰 세웠다. 이름을 묻더니 경찰서로 데려갔다. 경찰서에는 우리 아빠와 엄마, 그리고 웬일인지 아오이의 아빠와 엄마도 있었다. 뭐가 뭔지 알 수 없었지만, 나는 나도 모르는 사이에 행방불명됐었나 보다. 그래서 집을 나와서 무엇을 했는지 경찰서에서 털어놓게 됐다.

모르는 누나와 커피숍에서 이야기했다고 하자, 엄마는 내 등을 짝짝 때리며 계속 울었다.

내가 행방불명되고 나서 어땠는지 아빠가 자세히 설명해 주었다. 마지막에 "아빠 엄마가 얼마나 걱정했는지 알겠지?"라는 말을 들었을 때는 나도 거의 울 뻔했다.

내가 집을 나오고 나서 엄마의 휴대전화로 전화 한 통이 걸려왔다고 한다. 아오이의 엄마였다.

"아오이가 학원에 안 왔다고 연락이 왔는데, 혹시 히카루랑 있나요?"

"히카루는 학교에서 오자마자 공원에 갔어요. 아오이와 같이 있는지는 모르겠네요."

아오이의 엄마에게 전화를 받았을 때, 엄마는 그 전화를 그다지 신경 쓰지 않았다. 그런데 두 시간쯤 지나서 해 질 녘이 되자 내가 돌아오지 않는 것이 불안해졌다. 엄마는 아오이의 엄마에게 전화를 걸었다. 아오이의 엄마는 평정심을 잃고 "누구한테 물어봐도, 어디를 찾아봐도 없어요"라고 말했다. 엄마는 "히카루도 아직 집에 안 왔어요"라고 말하고 공원으로 갔다. 공원과 주변을 샅샅이 찾아봤지만 나를 찾지 못해서 아빠에게 연락했다. 아빠는 회사에서 곧장 날아와서 엄마와 함께 주변을 찾아다녔다. 그러고 나서 일단 집으로 돌아왔는데, 내 책상 위에 놓인 한자 공책을 발견했다. 내가 항상 갖고 다니는 건데 놓고 간 것을 보고, '심상치 않은 일이 일어난 게 아닐까' 하고 더 불안해졌다.

그러다 공책에서 '인과응보(因果應報)'라는 글자를 발견했다. 내 글씨가 아닌 가지런한 글씨로 적힌 사자성어. 빨간 연필로 동그라미까지 쳐져 있었다. 아빠와 엄마는 밤이 되고 나서도 나를 찾지 못하자, 아오이의 부모님과 상의해서 같이 경찰서에 가기로 했다. 그리고 수색이 시작됐다.

엄마는 내 한자 공책을 꽉 쥐고서 몸을 떨었다. 경찰 아저씨가 "짚이는 데가 있으십니까?"라고 질문했을 때는 울음을 터뜨렸다. 아빠가 대신 "없습니다"라고 대답하면서 엄마의 어깨를 끌어안았다. 아오이의 부모님도 넋이 나가 있었지만, "짚이는 데가 없어요"라고 말했다. 그러다 젊은 여자와 걸어가는 초등학생 남자아이를 봤다는 목격 신고가 들어왔다. 나와 아오이는 생김새나 키가 비슷해서, 그때는 목격된 게 나인 줄 몰랐다고 했다.

조금 지나서 경찰서에 무전이 들어왔다.

"초등학생 한 명 발견."

그렇게 나는 아빠 엄마가 기다리는 경찰서로 끌려왔다. 나와 아오이가 같이 있던 게 아니라고 밝혀지자, 아오이 수색이 다시 시작됐다. 아오이의 부모님은 돌아온 행방불명자가 한 명뿐이라 절망한 얼굴이었다. 경찰은 유괴가 의심되니 집에서 기다리시는 것이 좋겠다고 아오이의 부모님에게 말했다. 아오이네 집은 부자라서 돈을 목적으로 유괴한 것일지도 모른다고 했다. 아빠와 엄마는 경찰 아저씨에게 감사 인사를 하고서 나를 데리고 집에 가기로 했다. 마지막에 경찰 아저씨가 물어봤다.

"혹시 수상한 사람이나 차는 못 봤지? 아, 수상하다는 말은—"

"무슨 뜻인지 알아요. 수상한지 아닌지는 모르겠지만 평상시엔 볼 수 없는 차는 봤어요. 차에 탄 사람이 저한테 말을 걸었어요."

주위에 있던 어른들이 한꺼번에 나를 쳐다보는 바람에 긴장돼서 차렷 자세를 해 버렸다. 내가 아주 중요한 이야기를 했나 보다.

"그게 무슨 말이니?"

"다른 현 번호판이 달린 트럭이었거든요. 트럭에 한자로 '토장(土醬)'이라고 적혀 있었어요. 그 앞에 다른 글자도 적혀 있었는데,

한자를 외우느라 앞부분은 잊어버렸어요."

"운전자가 말을 걸었어?"

"네. 길을 물었어요. 근데 저는 공원을 돌아가면 파출소가 있다고 알려줬어요. 운전하는 사람이 그럼 옆자리에 타서 파출소까지 데려다 달라고 했는데, 제가 아는 사람을 발견해서 거절했어요."

"오늘 같이 있던 사람?"

"네. 죄송해요. 아까는 모르는 사람이라고 했는데, 전에 한 번 만난 적이 있으니까 사실 아는 사람이에요. 근데 그 사람은 아오 이랑은 상관없어요."

"트럭은 어떤 트럭이었어?"

"작았는데, 냉동고처럼 뒷문을 꽉 잠그는 트럭이었어요."

"운전자가 차에 타라고 했다는 거지? 어떤 사람이었어?"

"남자요. 할아버지."

나는 더 자세히 질문받았다. 할아버지의 생김새나 차 색깔, 번호판, 기억나는 대로 전부 대답했다. 차에 적힌 글자 중에서 한자 부분은 전부 기억하니까 그것도 다 이야기했다. 모자하고 작업복 같아 보이는 옷에도 무슨 무슨 토장이라고 적혀 있었다고 알려 줬다. 그러자 경찰 아저씨들이 여기저기 전화를 걸기 시작했다.

"네 덕분에 살았다."

"너 기억력이 대단하구나. 고맙다."

그런 말을 하며 경찰 아저씨들이 번갈아 머리를 쓰다듬어 주었다. 경찰서에 끌려왔을 때는 경찰 아저씨한테 잔소리를 많이 들을 줄 알았는데, 마지막에 감사 인사까지 듣게 돼서 놀랐다.

아빠와 엄마를 보니, 엄마는 여전히 나를 눈물 젖은 눈으로 노려보았지만, 아빠는 자기가 칭찬받은 것처럼 조금 쑥스러워했다. 하지만 아직 아오이가 발견되지 않아서 두 사람 다 표정이 어두웠다. 어쩐지 낙담한 것처럼 보이기도 했다.

경찰서에서 집으로 걸어가는 동안에도 아빠와 엄마는 계속 말이 없었다. 혼날 걸 각오했는데, 아무런 꾸지람도 듣지 않아서 오히려 내가 정말 나쁜 짓을 했구나 싶었다. 집에 들어가자 엄마가 물었다.

"히카루. 누구였어, 그 여자? 그 여자가 한자 공책에 인과응보라고 적은 거야? 빨간 동그라미도 치고?"

"빨간 동그라미를 친 사람은 나야. 인과응보는 그 사람이 적어준 거긴 한데, 이름은 몰라. 아빠 엄마랑 아는 사이랬어. 국어 선생님이래."

"왜 이름도 안 물어봤어? 처음에 어디서 만났는데?"

"전에 우리 아파트 입구에 서 있었어. 그 초등학교 1학년 아이가 사라진 날 있잖아, 그날이었어. 몇 번 와 본 적이 있어서 옛날 생각이 난댔어. 뒤쪽 회관에 선생님 연수 온 거랬어. 그때랑 오늘이랑 두 번. 저번에 제비뽑기에 뽑혀서, 아니, 제비뽑기가 망해서라고 했다. 그래서 발표자가 된 바람에 오늘도 참석해야 했대. 발표도 끝나서 아마 이제 올 일 없을 테니까 오늘은 진득하게 앉아서 차근히 이야기하자고 했어."

"그럼 엄마한테 그렇게 말하고 갔어야지. 그 멀리까지 따라가서 가게까지 들어갔다니, 믿을 수가 없어."

"비밀이랬거든."

"비밀?" 미심쩍은 표정을 지으면서 아빠가 끼어들었다. 엄마는 숨 쉬는 걸 멈춘 것처럼 얼굴이 굳었다.

"아빠, 아오이는 유괴된 거야?"

"아직 몰라. 경찰이 수색하고 있어. 히카루가 준 정보가 도움이 되면 좋겠다."

아빠는 평소와 똑같은 표정으로 돌아왔지만, 엄마의 얼굴은 여전히 험악했다.

"히카루, 그 여자를 못 봤으면 그 트럭을 탔을 거야?" 아빠가 물었다.

"파출소까지 데려다주는 정도면 괜찮잖아. 선생님이 가까이에 파출소가 있으면 파출소로 가도 된다고 했어."

"왜 얘기가 그렇게 돼? 순서가 바뀌었잖아. 생각해 보면 알잖아." 엄마는 또다시 흥분해서 큰소리를 냈다. 아빠는 엄마를 달래면서 난처한 표정으로 나를 쳐다보았다.

"그런 식으로 생각했다는 게 정말로 어린애답다. 아빠 머리로는 상상도 안 돼. 아오이도 똑같이 생각했으려나. 아직 확실하진 않지만, 만약 그 트럭 운전자가 범인이라면 히카루는 그 여자 덕분에 유괴당하지 않은 셈이네."

"국어 선생님은 나쁜 사람이 아니야. 한자 이야기를 하느라 신나서 시간을 깜빡했어."

사실은 그냥 모른 척한 거였지만, 깜빡한 것으로 쳤다.

"그래서 그 여자가 인과응보라고 썼어?"

엄마는 계속 인과응보에 집착한다. 왜 그러는 걸까. 나는 어쩌다 그렇게 됐는지 설명했지만, 어쩐지 엄마는 이해하지 못하는 것 같았다.

"우연히 생각나서 말한 게 그거였다고?"

"그럴걸."

계속해서 똑같은 걸 물어보는 엄마를 아빠가 말렸다. "그래, 그럼 내일 뒤쪽 회관에 물어보면 되겠다. 교사 연수에 발표도 있었으면 참석자 명부가 있을 거야. 정말로 아빠 엄마가 아는 사람이면 이름을 보고 누구였나 알 수 있겠지."

이런. 비밀이라고 했는데 말해 버렸다. 하지만 경찰서에서 질문받는 것보다 힘들었으니 어쩔 수 없었다. 아빠가 이름도 곧 알아낸다니 미안했다. '어? 조사하는 거야?'라는 생각이 들었을 땐 이미 늦었다. 미안한 마음이 얼굴에 드러났는지, 아빠가 내 어깨에 손을 얹고 다정하게 토닥거리며 말했다. "비밀이라면서 히카루가 오늘 같은 행동을 하면 엄마는 앞으로도 계속 여기에 주름을 잡고 살게 되잖아. 아빠는 계속 엄마의 그런 얼굴을 봐야 하고. 아빠 그러기 싫어."

아빠는 '여기에'라고 말하면서 눈썹과 눈썹 사이를 만지며 주름을 잡아 보여 줬다. 하지만 아빠 말을 듣고서도 엄마는 전혀 웃지 않았고, 아빠가 보여 준 그 표정을 하고 있었다.

아침에 일어나자 엄마는 주름이 없어진 얼굴로 가슴을 쓸어내리고 있었다.

"히카루, 아오이 찾았대. 정말 다행이야."

"다행이다. 어디에 있었대?"

엄마의 기분이 나아진 이유는 내 문제가 해결돼서가 아니라 아오이를 찾아서였지만, 그래도 아오이를 찾아서 다행이다.

"히카루 공이 큰 것 같아. 경찰 아저씨한테 또 칭찬받겠어." 아빠가 신문을 보면서 말했다.

"신문에 나왔어?"

"아니, 아직 안 나왔어. 아마 내일 신문에 나올걸. 어제 심야 뉴스에서 봤거든. 히카루는 자길래 안 깨웠지."

우리가 집으로 돌아가고 나서 경찰의 토장 트럭 추적이 시작됐다. 길거리 CCTV로 차 번호를 알아내서 트럭의 뒤를 쫓았다. 그러다 결국 현 바깥으로 나간 트럭을 찾아냈다. 그리고 트럭에 실린 토장 단지 속에서 아오이를 구해냈다. 커다란 토장 단지 안에 갇힌 아오이는 약을 먹고 잠들어 있었다.

트럭을 운전한 할아버지의 집을 수색했더니, 한 달 전에 행방불명된 남자아이도 있었다. 내가 목격 정보를 말하지 않았다면 못 찾았을지도 모른다고 했다. 나는 국어사전에서 아빠가 말한 '공(功)'의 의미를 찾아보고 빙그레 웃었다.

다음 날 신문에 기사가 실려서 아빠가 읽어 주었다.

용의자는 오랫동안 토장을 제조해 왔다. 트럭에 토장을 싣고 멀리까지 팔러 다녔었다. 예전 거래처가 유괴 현장 근처에 있어서 그 지역을 몇 번이나 다녀갔던 적이 있었다. 장사를 그만두고 나서는 이웃과의 왕래도 거의 없었고, 가족도 없이 혼자 살았다. 그래서 아이를 한 달 가까이 감금했는데도 아무도 눈치채지 못했다―.

토장을 보관하던 창고에 감금용으로 작은 방을 만들어 둔 상황이었다. 집과 창고가 있는 부지는 넓었고, 가까이에 민가가 있을 만한 곳이 아니어서 아이의 목소리가 닿지 않은 모양이다. 한 번으로 그치지 않고 두 번째 유괴까지 저지른 것으로 보아, 이번에 해결하지 못했으면 더 큰 연속 유괴 사건으로 이어졌을 가능성도 있었다. 유괴 목적은 아직 제대로 밝혀지지 않은 상태이다―.

용의자가 두 번째 범행을 저지른 날, 다른 아이에게도 말을 걸었다는 사실이 사건을 해결하는 실마리가 됐다. 범행에 이용된 것은 토장을 판매할 때 사용하던 트럭이었고, 용의자와 잠깐 대화한 아이는 차와 운전자의 특징을 자세히 기억하고 있었다. 유괴한 아이들을 현 바깥까지 데려갔기에, 차를 알아내지 못했다면 수사가 길어졌을 것이다―.

아빠는 기사를 다 읽고서 "임무 완료"라고 말했다.

"히카루, 여기서 모르는 한자 있었어?"

"음, 없었어. '용의자' 한자는 이미 찾아봐서 알아."

엄마가 뒤에서 껴들었다. "히카루가 모를 것 같은 한자는 아빠가 그냥 넘어간 게 분명해. 직접 읽고 싶다고 신문을 뺏어갈까 봐."

"그래? 그럼 내가 직접 읽을래."

"지금은 안 돼. 나중에 천천히 읽어 봐."

아빠와 엄마는 아오이를 찾은 덕분에 평소대로 돌아온 것 같았다. 하지만 엄마한테 완전히 용서받지는 못한 느낌이다. 내가 그 누나를 따라갔던 게 그렇게 싫은가.

"전에 유괴된 아이도 찾은 거면, 무사하단 거지? 범인은 역시 아이를 원하는 사람이었어?"

내 말에 아빠와 엄마는 눈을 맞추고 묘한 표정을 지었다.

"범인이 뭐 때문에 유괴했는지는 몰라. 잔인한 목적 때문이 아니었기를 바랄 뿐이야."

어른들은 어떤 생각을 하는 걸까. 범인 할아버지의 얼굴을 떠올려 봤다. 하지만 할아버지가 할 만한 잔인한 일은 떠오르지 않았다. 예전에 아빠가 한 말이 생각났다. '표시라. 잔인하네.'

아무래도 엄마는 엄마의 표시가 마음에 들지 않는 것 같다. 하지만 아빠는 내 표시와 엄마의 표시를 전부 소중히 여긴다. 아빠한테는 소중해도 엄마가 싫으면 잔인한 건가. 아빠가 엄마한테도 '표시가 있는 건 특별해'라고 말해 주면 괜찮지 않을까.

어젯밤엔 아빠와 엄마가 하는 이야기를 몰래 엿들었다. 우리 셋

은 항상 다 같이 거실 옆에 있는 다다미방에서 자는데, 미닫이문
만 있어서 거실에서 이야기하는 소리가 잘 들린다. 아빠와 엄마
는 내가 잠든 줄 알고 이야기를 시작했다.

"오늘 뒤쪽 회관에 다녀왔어." 우선은 엄마의 목소리였다. "교육
위원회 연수가 있었대. 참석자 명부를 보여 달라고 했는데 개인
정보라서 외부인에게 보여 줄 수 없다고 하더라고. 그래서 경찰에
부탁해서 받았어. 히카루 일이 있었으니까 경찰도 신경 쓰일 만
하다면서 협조해 줬어."

"그래서 알아냈어?"

"응. 히나였어."

"히나?" 아빠의 놀란 목소리가 조금 높았다.

"목소리가 커."

"히나, 선생님이 됐구나. 놀랍네. 히나가 선생님?"

"놀라운 부분이 그거야?"

"그럼 어느 부분에서 놀라?"

"나는 '인과응보'를 보고 심장이 떨어졌어. 아니, 정말로 심장이
멈출 뻔했어."

그러고 나서 잠깐 침묵이 흘렀다. 왜 아무 말도 하지 않을까. 기
다렸는데도 더 들리지 않아서 그대로 잠들고 말았다. 내가 잠들
고 나서 아빠와 엄마는 어떤 이야기를 했을까. 몰래 엿들은 것은
비밀로 하고, 아침에 일어나서 물어봤다.

"국어 선생님이 누구인지 알았어?"

엄마는 왠지 입을 꾹 다물어 버렸다. 엄마한테 물어본 거였는데, 아빠가 대신 대답했다. "예전에 엄마가 아르바이트로 같이 놀아 주던 여자애였어."

"아빠랑도 알잖아?"

"맞아. 아빠도 만난 적 있어."

"여기 온 적이 있댔어."

"몇 번 왔지."

"그럼 그게 왜 비밀이야?"

"그건 히나가 알겠지."

"이름이 히나야? 그 국어 선생님?" 사실 나는 이름을 알고 있었지만, 처음 들은 척했다. "근데 히나 선생님은 아빠가 없대."

엄마가 놀라서 헉하고 숨을 삼켰다. 아빠는 처음 보는 표정을 하고 나를 쳐다보았다. 나는 '아빠가 걱정할 때는 이런 얼굴인가?'라고 생각했다.

"그런 이야기를 했어?" 아빠가 혼잣말하는 것처럼 말했다. 엄마는 여전히 말이 없었다.

"히나 선생님이 아빠랑 엄마가 어떤 느낌이냐고 물어봐서 대답했어. 그리고 나도 똑같이 물어봤어." 이렇게 말하고 잠깐 멈춰 봤는데, 아빠와 엄마는 내가 더 말하기를 기다리는 것 같았다. "선생님은 아빠를 싫어했으니까 없어도 괜찮댔어. 딸 생일도 잊어버리는 사람이었다고 했어. 히나 선생님 다음 주에 생일이래."

"다음 주." 아빠는 또 그렇게 혼잣말하면서 다시 처음 보는 표정으로 생각에 잠겼다. '마음속으로 생각을 떠드는 놀이'를 할 때랑은 다른 생각을 하는 것 같다. 히죽거리지 않는다.

"그거 말고 또 어떤 얘기 했어?" 엄마가 드디어 입을 열었다.

"그러고 나서는 거의 한자 얘기였어."

두 사람은 서로 얼굴을 보더니 또 입을 다물었다. 입을 다무는 게 두 사람 특기다. 다른 친구네 집이었으면 분명히 이럴 때 더 설명해 줬을 것이다. 우리 집은 다른 집과 조금 다르다. 친구들 이야기를 들으면서 뭔가 이상하다고 생각할 때가 가끔 있다.

운동회 때 발이 빠른 쇼야가 달리기 시합에 나가지 못해서 무척 속상해했었다. 운동회 일주일 전에 담벼락에 올라가서 뛰어내렸다가 발가락이 골절돼서 달릴 수 없었다. 쇼야는 "일주일 전으로 돌아갈 수 있으면 절대 뛰어내리지 않을 거야"라고 말했다. 그냥 담벼락에 올라가지 않으면 되는 거 아닌가 싶었지만, 올라가기는 올라가려나 보다. 쇼야 말에 다른 애들도 '그때로 돌아갈 수 있으면 어떻게 하고 싶은지' 입을 모아 이야기했다. 몇 명은 집에서도 그 이야기를 했다. '언제로 돌아가고 싶은지', '돌아가서 어떻게 하고 싶은지', 가족끼리 신나게 떠들었다고 했다. 나도 집에서 물어보았다. 그러자 아빠와 엄마는 입을 다물어 버렸다. 두 사람다 진지한 얼굴을 하고 아무 말도 하지 않았다. 그러고 나서 조금 슬픈 것 같기도 하고, 조금 화난 것 같기도 한 표정을 지었다. 나는 어쩐지 무서워져서 "그럼 우린 그때로 돌아가지 않는 걸로 끝"이라고 말했다. 친구들의 이야기와는 전혀 달랐다.

아빠는 머릿속으로 생각하는 것을 아주 조금만 말한다. 엄마도 자기 생각을 아무도 모르게 숨긴다. 그 사실을 눈치채고 아빠에게 "맞아?"라고 물어본 적이 있다. 그러자 아빠는 고개를 끄덕이면서 감탄했다.

"맞아. 아빠는 말하지 않지만 방대한 걸 머릿속에 담고 있어. 엄마도 막대한 걸 가슴속에 숨기고 있어."

나는 '방대'와 '막대'의 차이는 잘 모르겠지만, 엄마가 살짝 이긴 것 같다. 아빠는 늘 그런 식으로 엄마에게 살짝 양보한다. 나는 원래 두 사람의 특기가 나오면 바로 포기한다. 하지만 이번엔 특별히 머리에 담고 있거나 가슴에 숨긴 것을 조금 꺼내 줬으면 좋겠다. 히나 선생님 사연이 궁금하기 때문이다. 잠시 기다려 봤지만 두 사람은 역시 입을 꾹 다물고 있었다. 전에 '사연(事緣)'이라는 한자를 찾아보고 있었는데, 그때 아빠가 내 옆으로 왔다. 그러더니 내 귓가에 대고 말했다.

"사연은 원래 궁금한 법이지만, 아빠는 몰라도 괜찮아."

비밀 이야기 같이 말했는데, 무슨 말인지 이해할 수 없었다. 다른 집과 달라서 대화가 잘 통하지 않는 것은 어쩔 수 없다. 하지만 역시 나는 아빠와는 달리 사연이 궁금하다. 엄마가 계속 인과응보에 집착하니까, 그 이야기를 꺼내 보았다.

"두 번째 만났을 때 히나 선생님한테 인과응보의 의미를 알아냈다고 말했어. 히나 선생님이 공책에 적어 줬을 땐 아직 '아(あ)' 부분을 보고 있었거든."

아빠와 엄마는 역시 대답하지 않았지만, 표정이 조금 바뀌었다.

"그랬더니 히나 선생님이 그럼 자긴 엄마한테 받은 걸 나한테 돌려주겠다고 했어."

아빠 얼굴이 새파래졌다. 엄마 눈이 그렇게 커진 것도 처음 봤다. 그러다 왼쪽 눈이 빠지진 않을까 걱정됐다. 그게 그렇게 놀랄 일인가.

"그래서, 어떻게 했어?" 아빠는 무서운 이야기를 들려줄 때처럼 목소리를 낮춰서 말했다. 자기들은 설명하지 않으면서, 내 이야기에는 더 말해 달라는 것이 정말 치사하다.

"그래서 히나 선생님이 레모네이드를 사 줬어. 레모네이드 처음 마셔봤어. 처음에는 매실장아찌를 먹었을 때처럼 시었어. 그랬는데 히나 선생님이 시럽 가져다 달라고 점원한테 부탁했어. 시럽을 많이 넣으니까 그때부터는 맛있었어."

"그래서?"

"전에 엄마한테 레모네이드를 대접받은 걸 나한테 돌려준댔어. 그때 자기가 차가운 걸 먹었으니까 나도 똑같이 차가운 걸로. '가게 안은 따뜻하니까 괜찮지?' 하면서."

"그게 다야?"

"히나 선생님한테 돌려받은 건 그게 다야. 인과응보는 좋은 것도 나쁜 것도 결국 자기한테 돌아온다는 뜻이잖아? 내가 의미를 말하니까 히나 선생님은 자긴 나쁜 것만 돌아오는 줄 알았다고 했어. 바로 검색해 보더라고. 그러더니 '진짜로 두 가지를 다 뜻하는구나' 하고 감탄했어. 그리고 '그러면 레모네이드를 돌려주는 것도 인과응보네'라고 했어."

아빠는 무슨 말을 하고 싶은 것처럼 입을 뻐끔거렸지만 아무 말도 하지 않았다.

"원래는 이 앞에 있는 가게에 가고 싶었는데. 그런데 하필 쉬는 날이었어. 그래서 레모네이드를 팔 것 같은 가게를 찾으면서 같이 걸어갔는데, 잘 없어서 멀리까지 가게 됐어. 참 융통성 없지? 아, '융통성'도 하나 선생님이 알려 줬어."

"그랬구나." 엄마가 울음을 터뜨렸다. 고개를 숙이고 손으로 얼굴을 가려서, 눈물이 얼마나 많이 나오는지 보이는 건 아니었다.

엄마의 왼쪽 눈은 의안이다. 대학생 때 사고를 당해서 한쪽 눈이 안 보이게 되는 바람에 의안을 꼈다고 했다. 예전에 궁금해서 물어봤다. "엄마는 오른쪽 눈밖에 없어서 앞이 반만 보여?"

"한쪽만 있어도 전부 보여. 히카루랑 똑같은 세상을 보고 있어." 엄마는 웃으면서 대답했다.

아빠가 나를 콕콕 찌르더니 귀에 대고 작은 소리로 말했다. "엄마 왼쪽 눈도 있잖아. 의안도 엄마 눈으로 쳐줘야지. 두 쪽 다 엄마 눈이야." 아빠는 그렇게 말하고 나서 평상시처럼 엄마의 얼굴을 넋 놓고 보았다. 그리고 얼마 뒤에 엄마의 왼쪽 눈은 아빠가 엄마를 찾게 해 준 표시였다는 이야기를 들었던 거다.

엄마는 아직도 운다. 요즘 엄마가 우는 걸 자주 본다. 이렇게 울 보였던 적이 없었다. 예전에 아빠한테 엄마 의안에서도 눈물이 나온다고 들었었다. 의안도 엄마 눈이라면 당연한 거다. 내가 울보 엄마를 계속 쳐다보고 있으니까 아빠가 설명했다.

"히카루, 엄마는 슬퍼서 우는 게 아니야. 하지만 기뻐서 우는 것도 아니야."

"애한테 쓸데없는 소리 하지 마." 엄마는 여전히 울면서 아빠를 나무랐다. 아빠가 또 분위기 파악을 못 했나 보다.

"그럼 왜 우는 거야?"

"궁상맞게 말하자면, 안심해서?"

아빠가 설명해 줬다. 히나 선생님 일은 설명하고 싶지 않으니까 입을 다물어 놓고, 엄마 일은 설명해도 괜찮은가 보다. 아빠는 가끔 "엄마랑 동기화돼서 아빠도 기뻐"라고 말하는데, 이번에도 동기화돼서 엄마 기분을 다 아는 것 같다.

"아빠, '궁상맞다'는 어떤 한자를 써?"

"어? 한자가 있었나? 아빠 머릿속에서는 한자어가 아닌데."

"찾아볼래."

엄마는 아직도 울음을 그치지 않아서, 아빠가 등을 토닥여 주었다. 그리고 꼭 껴안았다. 아빠는 키가 커서 엄마가 아빠 품 안에 폭 안기면 뒤에서는 아빠만 있는 것처럼 보인다. 둘인데도 한 사람인 것 같다. 엄마, 표시를 보고 아빠가 찾아 줘서 다행이지?

나중에 국어사전에서 '궁상맞다'를 찾아보니 '궁상(窮狀)맞다'라고 적혀 있었다. 역시 한자가 있었다. 아빠가 모를 뿐이다. '하는 짓이 구질구질하다'라는 뜻이다. 어쩐지 아까 같은 분위기에서는 어울리지 않는 한자다.

뒷모습은 여전히 아빠만 보였지만, 내가 다가가자 아빠가 "히카루, 이리 와"라고 말했다. 엄마 옆으로 갔더니 아빠가 나를 엄마와 같이 끌어안아서 나는 엄마 품 안으로 들어갔다. 지금 분명히 셋이 한 사람처럼 보일 거다.

"어때, 딱 맞지? 마지막 퍼즐 조각을 끼워 넣을 때처럼 기분이 좋아." 아빠가 그렇게 말하자, 엄마는 작은 목소리로 "바보"라고 했다.

"히카루, 지금 엄마가 말한 이 '바보'는 나쁜 말이 아니야."

나는 어쩐지 아빠가 하고 싶은 말이 뭔지 알 것 같았다. 그 '바보'는 사랑이 담긴 '바보'였다.

그러니까 '잔인(殘忍)' 같은 무서운 한자도 아빠와 엄마한테 어울리지 않는다.

나는 한자를 무척 좋아한다. 하지만 아빠와 엄마는 훨씬 많이 좋아한다.

기적의 두 사람

*

　류는 내 그림을 세 번 그렸다. 맨 처음은 고등학교 2학년 때였
다.

　"남자 친구가 화가면 나를 그려 달라고 할 수 있어. 좋을 것 같
지 않아?"
　"남자 친구가 뮤지션이면 노래를 작곡해서 불러 달라고 할 수
있지. 나는 그게 더 좋아." 내 말에 우리 반 친구 아카네가 대답
했다.
　"노래도 좋지만, 나는 무조건 그림이야."

"이치로 류 때문이지?"

정곡을 찌르는 말에 당혹스러웠다. 내가 류를 좋아하는 것은 비밀이기 때문이다. 아카네에게도 속마음을 말하지는 않았었다. 거기다 작은 목소리긴 하지만, 지금 바로 이 교실에 류가 있다. 내 머릿속에서 이치로 류는 꽤 오래전부터 성을 떼고 '류'라고만 불렸다. 나는 남몰래 창가 쪽을 보았다. 주변에 있는 그 누구도, 당사자인 류 역시도 우리 대화에 귀를 기울이지는 않는 듯했다. 다들 점심을 먹고서 찾아온 휴식 시간을 마음껏 만끽하고 있었다. 류는 교실 맨 뒷자리에서 창밖을 멍하니 보고 있었다. 나는 안심하고 목소리를 죽였다.

"알고 있었어?"

"알다마다. 항상 눈으로 이치로 류를 좇고 있잖아. 다, 티, 나."

충격이었다. 나는 아무에게도 들키지 않도록 충분히 조심했다고 생각했다. 내가 동요하는 것을 눈치채고 아카네가 토닥여 주었다.

"괜찮아. 아마 눈치챈 사람은 나밖에 없을 거야. 조심했잖아, 충분히."

완전히 간파당했다는 사실에 힘이 빠졌다. 아무 말도 할 수 없었다.

"하지만 방금 그 발언은 안 돼. 남자 친구가 화가면 좋겠다는 말은 이치로 류랑 사귀었으면 좋겠다는 말이나 마찬가지야."

류는 미술부로, 고등학생이면서도 현에서 주최한 미술전에서 입선했다. 덕분에 교내에서도 유명해져서, 아카네 말처럼 '그림을 그린다'라고 하면 류가 연상된다.

류가 입선한 미술전을 혼자 보러 갔었다.

류의 그림은 작은 병을 엄지와 검지로 집은 오른손을 그린 그림이었다. 손가락은 희고 가늘어서, 어쩐지 여자 손가락 같았다. 배경이 짙은 남색이라 전체적으로 어두운 그림이었다. 작은 병은 뚜껑이 닫혀 있었고, 안에는 파란 무언가가 들어 있었다. 모양은 불분명했지만 촛불 같은 형태였다. 작품명은 '병'. 아주 단도직입적인 이름인데, '무엇을 상상하며 그렸는지', '무엇을 상징하는지', 힌트가 하나도 없었다. 하지만 그래서 더 류답고 좋았다.

"일단 이치로 류가 평소에 어떤 그림을 그리는지 알아보는 게 어때? 초상화를 그려 줬는데 결과물이 충격적일 수도 있잖아. 오른쪽 눈이랑 왼쪽 눈이 기괴하게 틀어져 있다든가. 왜, 피카소처럼."

미술전에 가서 류 그림을 본 것은 아카네에게도 비밀이다. 교내엔 가끔 환경 주간이나 독서 주간에 포스터가 붙는다. 교내 포스터 그리기 대회에서 입상한 작품들인데, 류는 매번 거기에 이름을 올린다. 미술전 그림과 포스터를 보면 약간의 불안감을 느낀다. 누가 봐도 아름답고 황홀한 화풍은 아니기 때문이다. 하지만 지금은 아직 그런 걸 걱정할 단계가 아니다.

"아직 고백도 안 했는걸, 뭐."

"맞아. 우선 고백부터 해야지. 지금이야 지금. 눈 딱 감고."

아카네는 내 얼굴을 빤히 쳐다보았다. 답을 기다리는 것 같다. 그 성급한 말을 곱씹어 보았다. 아무리 그래도 반 애들이 있는 교실 한가운데서 고백할 배짱은 없다. 그렇다고 류가 혼자 있는 순간을 기다리기도 귀찮다. 지금 류 주변엔 아무도 없다. 고백 편지를 써도 되겠지만, 주고 나서 답을 기다리는 시간이 답답하다. 류가 답장을 줄지조차 확실하지 않다. 그런 불확실한 시간을 속 끓이며 보내는 상상을 하니, 아카네의 제안도 나쁘지 않게 느껴졌다.

"그래, 결심했어."

나는 공책에 컬러 펜으로 글을 적었다. "보지 마." 내가 말하자 아카네는 다른 쪽으로 고개를 돌렸다. 다 적은 공책을 들고 류의 자리로 가서 책상 위에 펼쳤다. 창밖을 보던 류는 내 쪽으로 시선을 돌리더니, 잠시 정지했다가 공책에 적힌 글을 읽었다. 그러고 나서 또 내 얼굴을 빤히 보다가 공책 끝에 답을 적었다. 그러는 동안 류는 한 번도 웃지 않았고, 표정을 바꾸지도 않았다. 나는 답장이 적힌 공책을 들고 자리로 돌아왔다. 아카네는 분명 처음부터 끝까지 눈도 깜빡이지 않고 지켜봤을 것이다.

"어때, 뭐래?"

나는 공책을 펼쳐서 보여 주었다.

'류, 내 초상화를 그려 줘.'

그렇게 공책에 적었었다. 내가 속으로 '류'라고 부르는 것도 이참에 밝혔다.

"돌직구네. 갑자기 성도 떼고 부르고."

한가운데에 크게 적힌 내 글씨 옆에 조그맣게 류가 쓴 대답이 있었다.

'좋아, 언제든.'

"나 성공이야? 아니면 그냥 의뢰라고 생각했으려나?"

힐끔 돌아보니, 류는 아무 일도 없었다는 듯 다시 창밖에 시선을 던지고 있었다. 아카네도 초상화 의뢰였다고 생각했는지, 신경써서 나를 달래듯이 말했다. "처음은 모델부터 하면서 시작하는 거지, 뭐. 그나저나 쟤, 악필이네."

입 밖에 내지는 않았지만 나도 그렇게 생각했다. 교내에 붙는 포스터에 들어간 글자는 타자기로 친 것처럼 반듯했다. 그걸 보고 내 멋대로 류의 글씨를 상상했기 때문에, 류가 악필인 것은 의외였다. 그 뒤에 나는 교실 안에서는 최대한 대화를 피하려고 메신저 아이디를 적은 메모지를 류 책상에 올려놓고 왔다. 계속 기다렸는데, 학교에 있는 동안에는 반응이 없어서 속상했다. 그러고 보니 류가 학교에서 휴대전화를 만지는 모습은 본 적이 없다. 아카네는 다시 위로의 말을 건넸다. "예술가의 시간은 아마 일반인이랑은 다르게 흐를 거야. 이치로 류가 휴대전화를 갖고 있으면 언젠간 연락이 오겠지."

결국 그날 밤에 연락이 와서 나는 순조롭게 류의 모델이 될 수 있었다. 이튿날 방과 후, 류를 따라 미술실로 갔다. 안에 미술부가 있대서 들어가기 민망했는데, 다행히 부원 숫자가 많지 않았다. 류가 "저기 앉아"라고 지정한 자리에 앉자, 다른 부원 다섯 명이 일제히 나를 향해 돌아앉았다. 만약을 생각해 공개적으로 말했다. "류의 전속 모델이니까, 다른 분들은 저를 그리지 말아 주세요."

그러자 다섯 명은 또 일제히 류를 향해 방향을 틀었다.

"말대로 해." 류가 한마디 하자, 다들 수긍하고서 다시 자기 작품에 집중했다. 류의 말투로 보아 아무래도 3학년은 없는 것 같다. 확실히, 미대를 지망하지 않는 이상 동아리 활동은 하지 않을 시기다. 그 뒤로는 가끔 캔버스나 도화지 문지르는 소리만 들릴 뿐이었고, 여섯 명 모두 거의 대화하지 않았다. 내가 류의 모델이된 이유를 물어보지도 않았다. 어색하긴 했지만, 그날부터 미술부원처럼 미술실을 들락거리게 됐어도 아무도 내게 질문하지 않았다. 하도 이상해서 물어보았다. "류, 다들 과묵하네. 그림 그릴때는 말없이 그려야 한다는 규칙이 있어?"

"우연히 말수가 적은 여섯 명이 모였을 뿐이야. 작년까지 있던 선배 둘은 다 수다스러웠어."

내친김에 전부터 궁금한 것도 물어봤다. "류, 포스터에 들어가는 글씨랑 평소 글씨가 그렇게 다른 이유가 뭐야?"

류는 무슨 말인지 모르겠다는 표정을 지었다. 이쯤 되면 단도직입적으로 묻는 수밖에 없다. 미술실에 출입하게 된 이후 미술부 게시판에 붙어 있는 류가 쓴 메모도 살펴봤는데, 역시 글씨가 어마어마하게 이상했다.

"포스터 글씨는 인쇄된 것처럼 깔끔한데, 공책에 적은 글씨는 이상하길래."

류는 딱히 화를 내지 않았고, 질문의 의도를 이해한 듯했다.

"포스터 글씨는 글씨가 아니야. 도안이 있으니까 그림처럼 그릴 수 있어. 하지만 글씨는 원래 잘 못 쓰니까 어쩔 수 없어."

"그렇구나."

류에게 그림과 글씨는 그렇게나 다른가 보다.

그렇게 우리는 꽤 많은 시간을 함께하게 됐고, 보름 가까이 지나 내 초상화가 완성되었다. 나는 아무런 요청도 하지 않았는데 미술전에서 본 어두운 화풍이 아니라 밝고 화사한 그림이었다. 눈과 입도 정상적인 위치에 있었다. 나와 얼마나 닮았는지는 모르겠지만, 류 눈에 내가 이렇게 보인다면 그런대로 괜찮은 결과물이었다. 좋은 그림인지 아닌지는 내가 판단할 수 없어도 아무튼 좋아하는 사람이 그린 내 초상화다. 기쁘지 않을 리가 없다. 미술부원들의 대화 속에서 재료를 사느라 돈이 많이 들었다는 소릴 들은 기억이 나서 류에게 물어보았다.

"이거 내가 가지는 거지? 재료비는 내가 낼게."

"괜찮아. 어차피 예전 실패작을 덮은 거야."

"실패작을, 덮은…?"

"설명이 좋지 않았네. 전에 캔버스에 그린 그림이 별로라서 긁

어내고 그 위에 그렸어. 하지만 대부분의 작품이 그렇게 완성되니까 하나의 과정이라고 생각해 줘. 다음에는 새 캔버스에 그릴게."

류의 그 말에 우리에게는 다음이 있다는 사실을 알게 됐다. '우선 모델부터 시켜 주세요' 하며 내가 내민 손을 류가 잡아준 모양새지만, 그래도 나 혼자 억지로 밀어붙이는 관계는 아니었나 보다. 기뻐서 아카네에게 그 이야기를 하자, 얼굴 가득 미소를 띠고 나에게 한 가지 보고를 해 왔다.

"나도 용기 내서 고백했어. 축구부 야시로한테. 답은 '예스'였어. 주말에 더블데이트하자."

아카네는 전부터 야시로를 좋아한다고 했다. 다른 반 앤데, 축구를 잘해서 멋있긴 하다. 류는 외모도 수수하고 운동과도 거리가 멀다. 그런데 더블데이트라니, 너무 이른 제안이지만 문제가 되는 건 그 부분이 아니다. 더블데이트 자체가 말이 안 된다. 넷이서 나란히 걷는 모습은 상상만 해도 이미 이상하다. 대화도 통할 리없다. 류와 야시로의 공통점이 하나도 떠오르지 않는다.

"말도 안 돼."

아카네는 고개를 흔드는 나에게 말릴 기회도 주지 않고 류의 자리로 날아갔다. 그리고 손쉽게 더블데이트 약속을 잡았다. 류가 순순히 제안을 받아들인 것을 보고, 혹시 류는 '어떤 부탁도 거절하지 않는 사람'인가 하고 의심을 품었다. 그런 거라면 우리 관계도 또다시 의미가 달라진다.

더블데이트 날, 대체 어떤 불협화음이 날까 걱정했지만, 그 걱정은 데이트 초반에 기우로 끝났다. 류의 무릎 뒤 인대가 끊어졌기 때문이다.

처음에 우리 네 사람은 역 근처에 있는 공원에서 만났다. 공원 광장에서는 초등학생들이 축구를 하고 있었고, 일찍 도착한 야시로는 그 속에 섞여서 놀고 있었다. 마지막으로 도착한 류에게 야시로는 "같이 공 찰래?"라고 제안했다. 류는 그것 또한 거절하지 않고 바로 달려 나갔다. '무엇이든 거절하지 않는다'라는 가설에 힘이 실려 점점 더 불안해졌다. 류는 생각보다 발이 빨라서 축구도 그럭저럭 상급자인 야시로를 따라가는 정도였다. 야시로는 초등학생들을 뒤로 제쳐 두고 진심으로 류와 공 쟁탈전을 벌였다. 격렬한 일대일 대결을 벌이던 도중, 두 사람의 다리가 엉켜 류가 넘어졌다. 달려가서 보니 류가 얼굴을 찌푸리고 있었다. 류는 자신을 에워싼 초등학생들에게 "괜찮으니까 이제 가 봐"라고 말했다. 하지만 초등학생들이 멀어졌는데도 류는 왼쪽 다리를 뻗은 채 움직이지 않았다.

"아파. 병원에 가야겠어. 일으켜 줘."

야시로는 어쩔 줄 몰라 하며 계속 "미안해"만 반복했다. 우리가 구급차를 부르자고 하자, 류는 거절하고 택시로 병원에 가겠다고 했다. 나는 엄마를 부를까도 생각했지만, 데이트한다는 이야기도 하지 않았으니 설명이 길어질 게 뻔했다. 류가 그려 준 그림도 아직 집에 가져가지 않았다. 아카네가 전화해서 자기 엄마를 불렀다. 아카네는 엄마한테 뭐든 이야기하니까 상황 설명이 짧게 끝났다. 병원 진찰 결과는 인대 손상이었다. 류는 왼쪽 무릎을 깁스로 고정하고 목발을 짚으며 진찰실에서 나왔다. 그 충격적인 모습에 모두가 경악했다. 그러자 류가 쑥스러워하며 설명했다. "이렇게 고정해 놨으니 이제 전혀 안 아파. 이게 있으면 움직이기도 편하고."

류는 그렇게 말하면서 오른쪽 목발을 들어 기관총 쏘는 흉내를 냈다. 그렇게 익살맞은 류를 본 건 처음이라 놀랐다. 우리의 침울한 기분을 달래 주려고 류 나름대로 마음을 쓴 모양이었다.

전치 2개월이지만 이르면 3주 지나 깁스를 풀 수 있다고 했다. 무릎을 구부리면 극심한 통증이 와서 계속 편 채로 생활해야 했다. 류의 어머니가 류를 데리러 병원에 올 예정이라, 야시로와 아카네 모녀도 먼저 집에 돌아가기로 했다. 나는 남고 싶었지만 류의 어머니와 대면할 마음의 준비가 되지 않은 상태였다. 게다가 상황이 상황이다. 내게도 책임이 있다. 나는 류의 어머니가 병원에 도착하기 전까지만 류와 같이 있기로 하고, 아카네의 엄마가 집까지 바래다준다고 하는 것을 거절했다. 큰 종합 병원이라서 병원 안에 벤치가 놓인 뜰이 있었는데, 류는 거기로 가서 기다리겠다고 했다.

"류, 대기실에 있어도 돼. 움직이기 힘들잖아." 내가 말했지만 류는 괜찮다고 했다. 원래 사용하던 것처럼 능숙하게 목발을 움직여 내 앞을 걸어갔다. 비록 내가 "어머니랑 마주치긴 좀 그렇다"라고 말하기는 했지만, '이왕 이렇게 된 거, 소개해 줄게'라는 말을 들었다면 거절하지는 않았을 것이다. 하지만 류도 나와 어머니를 만나게 하고 싶지는 않았나 보다. 어머니와 나, 어느 쪽이 문제였을까.

안뜰에 등나무 쉼터가 있어서 그 아래에 놓인 벤치를 향해 갔다. 먼저 온 손님이 있었다. 젊은 남자였다. 우리가 앉자마자 말을 걸어 왔다.

"골절?"

"아니요. 축구하다가 인대가 끊어졌어요."

"축구부?"

"아니요. 미술부예요."

"미술부인데 축구를 해?"

"축구부도 그림은 그리잖아요."

"미안, 그렇네."

남자가 씩 웃었다. 웃는 얼굴이 그림으로 그린 것처럼 산뜻했다. 하지만 내가 그다지 좋아하는 스타일은 아니다.

그러고 보니 야시로도 오늘 만나자마자 "나도 그림 그리는 거 좋아해"라고 말했었다.

"류, 마실 거 사올까?"

류는 "괜찮아"라고 대답했고, 남자는 계속 웃으면서 말했다. "이름이 '용 룡(龍)' 자를 쓰고 '류'로 읽는 건가? 드래곤, 멋있는 이름이네."

"아니요. '흐를 류(流)'를 쓰고 '류'로 읽어요."

"아, 그래? 의외다. 아니, 내가 섣불렀네. 내가 좀 섣불리 단정 짓는 경향이 있거든." 말을 마친 남자는 '픽' 하고 웃었다. 뭔가 생각난 게 있는 모양이다.

"병원엔 어디 아파서 오셨어요?"

이제 그냥 무시해도 될 텐데, 류는 남자와 대화를 이어갈 생각인가 보다.

"아니, 여자 친구 정기 검진 때문에 왔어."

"여자 친구분이 아프세요?"

"지금은 건강해. 여기 병원에서 12년 동안 잠들어 있었어. 이제 깬 지 2년째고, 1년에 한 번 뇌파 검사를 받으러 와. 곧 결혼할 거야."

"잠들어 있었다고요? 식물인간이었다는 말이에요?"

류는 거침없이 질문을 이어갔다. 나도 점점 흥미를 느꼈다.

"교통사고로 의식 없이 12년 동안 자다가 2년 전 갑자기 눈을 떴어. 건강 상태는 양호하고, 아직 후유증도 없어. 작년에도 이상 없었으니까 올해도 괜찮을 거야."

"대단하네요. 잠들기 전부터 사귀던 사이였어요? 12년이나 계속 기다렸어요?" 내가 대화에 끼어들자, 류가 미간에 약간 주름을 만들었다. 자기가 먼저 대화를 시작해 놓고 나를 비난하는 것은 이상하다. 아니면 내 질문이 무례하다고 생각했나?

"응. 대단하지?" 남자는 또 웃었다.

이거 봐. 기분 나빠 하지 않잖아. 이 사람이 항상 웃는 성격이 아니었으면 이야기가 달라졌을 수도 있지만.

"조금 있으면 사고가 난 지 딱 14년이야."

그렇게 오래 애정이 이어지다니, 믿을 수가 없다. 만약 14년 뒤에도 류를 똑같이 좋아할 거냐고 묻는다면 나는 대답할 수 없다. 지금도 류를 어느 정도로 좋아하는 건지 나조차도 모르겠다. 류는 어떨까.

"여자 친구가 사고를 당한 날 큰 비행기 사고가 있었어. 아, 너희는 어렸을 때라 모르겠다. 그날이 다가오면 '그 사고로부터 몇 년—' 하면서 뉴스가 뜨니까 잊으려고 해도 잊히지가 않아."

큰 비행기 사고가 있던 날… 기억 끝자락에 무언가 걸렸다.

"아, 엄마가 도착했나 봐. 갈게. 고마워." 류가 휴대전화를 보더니 그렇게 인사하며 일어섰다.

"조심히 가. 류, 내일 봐."

류는 목발을 짚지 않았을 때와 비슷한 속도로 걸어서 병원 건물로 돌아갔다. 그 모습을 지켜보다가 다시 남자를 돌아보았다.

"14년 동안 오로지 여자 친구분밖에 없었어요? 바람피운 적 없어요?"

"응. 오로지."

"기적이네요."

"그런가? 고마워. 너도 저 친구랑 기적을 이뤘으면 좋겠다."

남자는 여전히 웃음을 머금고 있었다. 너무 반짝거려서 역시 거부감이 든다. 하지만 오로지 여자 친구만 바라봤다는 것에는 박수갈채를 보낸다. 전에 엄마에게 "그림 그려 주는 남자 친구랑 노래 불러 주는 남자 친구 중에 어느 쪽이 좋아?"라고 물어보니, 엄마는 "그림이랑 노래 다 못해도 되니까 성실한 사람이 좋아"라고 대답했었다. 아빠가 바람둥이여서 그런 대답이 나온 것 같다. 그림은 물론 포기하기 힘들지만, 성실한 사람이 좋다는 데에 이견은 없다. 류가 그 소양을 갖췄는지 확신은 없어도, 우리에게도 가능성은 있다.

"그러게요. 기적의 길도 한 걸음부터 떼야죠. 그럼—" 그렇게 말하고 가볍게 고개를 숙였다. 내 취향은 아니지만, 그 남자의 한결같음에 경의를 표하고 싶었다. 안뜰에서 나갈 때 한 여자를 스쳐서 지나갔다. "많이 기다렸지?" 하고 건강한 목소리가 등 뒤에서 들렸다. 그녀가 기적의 반쪽이다. 남자는 아마 얼굴 가득히 미소를 띠며 그녀를 맞이했을 것이다. 돌아보지 않아도 안다. 기적은 주변마저도 환하게 밝히는 빛 속에 있다.

다음 날, 류는 아무 일도 없었다는 듯 등교했다. 하지만 깁스에 목발까지 했다. 당연히 이목이 쏠렸다. 친구들이 자꾸 묻자 류는 귀찮다는 듯이 대답했다. "자다가 침대에서 굴러떨어지는 바람에 인대가 끊어졌어."

진실은 아무것도 말하지 않고 줄기차게 그 설명만 반복했다. 아카네는 책임을 느꼈는지 이른 아침부터 반 애들에게 둘러싸인 류를 대신해서 설명할 의지로 가득했지만, 우릴 감싸 주는 류의 말

에 가만히 손을 모아 고마운 마음을 전했다. 나는 류의 모델이
된 뒤로 매일 함께 집에 돌아갔지만, 류가 다리를 다치고 나서는
류의 어머니가 학교까지 류를 마중 나오기 시작해서 학교 건물
안에서 배웅하게 됐다. 멀리서 본 류의 어머니는 예민하고 까다로
워 보였다. 내가 적극적으로 나서서 인사드리러 가기에는 불편한
느낌이 있었다. 류도 어머니를 소개하겠다고 나서지 않으니 계속
그런 상태로 지냈고, 얼마 후 류의 다리가 나아 예전처럼 함께 집
에 돌아가게 되자 류의 어머니에 관해서는 잊어버렸다. 그런데 깁
스를 한 당시 류가 내게 한 말은 마음에 걸렸다.

"다리가 안 나았으면 좋겠다."

내가 "왜?"라고 묻자, 류는 "계속 엄마가 배웅해 주고 마중 나
와 줄 테니까"라고 대답했다. 하지만 어머니가 배웅해 주고 마중
나와 주는 것을 류가 기뻐하는 기색은 지금껏 없었기에, 나는 의
아하게 생각했다.

기적을 향해 한 걸음을 내디딘 우리는 그 후 4년이라는 시간을
쌓았다. 그사이 나와 류는 대학생이 됐다. 류는 주변의 기대대로
미대에 들어가서 착실하게 화가의 길을 걷고 있었다. 내가 생각
한 것 이상으로 예술가가 되는 길은 험난한 듯했다. 미대를 나와
서 전업 화가로 일하며 사는 사람은 극소수였다. 그 사실을 알고
난 뒤, 그러면 매년 미대를 졸업하는 그 많은 사람들은 도대체 어
떻게 먹고사는지 의문이 들었다. 디자인 전공이면 그나마 회사에

취직이라도 할 수 있다. 하지만 회화를 전공한 사람들은 대체 어디로 가야 하나. 어둠 속으로 사라져 갈 뿐인가. 변함없이 절친한 친구 관계를 유지해 준 아카네에게 그 궁금증을 꺼내 보았다.

"어둠 속으로 사라진다니, 무슨 소리야? 무례한 발언이네. 걱정 안 해도 다들 평범하게 잘 살아. 미술 선생님이 되거나, 미술 학원을 열거나, 취미로 계속하거나. 그리고 그건 미대 나온 사람들에 한정된 얘기도 아니잖아. 음대 나온 사람들도 그래. 왜, 이치로 류의 장래가 걱정돼?"

아카네는 야시로와 사귀기 시작한 지 약 반년 만에 헤어져서, "남자 친구 갖고 싶다"라는 말을 "안녕"과 "잘 가"만큼 자주 하다가 고등학교를 졸업했다. 대학교에 들어가서는 그렇게 원하던 밴드 하는 남자를 만나 자신만을 위한 노래를 불러 주기를 애타게 기다렸건만, 자기는 보컬이 아니라며 거절했다고 한다.

아카네의 남자 친구를 처음 만났을 때 "케이입니다"라고 인사하기에 나도 그렇게 불렀다. 어떤 한자를 쓰는지도 모르고, 성도 모른다. 아카네는 류를 고등학교 시절과 마찬가지로 '이치로 류'로 부른다. 케이는 계속 음악 활동을 이어갈 마음은 없는지, 평범하게 취직하고 싶어 했다. 나는 아카네가 꼬집은 대로 류의 장래를 걱정했다. '그림을 그린다'는 것은 류의 일부다. 그림을 그리지 않는 류는 류가 아닌 느낌이다.

대학교 3학년 때, 류는 나를 모델로 한 두 번째 그림을 그렸다.

고등학생 때 처음 그려 준 뒤로 꽤 시간이 흘러서, 그동안 여러 번 '새 캔버스에 나를 그려 주는 날은 언제 와?'라고 물어보고 싶었지만 기회가 없었다. 류는 순차적으로 새로운 소재를 정해서 그림 제작에 들어가는데, 마치 내가 대기 줄에 끼어드는 것 같아서 눈치가 보였다.

미술전에 출품하기 위해 나를 그리고 싶다는 말을 들었을 때, 그 제안이 나를 얼마나 기쁘게 하는지 대놓고 표현했다. 승자처럼 주먹을 위로 치켜들고 함성을 지르고 손뼉을 쳤다. 류는 입을 반쯤 벌리며 놀랐지만, 곧 "미안해. 늦어져서"라고 사과했다.

그 미술전에서 류는 우수상을 받았다. 고등학교 2학년 때와는 조금 화풍이 달라졌는데, 문외한의 눈에도 훨씬 좋아진 것이 보였다. 내가 모델이라는 점을 빼고 생각해도 멋진 작품이었다. 그림 속 나는 그늘 한 점 없이 기쁨에 차서 웃고 있었다. 미술전은 신인 화가의 등용문이나 다름없어서, 상을 수상한 류의 앞길은 창창한 셈이었다. 이대로만 가면 극히 드물게 유명해질 수 있을 것 같았다. 나는 그 미래가 기뻤지만, 류의 반응은 예상과 달리 담담해서 어쩐지 남의 일을 대하는 듯했다.

수상작이 전시된 미술전에서 나는 류의 어머니와 마주쳤다. 그림 앞에 우두커니 선 여자가 류의 어머니인 줄 모르고 다가갔다. 뒤돌아선 여자는 나를 보더니 갑자기 사납게 쏘아붙였다.

"네가 모델이구나?"

초면인데, 싸움을 거는 느낌이었다. 바로 류의 어머니임을 눈치챘다. 고등학생 때 학교 앞으로 류를 마중 나온 모습을 봤기 때문이었다. 그때 본 인상도 결코 좋았던 건 아니었다. 그런데 갑자기 이런 태도는 또 뭔가. 나는 침묵으로 맞섰다.

"혹시 류 인대가 끊어졌을 때 같이 있던 애?"

몇 년이나 지난 이야기를 꺼내는 것을 보니, 나에 관한 정보가 부족한 모양이다.

"류와 오래 사귀고 있습니다." 나는 가볍게 고개를 숙였다.

"그래."

우수상 수상을 생각하면, 어머니에게는 자랑스러운 아들일 것이다. 하지만 아들의 수상작을 앞에 두고 섰는데 조금도 기뻐 보이지 않았다. 기뻐하기는커녕, 아주 불쾌해하는 듯이 보였다. 나를 만나서가 아니라, 처음 봤을 때부터 그랬다. 그리고 나와 대화하고 나서는 더 불쾌해했다. 나를 보는 눈에서 적의(敵意)가 느껴졌다. 일반적으로 엄마가 아들을 여자 친구에게 뺏겼을 때 품는 분노치고는 도를 넘은 듯했다. 둘이서 말없이 잠시 류의 그림을 바라보았다. 그리고 둘 다 '앞으로도 잘 부탁합니다'라는 말은 신중히 피해 가며 헤어졌다. 류에게 어머니를 만났다는 말은 하지 않았다. 어쩐지 말하지 않는 것이 좋을 것 같아서였다.

류는 미술전 관계자에게 화랑을 소개받아서 본격적으로 화가 활동을 시작했다. 대학교를 졸업하고 나서는 취직하지 않고 집에서 계속 그림을 그리기로 했다. 어둠 속으로 사라져 가는 화가들에게는 미안하지만, 류는 빛이 드는 길을 걷기 시작했다.

류는 고등학생 때와 마찬가지로 대학생 때도 작업은 모두 학교 미술실에서 했다. 나는 류와 다른 대학교에 다녔지만, 류네 학교 미술실에는 여러 번 갔다. 그림을 그리는 류 옆에서 조금 말을 걸거나 이야기하면서 오랜 시간을 보냈다. 대학을 졸업한 뒤로 나는 취직해서 매일 정해진 시간에 근무하게 됐다. 하지만 평일에 시간을 낼 수 있을 만한 여유로운 직장이 아니었다. 류와 만날 수 있는 시간은 자연스레 줄어들게 됐고, 주말에라도 보면 다행인 정도였다.

사귄 지 벌써 몇 년이나 됐는데, 류의 집에는 한 번도 가본 적이 없었다. 류가 초대한 적이 없었고, 왠지 내가 먼저 말을 꺼내기도 꺼려졌다. 류의 경우엔 나를 집에 데려다주다가 우리 엄마를 만나 대화한 적이 몇 번 있었다. 그렇다고 해서 대화가 무르익은 적은 없었고, 매번 조금 어색한 분위기로 끝났다. 류는 원래 말수가 적어서 엄마가 먼저 질문해 봐도 이야기가 꽃을 피우지는 못했다. 그래서 엄마도 굳이 더 질문하지는 않게 됐다. 아마도 엄마는 우리의 연애가 기적처럼 오래갈 것이라고는 생각하지 않았던 것 같다. 설령 류에게서 더 정보를 얻어 낸다 해도, 우리가 결국 헤어지게 되면 그 정보는 의미가 없어진다. 엄마는 쓸데없는 짓은 일절 하지 않는 사람이다.

"난 너만 생각하면서 살아." 엄마는 툭하면 내게 그렇게 말했는데, 그것은 사실이다. 류는 아직도 엄마 눈에 들지 못했다. 엄마는 우리 사이를 인정하지 않는다는 사실을 가끔 넌지시 전해 왔다. 군이 거스를 마음은 없었지만, 엄마의 바람과 달리 류를 향한 나의 애정은 깊어만 갔다.

어느 날, 류는 왼쪽 손목이 골절됐다며 깁스를 한 손을 팔걸이로 목에 걸고 왔다. 계단에서 발을 헛디뎠다고 했다.

"살짝 금이 갔는데, 좀 과하게 해 달라고 했어."

류는 손목 골절이라고 했는데, 팔 대부분이 깁스로 감싸져 있었다. 조금 기뻐 보이기까지 하는 태도에 화가 났다. 걱정하는 사람 생각도 해 줬으면 했다.

"그렇게 과하게 할 필요가 있었어?"

"왜, 다들 깁스에 사인펜으로 낙서하잖아. 꼭 해야 돼. 그걸 해 보고 싶었어." 류는 그렇게 말하면서 바로 주머니에서 펜을 꺼냈다. 나는 "바보"라고 말하며 류의 깁스에도 '바보'라고 적었다.

"1번이네." 류가 말했다.

"언제나 류의 1번은 나야. 그리고 다른 사람들이 다 적고 나서 마지막에 또 '바보'라고 적을 거야. 류의 마지막도 나니까."

하지만 류는 내 말을 전혀 듣지 않았다. 그저 깁스 위에서 펜을 열심히 움직일 뿐이었다. 못난 글씨로 무엇을 적나 했더니, 내가 적은 바보 옆에 만화 같은 얼굴을 그리고 있었다. 그러더니 '바보'를 말풍선 안에 집어넣었다. 나를 그린 건가 보다.

"어, 이건 노카운트야. 나를 그려 준 걸로 치지 않을 거야. 낙서니까."

"원래 깁스는 이런 거야. 낙서가 잘 어울리지."

그러고 나서 며칠이 지나 만났을 때, 류의 깁스에는 정교한 묘사가 들어간 그림이 여러 개 그려져 있었다. 내 '바보'는 눈에 띄게 간소해졌다.

"회화과 친구들을 만났더니 이렇게 됐어. 깁스 위에서 그림 실력을 경쟁한 것 같아."

다들 잘 그렸었는데, 지금은 무엇을 하며 지낼까? 그땐 어둠 속으로 사라지지는 않을 것 같아서 안심했었다. 한 달쯤 지나 류가 깁스를 풀자, 깁스 캔버스는 미술실에 전시되었다고 들었다.

그로부터 반년쯤 지났을 무렵, 류가 이번에는 왼손에 붕대를 감고 왔다. 골절됐을 때를 떠올리며 이번에도 일부러 과하게 붕대를 친친 감았나 했다. 류는 그림 도구를 깎는 칼에 실수로 손바닥을 벴다고 했다. 병원에 가서 몇 바늘 꿰맸다고 했다. 나는 듣기만 해도 그 아픔이 상상돼서 얼굴이 일그러졌다. 그런데 정작 본인은 태연했다.

"이제 아프지 않으니까 괜찮아. 왼손이라서 그림도 그릴 수 있어."

손목 골절에 이어서 이번에도 왼손이라니, 이상할 정도로 '불행 중 다행'이 계속됐다. 류는 "괜찮아"라고 말하면서 손끝만 보이는 붕대 속 손을 쥐었다 펴 보였다. 말과는 달리 아파하는 표정이 엿

보였다. 다 숨길 수 없을 정도였나 보다. 류가 애처롭게 붕대 속 손을 축 늘어뜨리고 밖을 돌아다니는 모습을 보고 있기가 힘들었다. 나는 용기를 내어 지금까지 하지 못한 말을 꺼냈다. "캔버스 앞에 앉은 류를 보고 싶어."

그것은 '류네 집에 가 보고 싶어'라는 의미였다. 류는 시원시원하게 대답했다. "좋아, 언제든."

지금까지 그렇게나 망설이다가 겨우겨우 말했는데, 고민해 온 긴 시간이 허무해지는 한마디였다. 승낙을 받은 기쁨보다 어쩐지 분한 마음이 더 강해져서 입술을 깨물었다. 그 순간, 고등학생 때 처음 류에게 '날 그려 줘'라고 했을 때가 떠올랐다. 이 맥 빠지는 느낌은 그때와 똑같다. 어떤 부탁이라도 거절하지 않는 류의 성격도 그때와 똑같다. 류는 조금도 변하지 않았다. 그게 왠지 모르게 기뻐서 히죽 웃고 말았다. 표정이 급변하자 류가 빤히 나를 쳐다봤다.

"이상한 애야." 그렇게 말하고 류가 웃는 바람에 나는 웃음이 더 삐져나왔다. '이상한 애'라고 불리는 것마저 기뻤다. 그리고 류가 대답에서 '언제든'이라고 했으니, 용기를 내 처음으로 류의 집에 가기로 했다. 그것은 류의 어머니를 만난다는 뜻이기도 했다. 나는 나 나름대로 이전의 태도를 만회하려고 마음의 준비를 했다. 하지만 반쯤 예상했던 대로 어머니는 얼굴을 보이며 나를 맞이해 주지 않았다. 그리고 생각보다 집이 좋아서 놀랐다.

화실로 쓴다는 방으로 안내받아 들어가 보니, 그 공간은 유화 물감 냄새로 가득했다. 류가 늘 휘감고 있는 냄새다. 언제부터 그림을 그리기 시작했는지는 물어보지 않았지만, 벽이나 바닥에 스며 있는 물감은 류가 그림을 그리기 시작하고 나서 오랜 세월이 흘렀음을 말해 주었다. 꽤 오래전부터 화실로 사용한 모양이다.

방 한가운데에 이젤이 우뚝 서 있었다. 놓인 캔버스에는 아무것도 그려져 있지 않았다. 내가 텅 빈 캔버스를 바라보자, 류가 변명하듯 말했다. "마음에 안 들어서 덮었어."

이걸 덮다가 다쳤나 보다. 나는 캔버스 옆에 놓인 페인팅 나이프를 발견했다.

"얘가 범인이야? 얄미운 나이프 자식."

류는 소리 내지 않고 웃었다. 팔짱을 끼고 선 자세가 그림 같았다. 내가 그림을 잘 그렸다면 당장이라도 스케치해서 남기고 싶을 정도였다.

"류, 나를 또 그려 줄래?"

그 말이 나도 모르게 흘러나왔다. 그 질문에 대답하려는지, 류가 무언가 말하려고 하는데 방 밖에서 목소리가 들렸다.

"류." 어머니가 류를 부른다. 류를 '류'라고 부르는, 내가 아닌 다른 목소리를 들은 적은 처음이었다. 지금까지 그 호칭은 나에게만 허락됐었다. 주변 사람들은 나를 신경 써서 류를 이름으로만 부르지 않았다. 엄마가 아들을 이름으로 부르는 것은 당연한데, 왠지 귀에 거슬리고 분했다. 게다가 직전에 '나를 그려 줄래?'라고 물었으니, 이번에도 어떤 부탁이든 거절하지 않는 성격대로 '그래'라는 대답이 돌아올 차례였는데. 그 순간을 방해받은 것 같아서 그것도 분했다. 이전의 태도를 만회하려고 의지를 불태우며 왔건만, 역시 나에게는 무리인 것 같다. 어머니의 목소리를 듣자, 그 미술전에서 있었던 일이 떠올랐다. 미술전에서 어머니를 만났다는 이야기는 아직도 류에게 하지 않았다.

"처음 보지? 소개할게."

그 말을 듣고 역시 어머니도 미술전에서 나를 만났다는 이야기를 류에게 하지 않았음을 알았다. 내 존재를 무시하겠다는 의지로 느껴졌다. 류가 문을 열자, 밖에는 커피를 쟁반에 받쳐 든 어머니가 서 있었다. 이미 살짝 미소까지 띠고 있었다. 전투태세로 문이 열리기만을 기다린 듯해서 난 기가 막혔다.

"자, 편하게 들어요."

어머니는 그 말만 하고 쟁반을 넘겼다. 말이나 표정과 달리 차갑고 억양 없는 목소리였다. 나에게 말할 틈을 전혀 주지 않고 방을 나가 문을 닫았다.

"전부터 엄마한테 얘기 많이 했거든. 아마 엄마도 이미 만난 적 있는 것처럼 느낄 거야." 류는 변명했지만, 어쩐지 어색해 보였다. 정식으로 서로 소개하고 인사 정도는 하는 것이 어른의 예의다. 내 얼굴에서 불만이 드러난 모양인지, 류는 또 변명을 덧붙였다. "오늘은 기분이 좋아 보이니까 그나마 괜찮은 편이야."

그럼 기분이 좋지 않을 때는 어떤 식일까. 그럴 때 와 보고 싶기도 하다. 진저리치면서도 공포 영화를 보고 싶어 하는 마음이 이런 것일까. 그 뒤로는 같은 집 안에 있는 어머니의 존재가 신경 쓰여서 이러지도 저러지도 못했다. 감정 없이 차갑게 웃는 모습이나, 미간에 주름을 잡은 귀신 같은 얼굴을 상상했다. 그 공상에 정신이 팔려서 '류, 나를 그려 줄래?'라고 다시 묻지 못했다. 그러다가 류에게 선수를 뺏겨 버렸다.

"바다 풍경을 그리려고 해."

류가 그렇게 말하며 시선을 보낸 곳에는 사진 몇 장이 있었다. 핀으로 벽에 꽂혀 있다. 어느 바다를 촬영한 사진이다. 쌓여 있는 유목(流木) 뒤편에 회색 하늘과 바다가 있다. 흐린 날에 촬영한 것 같다. 그리고 창가에는 사진에 찍힌 것과 비슷한 유목이 두 개 놓여 있었다.

"바다에서 주워 왔어."

언제 바다에 갔을까, 누구와 갔을까, 멍하니 그런 생각을 했다. 나는 일 때문에 평일에는 시간을 내지 못한다. 주말에도 다른 볼일이 생길 때가 있다. 반면에 류는 매일 시간을 낼 수 있어서 어디에든 갈 수 있었다.

"바다, 같이 갔으면 좋았을 텐데." 원망하는 목소리가 나왔다. 분명 한심한 표정이었을 거다.

"그래. 다음에 같이 가자." 수습하듯이 류가 말했다.

묻고 싶은 것은 산더미 같았지만, 전부 삼켰다. 나는 유목을 손에 들고 애써 밝게 말했다. "이거 감각 있는 사람들이 옷걸이나 난간 같은 데에 장식으로 쓰는 거야. 비싸게 팔린다고 들은 적이 있어."

"그래? 그럼 아르바이트 삼아서 잔뜩 주워 올까?"

"그때는 꼭 같이 갈 거야."

이렇게 선언해 두면 된다. 류의 행동을 내가 제어할 수는 없지만, 제한 정도는 해도 괜찮겠지. 류는 다시 팔짱을 낀 채 소리 내지 않고 웃었다. 하지만 그 웃는 얼굴은 기뻐 보이지도, 재미있어하는 것 같이 보이지도 않았다. 지금은 어정쩡하게 웃는 대신 확실히 '알겠어'라고 해야 할 순간인데….

사진을 이젤 끝에 놓고 간단히 밑그림을 그리는 류를 바라보았다. 내가 집에 돌아갈 때도 류의 어머니는 얼굴을 비치지 않았다. 나는 힘껏 소리를 높여 인사했다. "커피 잘 마셨습니다. 그럼 또 오겠습니다!"

아카네가 옆에 있었으면 "항의 시위냐?"라고 한 소리 했을 것이다. 그 정도로 크게 외쳤다. 류는 놀라서 입이 떡 벌어졌다. 집에 돌아와서 돌이켜 보다가, 류가 큰 목소리에 놀란 것인지, 또 오겠다는 선언에 놀란 것인지 헷갈려서 잠시 고민했다.

류는 그날로부터 한 달 정도 더 붕대를 하고 있었다. 붕대가 사라지고 나서 왼손을 만져 보니, 상처는 이미 한참 전에 아문 듯했다. 내가 "시간이 꽤 걸렸네"라고 말하자, "오히려 짧았지"라는 답이 돌아와서 조금 놀랐다. 어쩐지 상처가 나아서 아쉽다는 듯한 말투였다. 골절과 상처를 반기는 태도가 아무래도 석연치 않았다.

류의 어머니를 생각하면 우울해졌지만, 류를 향한 내 마음은 커져만 갔다. 그 사실을 아카네에게 이야기하자 한마디 말이 돌아왔다.

"이제 와서?"

"그런가? 그동안은 내가 류를 얼마나 좋아하는지 몰랐어. 근데 이제 와서 깨달았어. 나는 이미 사랑의 포로야."

"일요일에도 관객이 한 다섯 명밖에 없는 영화 제목 같다. 심지어 공포 영화."

"근데 여기서 높은 장벽 등장. 어머니가 보통이 아니야."

"난공불락인 어머니라. 흔하지, 흔해. 언제 청혼받았어?"

"청혼은 무슨, 아직이야."

"뭐야, 그럼 아직 그런 얘기는 하기 이르잖아. 그래서, 이치로 류한테는 말했어?"

"뭘?"

"뭐냐니, 당연히 사랑의 포로 얘기지. 어머니보다는 그쪽이 먼저잖아."

"어떻게 해, 그런 부끄러운 소리를."

"우선은 말해야지. 지금이야 지금. 당장 말해야 해."

과거 언젠가와 똑같은 눈빛으로 아카네가 나를 바라보며 휴대 전화를 손끝으로 톡톡 두드렸다. 하지만 그렇게 채근해도 당장은 행동에 나설 수 없다.

"너도 나이를 먹었네. 옛날에 보여 주던 속공은 어디 갔어? 세

월은 행동력을 앗아가는구나. 그래, 어른이 된다는 건 많은 걸 포기하는 일이지. 하지만 어서 사랑을 전하지 않으면 후회할걸."

전해 봤자, 류가 나와 같은 마음이라는 보장은 없다. 그리고 무엇보다 돌아올 반응이 무섭다. 앞뒤 가리지 않고 행동할 수 있었던 과거를 생각해 보니, 아카네가 말한 것처럼 어른이 되기까지 많은 것을 버려 온 것 같다. 두려움에 매여서 류에게 마음을 전하지 못하고 제자리에만 머물러 있다.

아카네는 내 두려움이 오로지 나이를 먹었기 때문에 생긴 것이 아님을 안다. 류의 마음은 연애뿐만 아니라 모든 방면에서 읽기 어렵다. 오직 나만 생각하는 우리 엄마가 '류가 성실한지 아닌지' 판단하지 못한 채 내가 류에게 깊이 빠지는 것을 걱정하듯이, 아카네도 무언가를 느끼는 모양이다.

"아카네, TV에서는 자주 듣는데 실제로는 못 듣는 말이 뭐라고 생각해?" 문득 떠오른 생각을 입 밖에 꺼내 보았다.

"응? 뭐가 있을까? 으음, 함께 가 주셔야겠습니다?"

"뭐야, 그게. 그건 평소에 범인이 체포되는 순간을 목격하기 어려워서 그런 거잖아. 나는 평소에도 주변에서 흔히 보는 장면인데, 실제로는 하지 않는 말을 묻는 거야. 아, 근데 나만 그런 걸 수도 있겠다. 아카네는 실제로 할지도 몰라."

"모르겠어. 선택지가 너무 많아. 답이 뭔데?"

"사랑한다는 말. 그 말 케이한테 실제로 들어 봤어? 아니면 말해 봤어?"

"아, 그러고 보니 그렇네. 말해 본 적도 없고 들어 본 적도 없어. 주변에서 누가 말하는 것도 못 들어 봤어. 희한하네. TV나 소설 속에서는 넘쳐 나는데. 이참에 케이한테 한번 말해 볼까."

아카네는 그렇게 말하고는 내게도 그 말을 '사랑의 포로'에 이어서 말해 보라고 제안했다. 더 높아진 장벽에 내 발은 그냥 멈춰서 있기만 한 것이 아니라 뒷걸음질까지 쳤다.

"하긴, 이치로 류는 죽어도 말 안 하겠지." 아카네는 그렇게 말하면서 이야기를 끝맺었다.

류가 화랑에 그림을 가지고 가는 날 나도 따라갔다. 류가 가져간 것은 완성된 바다 그림이었다. 사진 속에서는 흐려 보이던 하늘과 어두운 바다도 류의 캔버스 위에서는 맑게 되살아날 줄 알았는데, 아니었다. 완성된 그림은 사진과 똑같이 어두운 색채였다. 앞쪽에 그려진 유목은 마치 뼈가 수북이 쌓인 무덤처럼 보였다. 고등학생 때 처음으로 본 류의 그림을 떠올렸다. 그 '병'도 지금 그림과 마찬가지로 어두운 색조였다. 나는 류에게 '병'에 대해 물어보았다. 여태껏 물어보지 않은 것이 신기할 정도였다.

"류, '병' 그림에는 어떤 의미가 있었어?"

류는 놀라서 내 쪽으로 몸을 돌렸다. 류의 그 반응을 보고 깨달았다. 나는 고등학교 때 혼자 미술전을 보러 갔던 걸 류에게 이야기한 적이 없었다. 부끄러워서 말을 못 해 왔는데, 내 표정을 보고 류가 그 사실을 눈치챈 것 같았다.

"병 안에 갇힌 기분이었으려나." 류가 말했다.

그렇다면 병 속의 푸른 불꽃은 류의 어떤 기분을 표현한 것이었을까. "그게 어떤 기분인데?"

"나는 막다른 골목에 서 있어. 어디에 빠져나갈 길이 없는지, 끊임없이 찾고 있어. 어쩌면 길이 있을지도 모른다는 작은 희망을 품고서."

"막다른 골목을 돌아 나올 수는 없어?"

"절대 돌아 나올 수 없어."

무슨 말인지 이해할 수 없었다. 오랜 궁금증을 해소하려고 했건만, 실패로 끝났다. 나중에 가서야 류가 한 말의 의미를 알게 됐는데, 그때 왜 더 자세히 물어보지 않았을까 후회가 든다. 물어봤더라도 결과는 같았을지도 모르지만, 물어봤어야만 했다.

그 이후 다시 한번 류의 집에 찾아갔다. 바다 그림이 끝났으니, 이제 '내 그림'을 그려 달라고 할 차례였다. 그렇게 생각하며 말을 꺼낼 기회만을 엿보고 있었다. 그리고 잘하면 아카네의 조언도 행동으로 옮겨 볼 생각이었다. 그날, 류의 어머니는 얼굴을 비치지 않았다. 때를 노리며 조용히 숨죽이고 있나 했더니, 어머니 몸 상태가 좋지 않다고 류가 말해 줬다. 그 이야기를 듣자 이럴 때 승기를 잡는 것은 공정하지 않다는 생각이 들었다. 결국 류에게 아무 말도 하지 못한 채 물감 냄새만 들이마셨다. 그러자 류가 입을 열었다. "여기는 원래 아버지 화실이었어."

"아버지도 화가셔?"

"응. 전혀 유명하지 않지만. 아버지는 내가 중학생 때 집을 나가셨어."

"이혼하셨다는 거야?"

"아니, 이치로는 아버지 쪽 성씨야. 엄마가 이혼을 받아들이지 않았거든. 하지만 아버지는 두 번 다시 이 집에 돌아오지 않을 것 같아. 아마 어디 외국에서 살고 있을 거야."

내가 자세한 사정을 물어봐도 될까, 그런 생각을 하며 망설이다가 나는 입을 다물었다. 류는 그 뒤로도 이야기를 이어 갔다. 류가 자기 자신의 일을 자세히 이야기한 적은 처음이었다.

"아버지는 나랑 엄마를 버렸어."

이 집은 원래 어머니의 본가였다. 인기 없는 화가였던 아버지가 얹혀살듯 들어와 살게 됐다. 조부모가 세상을 뜨기 전까지는 조부모도 같이 살았다고 했다. 집 크기만 보아도 어머니의 본가는 상당히 부유했던 것 같다. 류의 아버지는 이 집에서의 생활에 갑갑함을 느꼈다. 그리고 류가 중학생이 되자, 집을 나갔다. 그려 놓은 그림 몇 장을 팔아서 번 돈을 가지고 해외로 나간 모양이었다. 연락은 끊겼고, 소식도 모른다고 했다.

"갑작스러웠어. 아니, 사실 나는 어렴풋이 알고 있었을지도 몰라. 조짐은 있었거든."

아버지는 류에게 "이제 중학생이니까 너는 괜찮을 거야"라거나, "지금과는 다른 그림을 그리고 싶어" 같은 이야기를 조금씩 했었다.

류가 말했다. "아버지는 이 집에 있는 동안 계속 밤 풍경만을 그렸어. 거기 의미가 담겨 있는 줄은 상상도 못 했지만." 류는 자신이 본 아버지 그림은 전부 다 밤 풍경이었다고 했다. "엄마와 부부 관계가 일그러진 건 어렴풋이 알았어. 엄마는 독점욕이 강하거든. 아버지를 이 집에만 묶어 뒀어. 아버지는 집을 떠날 때까지 참아 왔을 거야."

나는 류의 어머니를 생각했다. 대화를 많이 해 본 것도 아닌데, 묘하게 수긍이 됐다.

"하지만 나는 어른들 감정을 짐작도 못 하겠어. 아버지와 엄마 사이에서 어떤 대화가 오갔는지도 몰라. 확실한 건, 아버지가 우리를 버렸다는 것과 엄마의 독점욕이 나로 옮겨왔다는 거야."

"혹시 어머니는 류가 그림 그리는 걸 반대하셔?"

류는 입을 다물었지만, '그렇다'라는 의미가 분명했다. 류의 어머니는 남편과 류를 겹쳐서 보며, 똑같이 버림받을까 봐 두려워하는 것이다.

"괜찮아. 류의 아버지와 류는 다르니까."

"괜찮아? 어떻게 그렇게 말할 수 있어?"

류의 말투가 거칠어져서 당황했다. 류의 얼굴은 지금까지 본 적이 없을 정도로 사나워서, 나는 그 이상 아무 말도 할 수 없었다. 아직도 무언가 내가 모르는 것이 있다. 그렇게 심각한 일일까.

결국 그날은 '내 그림' 이야기를 꺼내기는커녕 어색한 분위기로 헤어졌다.

일주일 후, 류가 "바다 갈래?"라고 권유해 왔다. 전주에 어색한 일이 있었던 차라 진심으로 기뻤다.

해변을 걸으며 어딘가에 쓸모가 있을 만한 유목을 찾았다.

"이건 운치 있으니까 800엔. 이건 사슴뿔 같아서 멋있으니까 1,000엔." 내가 가격을 매겨 가며 줍자, 류도 쭉 뻗은 유목 하나를 손에 들었다.

"그건 재미없으니까 1엔. 류, 예술가면 좀 더 예술적인 걸 찾아야지."

"나 화가 그만둘까. 유목이나 주우면서 살까." 역광으로 류의 얼굴에 그늘이 져서 어두웠다.

"응, 그러자." 내가 말했다.

류의 뒤에서 바다가 반짝거리며 흔들렸다.

"류가 이런 바다를 그려 줬으면 좋겠다."

그림 그리기를 관둬도 된다고 방금 승낙해 놓고, 나도 모르게 이상한 말을 했다. 하지만 류가 한 번 더 나를 그려 줬으면 좋겠다. 방금 그 말은 '내 그림' 이야기를 꺼내기 전에 서론으로 던진 말이었다.

"그래, 언젠가."

류가 그렇게 말해서, 이어서 부탁하려고 한 '내 그림'을 입 밖으로 꺼낼 수가 없었다. 똑같이 '그래, 언젠가'라는 대답이 돌아올까 봐 무서웠다. 그런데 그림 그리기는 관두지 않으려나 보다.

"엄마가 바다 근처 병원에 입원한 적이 있었어." 류가 말했다.

"어디 아프셨어?"

"마음의 병. 아버지가 우리를 버리고 집을 나간 뒤로 엄마가 이상해졌어."

"그랬구나. 몰랐어. 미안해."

"내가 말 안 했잖아. 사과할 필요 없어."

"그런데 지금은 집에 계시잖아. 좋아지셨어?"

"글쎄. 좋아지는 게 뭘까?"

어머니가 일반적이지 않다고 느꼈던 건 병 탓이었나 보다. 그렇게 이해한 한편, 역시 내가 모르는 것이 아직 있다는 것 또한 느꼈다.

류가 말했다. "분명 엄마는 바뀌지 않을 거야. 그래도 엄마한테는 이제 나밖에 없어."

류의 어머니가 류를 독점할 마음이라면, 나도 그에 못지않게 날 뛸 각오가 돼 있었다. 하지만 아픈 사람이라는 점이 마음에 걸려서 고민스럽게 됐다. 앞으로 어머니를 어떻게 대해야 하나 생각하고 있는데, 류가 자기 자신을 타이르듯 중얼거렸다. "나는 엄마를 버릴 수 없어."

나에게 하는 말일까. 류가 어머니를 버릴 수 없는 것과 우리 관계는 별개라고 생각한다. 어머니는 당연히 버릴 수 없다. 그건 나도 그렇다.

"당연하지. 류, 그건 당연한 거야."

류는 천천히 고개를 끄덕였다.

"내 그림을 그려 줘." 드디어 하고 싶던 말을 했다.

"그래, 언젠가."

듣게 될까 봐 무서워했던 그 말을 조용히 받아들이는 수밖에 없었다. 긴 시간은 어김없이 모든 것을 회복시켜 줄 것이다. 기적을 열심히 이어 가면 된다. 류의 어머니도 그 기적으로 에워싸면 된다. 그리고 우리 엄마도. 우리의 시간은 아직 충분하다.

"언젠가." 류가 내 옆에서 방금 한 말을 되풀이했다. 류는 어딘가 먼 곳을 응시하고 있었다. 바다의 끝. 아니, 그보다 더 멀리 있는 이 세상의 끝을 찾는 것 같았다.

사귀기 시작한 지 7년이 된 봄, 류가 죽었다.

류와 연락이 끊긴 지 이틀째, 주말에는 집에 찾아가 보려고 했는데 그 연락을 받았다. 너무 갑작스러워서 처음엔 무슨 말인지 이해하지 못했다. 어머니와 둘이 바다에 들어가 죽었다고 했다. 동반 자살이었다. 죽은 류를 보지는 못했다. 엄마와 주변 사람들이 '그러는 편이 낫다'라고, '그래야 한다'라고 나를 설득했기 때문이었다. 나는 아마 계속해서 "류" 하고 소리친 것 같다. 거기에 대답해 오는 목소리를 기다리며 계속해서 외쳤다. 하지만 아무리 기다려도 류의 대답은 들리지 않았고, 그러는 사이 목소리가 나오지 않게 되었다. 나는 통곡하는 것도, 생각하는 것도, 전부 멈췄다. 이 세상의 끝에 홀로 우두커니 서 있었다. 어둠 속을 손으로 더듬거리며 걷는 것 같았는데, 시간 감각이 사라져서 그 며칠간의 기억이 없다.

그 이후에 류가 나를 그린 그림을 받았다. 류가 죽고 한 달쯤 지나서 집으로 배송됐다. 날짜를 지정해 놨나 보다. 그런 준비까지 하면서 죽음을 향해 나아갔다고 생각하니, 참을 수 없이 분했다. 상자의 형태를 보고 그것이 그림임을 바로 알았다. 열어 보니, 그리운 물감 냄새가 퍼졌다.

류가 세 번째로 그린 내 그림이다.

그림에는 편지가 딸려 있었다.

류의 어머니는 자해 행위를 거듭했다. 아버지가 두 사람을 두고 집을 나간 뒤로 어머니는 정신적으로 아팠다. 부동산 임대 수입이 있어서 생활에 어려움은 없었지만, 어머니의 정서는 늘 불안정했다. 어머니는 매일같이 "죽고 싶어, 죽고 싶어"라고 호소했다. 실제로 몇 번 자살을 시도했지만, 류가 구해내서 미수에 그쳤다. 그일로 한동안 정신 병원에 입원했었다. 그곳이 류가 말했던 바다 근처 병원이었다. 병원에 있는 동안은 류가 그나마 마음을 놓을 수 있었지만, 어머니는 계속 집에 가고 싶다고 고집을 부리다 반강제로 퇴원해 버렸다. 그 일이 있고 나서도 류의 마음은 계속해서 멍이 들어갈 뿐이었다.

류의 어머니는 '죽고 싶어'라고 입버릇처럼 말했지만, 그 말을 입 밖에 내지 않는 순간이 있었다. 바로 류가 다쳐서 자신이 돌봐야 할 때였다. 그때는 아들에게 도움이 된다는 것이 어머니에게 살아갈 이유가 되었다고 한다. 그때만큼은 류가 절대 자신을 떠날 수 없다고 생각해 마음이 놓였나 보다.

인대가 끊어졌을 때, 그 사실을 알아차린 류는 그때부터 고의로 자기 몸에 상처를 냈다. 골절도, 손바닥의 상처도 의도적이었다.

류가 미술계에서 각광 받는 것을 어머니는 기뻐하지 않았다. 자신을 버린 남편과 똑같은 '화가'라는 직업으로 얻은 명성이었고, 그럴 때마다 자기 없이도 류는 충분히 혼자 살아갈 수 있음을 통감했기 때문이었다.

류가 말한, '돌아 나갈 수 없는 막다른 골목'은 바로 어머니와의 관계였다. 그리고 류는 끝내 돌파구를 찾지 못한 채 모든 것을 내려놓았다. 도저히 어머니의 마음을 바꿀 수 없다면, 함께하는 수밖에 없었다. 그래서 선택한 것이 함께 죽는 길이었다. 류는 어머니의 바람을 이루어 주기 위해서 자신의 목숨을 희생했다.

자식의 성공을 바라지 않는 부모는 없다고 생각했다. 하지만 류의 어머니는 류가 이름을 날릴수록 더 강하게 죽음을 원했다. 류의 성공과 자신의 존재가 공존할 수 없었던 것이다. 미술전에서 보여 준 나를 향한 적의에도 의미가 있었다. 류를 성공으로 이끌지도 모를 내가 미웠던 것이다.

그리고 류의 편지 끝에는 류가 처음 보여 주는, 나를 향한 류의 마음이 적혀 있었다. 몇 년이 지나도 여전히 못난 글씨로 적힌 그 말은 내 비통한 마음을 다시 한번 때렸다.

'사랑해.'
그렇게 적혀 있었다.

과거에 아카네가, '이치로 류는 죽어도 말 안 하겠지'라고 장담했던 바로 그 말이었다. 아카네는 류를 잘못 봤다. 하지만 나는 '사랑해'가 이렇게 잔인한 말인지 알고 싶지 않았다. 그리고 무엇보다, 류가 사라진 세상에서 듣고 싶지는 않았다.

그림을 봤다. 류를 따라 화랑에 갔을 때 본 바다 그림과는 색조가 달랐다. 마치 다른 사람이 그린 것처럼 밝다. 나는 연한 보라색을 배경으로 등나무 쉼터에 부서져 내리는 햇살 속에서 웃고 있었다. 이 그림이 류가 나와 함께한 순간들을 표현한 것이라면, 내 존재는 밝았음을 믿을 수 있다. 나는 류에게 기적이 되고 싶었다. 하지만 되지 못했다. 웃고 있는 내가 눈물로 부옇게 흐려져서 흔들린다. 우리의 동행은 7년으로 끝나고 말았다.

류가 죽고 나서도 일상은 휴식을 주지 않았다. 하루하루의 삶이 잔인하게 이어졌다.

얼마간 시간이 흘러서 나는 류가 내게 남긴 그림 세 점을 걸기로 했다. 내 방에 세워져 있는 두 점과 마지막 그림 한 점을 더해 집 안에서 제일가는 특등석에 나란히 걸어 놓고 싶었다. 오랫동안 사용하지 않은 아빠의 서재에 들어갔다. 차분한 색감의 벽지가 붙은 그 방은 그림을 걸기에 적당한 느낌이었다.

"좋아, 여기로 하자." 류를 생각하면서 소리 내어 말했다.

나는 벽에 그림 세 점을 걸었다. 그림 제목은 전부 '하나'였다.

역시 직설적이라 류답다. 이 그림들에 설명 따위는 필요 없다. '하나'는 나 그 자체니까. 로마자로 된 류의 서명을 손가락으로 더듬었다. 류가 항상 휘감고 있던 물감 냄새가 나를 감쌌다. 서명은 류에게 그림으로 분류되는지, 흐르는 듯한 서체라서 무척 멋있었다. 마지막으로 이 서명을 넣을 때, 류는 무슨 생각을 했을까.

그림 세 점은 전부 '하나'지만, 셋 다 다른 사람으로 보인다. 하지만 셋 다 웃고 있다. 첫 번째는 긴장해서, 두 번째는 근심이 없어서, 그리고 세 번째는 행복해서. 세 번째 그림은 내가 눈앞에서 모델을 해 주지도 않았는데, 어떻게 이런 그림을 그렸을까.

"류, 사랑해."

귀에 전하지 못한 그 말은 TV나 책 속에서는 넘쳐 난다. 살아 있을 때 한 번도 듣지 못하고, 한 번도 말하지 못한 채 일생(一生)을 끝내는 사람도 있다. 세간에서는 그리 쉽게 나도는 말이 아니니까.

류의 어머니는 아들에게 집착하며 구속했고, 아들이 자신에게서 멀어지는 것을 죽을 만큼 두려워했다.

우리 엄마도 걸핏하면 "히나를 위해서라면—"이라고 말한다. 나를 소중하게 생각해 주는 것은 고맙지만, 엄마는 나에게 닥쳐올지도 모를 불안의 싹을 가능한 한 전부 없애려고 한다. 류가 처한 상황을 알았더라면, 류와 사귀는 것을 절대 허락하지 않았을 것이다.

내가 서재에 그림을 건 것을 알고 엄마는 못마땅해했다. 그 이유는 안다. 엄마는 아빠와 류가 이미 이 세상에 없다는 사실에 안도하고 있다. 말로 드러내지는 않지만, 나는 안다. 내가 과거에 얽매일까 봐 두려워서 류의 흔적을 모두 없애고 싶어 한다.

류의 어머니가 자기 자신을 망가뜨린 이유는 류의 아버지가 사라져서라고 하는데, 사실 아버지가 사라졌다는 점에서는 우리 집도 처지가 비슷하다.

아빠는 내가 중학생 때 실종됐고, 1년이 지나고 나서야 죽었다는 사실을 알게 됐다. 경찰이 조사한 바에 따르면 사고사라고 했다. 외진 산속 계곡에 혼자 갔다가 낭떠러지에서 떨어졌다고 한다. 암벽 틈에 끼어서 누구의 눈에도 띄지 못한 채 행방불명인 채로 1년을 허비했다.

수상한 정황은 있었지만, 확실하게 범죄 혐의점이 있다는 증거도 없어서 사고사로 결론 났다. 로맨티시스트를 표방하던 사람이니, 별이 잘 보이는 숨은 명소를 찾으려고 산에 올랐을 것이다. 그렇게 생각하면 납득이 된다.

아빠는 바람을 피웠다. 상대는 사요코 씨다. 내가 어릴 때 아르바이트로 나를 돌봐 주던 사람이다. 아빠가 실종됐을 때, 아빠가 남긴 다이어리를 단서로 사요코 씨를 찾아간 적이 있었다. 아빠가 실종된 것과 연관돼 있지 않을까 싶어서였다. 아빠가 발견될 때까지, 아니, 발견되고 나서도 나는 그녀를 의심했다. 하지만 경찰은 사요코 씨가 아빠의 죽음과 관련이 없다고 결론지었다. 지금 와서는 그때 왜 그렇게까지 그녀에게 집착했는지 모르겠다. 아빠가 바람피운 상대임을 알고 어린 마음에 적개심을 품었나 보다. 싫어했지만, 그래도 역시 우리 아빠였다.

사요코 씨를 찾아갔다가 남편인 호시코 쿠우야 씨와도 몇 번 대화를 나눴다. 엄마에게 호시코 쿠우야 씨의 전화번호를 저장해 둔 걸 들켜서 호되게 추궁당한 적도 있었다.

"아빠 장례식에 왔던 사람이잖아."

그 당시 내가 당당하게 말하자, 엄마는 말문이 막혔었다.

"앞으로 네가 만날 필요도 없고, 연락도 하지 마." 엄마는 그렇게 말하며 본인이 직접 번호를 삭제했다고 통보했다. 너무 불합리해서 기가 막혔지만, 엄마로서는 그럴 수밖에 없겠다고 받아들였다. 아직 어렸는데도 나는 엄마의 심정을 깊이 이해했다. 결국 그 후로는 호시코 쿠우야 씨에게 연락할 일도 없어서, 삭제된 번호를 아쉬워할 기회는 오지 않았다.

호시코 쿠우야 씨와 사요코 씨. 어쩐지 수수께끼 같은 부부였다. 최근에 우연히 두 사람이 어떻게 지내는지 알게 됐다. 두 사람도 기적을 이어가고 있었다.

아빠가 사라진 날은 내 생일이었다.

엄마는 "이런 날에는 집에 일찍 와야지" 하며 아빠의 직장으로 마중을 나갔다. 셋이서 함께 내 생일을 축하하기를 원한 거였다. 하지만 엄마 혼자 돌아왔다. 내 생일이 거의 끝나 가는 시간이었다. 엄마는 서둘러 케이크를 준비했고, 나는 쫓기듯 촛불을 껐다.

"난 아빠 같은 거 없어도 돼."

내 말에 엄마는 안심한 듯 고개를 끄덕였다. 그 무렵에는 이미 엄마와 둘이서 지내는 게 당연해져 있었다. 엄마는 아빠를 진작에 포기하고 단념했다.

그 뒤로 시간이 아무리 지나도 아빠는 돌아오지 않았다. 엄마는 결국 실종 신고를 했다. 엄마와 나는 1년이 지나서야 아빠가 사망한 사실을 알게 됐지만, 조금밖에 울지 않았다.

시간이 너무 지난 탓에 사망일이 확정되지 않아 엄마가 아빠의 기일을 정했다.

만약 엄마가 마중을 나갔다가 혼자 돌아온 그날 아빠가 죽었다면, 내 생일은 아빠의 기일로 변해 버렸을 것이다. 내가 그 이야기를 하자 엄마가 장담하듯 말했다.

"그런 일은 엄마가 절대 없게 할 거야."

"이상한 말이다. 그건 엄마 힘으로 바꿀 수 있는 게 아니잖아."

"히나의 미래에 그늘을 만드는 건 절대 용납 못 해. 다른 모든 걸 눈감더라도, 그것만은 절대 안 돼."

말을 마친 엄마는 조금 만족스럽게 웃었다.

옮긴이 **권하영**

한국외국어대학교 일본어통번역학과를 졸업하고, 이화여자대학교 통역번역대학원에서 한일번역을 전공하였다. 번역작으로 《전남친의 유언장》, 《루팡의 딸2》, 《루팡의 딸3》, 《루팡의 딸4》, 《루팡의 딸5》, 《내가 나를 버린 날》, 《치유를 파는 찻집》, 《한밤중의 마리오네트》 등이 있다.

폭탄범과
살인범
이야기

초판1쇄 2025년 12월 26일
저자 쿠보 리코
옮긴이 권하영
편집 김대웅 **디자인** 배석현
ISBN 979-11-93324-73-8　03830

발행인 아이아키테트 주식회사
출판브랜드 북플라자
주소 서울시 강남구 학동로 329 북플라자 타워
홈페이지 www.bookplaza.co.kr

오탈자 제보 등 기타 문의사항은 book.plaza@hanmail.net으로 보내주세요.
잘못된 책은 구입하신 서점에서 교환해 드립니다.